The After Wife

我不想成为任何人

[英] 卡斯·亨特 著

Cass Hunter

吴超 译

中国友谊出版公司

谨以此书

献给我无与伦比的经纪人卡罗琳·哈德曼女士

感谢她对我始终如一的信任

终极（Telos）

来自古希腊语τέλος，意为尽头或目标。

实现

自然界中的一切生命（尤其人类）若能最大限度地实现其自我，

则必能最大限度地挖掘其潜能。

终极机器人公司

让科技造福人类

第1章

实验室

“往前一步。”瑞秋命令道。

卢克叹了口气，走近了些。现在他已经来到了桌子对面。

瑞秋顿了顿，微微调整。“好，准备。”

“你要我怎么做？”

“不如先从目光接触开始？”

卢克抬起头。他有一双深蓝色的眼睛，眼眸之上装饰着流苏般又黑又密的睫毛。“目光接触完成。现在呢？”

“我需要你表现出一种强烈的、可以识别的情绪。所以要去想一些你感触比较深的事情，但不要说出你的感受。”

卢克瞥了瑞秋一眼，立刻又移开视线。只见他深吸了一口气，随后眯起眼睛专心地酝酿情绪。他目不斜视，神情肃穆。瑞秋凑上去观察，发现他似乎忘记了呼吸。她看到他的眼睛里闪耀着光芒，瞳孔明显放大，她还听出了他呼吸的变化。他的手收缩成了两个拳头。

“你看到了什么？”她问。

她身后的声音低沉而平静。“瞳孔放大，呼吸节奏加快，每分钟达到20次，心跳加速……”

“卢克戴着电子手环呢，我能从屏幕上直接看到他的生命体征指数，”瑞秋不耐烦地打断说，“告诉我他的情绪，你感觉到了什么？”

沉默良久之后，瑞秋身后才又传来声音。“他很专注，没有表现出焦虑的情绪，但精神高度集中。”

“很好，”瑞秋说，“继续。”

“他在皱眉，但体温正常，我没有看到愤怒的迹象。我想我并没有激怒他。”

“别急嘛。”卢克说。

“他说‘别急嘛’，这似乎是个警告，但我探测到了微笑。请问是个玩笑吗？”

“对卢克来说，这已经算是玩笑了。”瑞秋说。

“还要很久吗？”卢克浑身不自在。

“我想已经可以了，”那声音激动地说，“他很不耐烦，因为我们占用了他的时间。”

“不耐烦，”瑞秋说，“是这样吗，卢克？你不耐烦了吗？”

卢克明显放松下来，他似笑非笑地说：“我会说有些恼怒，但不耐烦也很接近了。可以结束了吗？”

“别扫兴嘛，”瑞秋说，“进展很顺利，你再给我几分钟……”她看了看手表。“呀，都这么晚了！今天我可得准时下班，今天是我们结婚18周年纪念日。你能想象吗？”

“能。”卢克干巴巴地说。

“艾登在老撒克逊饭店订了位子，他告诉我的时候我简直不敢相信。想订那里的位子可是比登天还难啊，人家才不管你是谁呢。他一定是几个月前就下手了。”她高兴得合不拢嘴。

“听起来不错，”卢克说，“纪念日快乐。”

“谢谢。”

瑞秋离开椅子，伸了伸腰。最后一抹余晖斜射进窗户，照向她凌乱的办公桌，在一堆摇摇欲坠的文件上留下道道斑纹。她移步窗前，望着大楼周围平坦的草坪。他们刚刚度过一个美丽的春日，即将迎来一个迷人的夜晚。她想象着自己和艾登坐在饭店里，隔桌牵手，一边啜饮着葡萄酒，一边深情对视。她要破例把工作的事放到一边，彻底放松一次。没错，她在试验当中的确发现了一个小问题，她很想再运行一遍程序把问题解决掉，但想想还是回头再说吧。现在她要收工了。

她望向卢克，他已经回到了他的工作台前，正一丝不苟地在书写板上记录数据。他习惯把资料先手写出来，而后再输入电脑，瑞秋没少拿这个取笑他，但他依然故我。

“我喜欢传统的方式，”每当被人嘲笑时他总会如此替自己辩解，“能够看得到摸得着的，我心里才踏实，否则就像假的一样。”

对此她一笑置之，她可以用电脑键盘演示排山倒海，而这与任何手绘的图表一样真实。但卢克固执己见。“我是用手思考的。”他一再强调。这是事实，他是瑞秋遇到过的最出色的机械工程师。凡是她能想出来的东西，卢克总有办法做出来。他和她一样近乎苛刻地追求细节上的完美，而更可贵的是，他还有着无穷的创造力。

刚进终极公司时，她以为自己要和一个庞大的团队一起工作。但公司的原则却是根据每个科学家的技能互补配对，为此他们举办了一次又一次见面会，把新来的研究员们折腾得筋疲力尽。

卢克与瑞秋同时加入公司，他极端排斥这种无聊的速配活动。因而在见面会上，他独自一人坐在一张桌前，埋头于自己的手提电脑，拒绝和任何人说话。瑞秋去倒咖啡时从他身后经过，在屏幕上瞥见一个人手的三维图。当时他正在构建一个用食指与拇指捏东西的动作模型，但不知哪里出了问题，手指有轻微抖动的迹象。瑞秋能感觉到他的沮丧，可他虎背熊腰的身姿和焦躁的情绪使她不敢贸然开口与他说话。她环顾四周想找片可以写字的纸，但一无所获，于是扯下了粘在实验服上的名牌标签。“试试这个”，她写道，后面是几行代码。她把标签默默地放在他紧握的左拳旁边的桌子上，便走开了。

半个小时后，她和一个行为心理学家聊得正酣之际，卢克忽然像一堵墙一样出现在他们身旁。心理学家和她停下谈话，抬头看着他。卢克端着手提电脑，转了下机身，让屏幕对着他们。只见他模拟出的人手正流畅自如地做着捏东西的动作。

“我要跟你搭档。”他硬生生地说。

时光荏苒，转眼已经三年。在这三年中，她取得了一系列令人瞩目的科研成果，虽然她和他之间也爆发过无数次激烈的争论。此刻，这位搭档抬起头，看到她在注视自己，不由得探询似的扬起眉毛。

“你不会还想再来一次吧？”他问。

她摇摇头。“我得走了，不然会迟到的。”说完她从实验服口袋里掏出手机给女儿发信息。

嗨，亲爱的，我在冰箱里给你留了比萨。化学课怎么样？

克洛伊几乎秒回。

嗯，谢谢。还不错。正在制订学习计划。

你说的“制订”应该就是和艾米在色拉布①上聊天吧？

色拉布？嘿，老妈，你还蛮时髦的嘛。

---

①色拉布即Snapchat，是由斯坦福大学的两位学生开发的一款“阅后即焚”照片分享应用。利用该应用程序，用户可以拍照、录制视频、添加文字和图画，并将它们发送到自己在该应用上的好友列表。这些照片和视频被称为“快拍”，使用该应用的用户被叫作“快拍族”。

你是说很潮？

克洛伊发了一个双眼朝天的卡通人脸儿。

这是什么意思？

翻白眼的表情啊。老妈又在扮年轻，这下露馅儿了吧？

后面克洛伊又加了一个头发花白、戴着眼镜的老太表情。

瑞秋会心一笑，走到卢克的桌子旁，把手机屏幕举到他眼前说：“瞧瞧，我在我女儿心里就这形象。”

“是你无疑了。”

“我女儿打趣我还不够，你也来凑热闹。艾登说她太早熟了，15岁的年龄，却老成得犹如35岁。这都怪我。我一直希望她拥有坚强的内心，将来好自立自强。别的我倒考虑不多。”

瑞秋想象着克洛伊盘腿坐在床上，双手在手机屏幕上运指如飞的情景。她打字的速度甚至比说话还快。女儿和她一样长发披肩，但她的笑容更像艾登，嘴角总带着一丝不屑的味道。想到这里，瑞秋心里暖暖的全是爱意。

瑞秋：（坏笑的表情）我去见你爸爸要迟到了。该走啦。爱你哦。

克洛伊：纪念日快乐，你们这对儿爱情鸟。玩得开心点。

瑞秋装起手机，关掉电脑，去衣帽间取她的东西。实验室里顿时空荡了许多，可突然响起的说话声吓了卢克一跳。他忘了，他不是一个人。

“我们今天的工作结束了吗？”

“看样子是。怎么了？”卢克说。

“我感觉到了你身体上的变化。刚才瑞秋看表的时候，你的生命体征突然活跃。那是你对她说要准时参加纪念日晚餐所做出的反应吗？”

“怎么可能？”卢克说着笑了笑。

“脸红通常表示尴尬或精神紧张。”那声音说道。

“谁脸红了？”

“你。你的心跳也开始加速，这表明……”

卢克又羞又恼，他猛地扯下监测生命体征用的电子手环，把它扔到瑞秋凌乱的办公桌上。

“你可以选择中止试验，但数据是毋庸置疑的。是否需要我提醒你，我已经记录下了你的情绪波动？”

“那要不要我提醒你，我知道你的开关在哪儿？”卢克气呼呼地说。

“我没有开关。”

“你的电路系统是我设计的，所以我知道该剪哪根线。”

“这是又一个玩笑吗？”

“我从不开玩笑，这你应该知道。”

瑞秋从衣帽间里出来了。她已经脱去了白大褂，换上了一条与她眼睛颜色很搭的翡翠绿色的长裙。长长的金发也披散开来。

“这身衣服跟你很配。”那声音说道。

“谢谢。”瑞秋似乎心安理得地接受了恭维。“走了，卢克。明天见。”她冲他摆摆手，然后拿起大衣朝门口走去。“你帮我把它调成待机状态，再充一下电好吗？”

“没问题。顺便说一句，你看上去的确……”话还没说完，瑞秋已经消失在门外。他叹了口气，等着那声音发表一通评论，可它一句话也没说。他在实验室里转了一圈，把该收拾的东西全部收拾停当。他在空气中闻到了一丝瑞秋身上的香水味，可他刚刚闻出来，那味道就没了。正如瑞秋，走得猝不及防。

第2章

艾登

瑞秋迟到了。不，艾登心想，不能这么说，瑞秋只算迟到了一半。他们约定的见面时间已经过去了15分钟，但离他预计她能到达的时间还有15分钟。

他7点整来到饭店，选了个看得见康河的靠窗位子。他点了一瓶他们最喜欢喝的长相思白葡萄酒和一小篮面包，随后一边啜饮，一边心不在焉地望着在河边纤道上悠闲漫步的游人和学生。也许晚餐之后他和瑞秋也可以去散散步？他们已经许久没有手拉着手漫无目的地边聊边逛了，他很怀念那种感觉。

他把手机挪近了些，仍然没有她的消息，他一点也不意外。她一向来去匆匆，根本没空停下来发信息。“有给你发信息说‘我正在路上’的时间，我都能赶到了。”她会理直气壮地如此解释。

不过，他倒是收到了他的老板菲奥娜的一条短信。

艾德[①]，明天早上你能提前去一会儿吗？我需要整理一部分账目，在家比较安静。

---

①艾德是艾登的昵称。

没问题。

他迅速回复。他喜欢菲奥娜，很乐意替她分忧。

菲奥娜优雅漂亮，是他年轻时从来没有遇到过的类型；但她同样也是他所遇到过的最善良和最慷慨的人。她15年前创立了根据地这家非营利组织，并以求职顾问的身份，利用她的专业知识帮助长期失业者重新获得技能和自信。她根据人们的需要有目的地组建了一支团队，她聘用的首位员工是洛拉。洛拉是个演员，她明眸善睐、精力充沛，专门负责培训学员的面试和表达技巧。托马斯是位作家，温文尔雅、性格内向；他帮助人们完善简历，并教他们如何写出最能打动人的求职信。艾登则负责教学员使用电脑——他们中的有些人一辈子都没有发过电子邮件，甚至没有上过网，而另一些人则希望学到具体的技术，比如数据输入，或基本的网页设计。菲奥娜最近聘用的同事名叫凯特，是位职业心理医生。长期以来他们逐渐发现，失业的压力有时会影响人们的心理健康。凯特通过心理疏导帮助他们重拾自信，必要的时候还能为他们提供专业治疗。

加入根据地是个不错的职业选择，尽管有时他们也要面对很大的挑战，因为一些基础薄弱的学员甚至会出现进一步退两步的情况，这难免令人沮丧。但总的来说，艾登热爱这份工作。他认为他在改变世界，虽然这份工作不会给他带来很高的地位或收入，也没有什么晋升的空间，但他却很满足。

他和瑞秋在同一个地方起步——即使照字面意思理解也是同一个地方。两人相识于大学开学的第一天，他们都主修计算机科学，认识不久他就发现瑞秋几乎在任何方面都比他优秀。第一学年结束时，瑞秋的成绩全系第一，且甩开第二名一大截。他们利用休学年外出旅行，随后她顺利进入剑桥攻读硕士学位，接着是博士。艾登成绩平平，只拿了个二等下荣誉学士学位，因此他倾向于尽早找一份糊口的工作。他先是在伦敦，后来因为瑞秋也去了剑桥。再后来他们就结了婚，随后有了克洛伊……时间如白驹过隙，一转眼18年已经过去了。此时此刻，艾登独自一人坐在饭店里等待他的妻子，这样的情况他不知经历了多少次。

瑞秋穿过饭店大厅向他走来。她健步如飞，头发在脑后高高飘起，像一道光。瑞秋所经之处，他很难忽视那望向她的一双双眼睛。她有着纤细的四肢、明亮的双眸，永远活力四射、朝气蓬勃，因此很容易引起别人的注意，不论是男是女。现在每每看到她，他的胸口仍会禁不住小鹿乱撞。他很难说清这是怎样的一种感觉，有爱、有欲望、有期待，也有愤怒。她扑进他张开的怀抱，两人吻了吻。

“真对不起。”她说。

“没关系。”他为她拉出椅子。

她刚坐下，就立刻从篮子里抓了块面包，咬了一大口说：“我都快饿死了。”

“我早料到了，是早餐没吃还是午餐没吃？”

她嘴里嚼着面包，头摇得像个拨浪鼓。“心率软件有问题。感应器太灵敏了，不知道你能不能明白。我收集了一堆乱七八糟的读数，后来我发现有人在外面修剪草坪，而我收集的是割草机的振动频率。”

她说起来便没完没了，一边解释着试验中的细节，一边狼吞虎咽地吃着面包。艾登毫不介意，他静静地坐着，仿佛听她说话也是一种享受。他时不时抿一口葡萄酒，眼睛则注视着落在她头发上的阳光。

几分钟后，她忽然停下，隔着桌子拉住他的手。“纪念日快乐，我英俊的丈夫。”

“纪念日快乐，我美丽的妻子。克洛伊还好吗？”

“很好。她说她在‘制订学习计划’，还说让我们玩得开心点。”

“真是个乖女儿。”

瑞秋却轻轻叹了口气。“我估计她还没有意识到那些考试的重要性。”

“十年级的考试而已，有那么重要吗？又不是GCSE[①]……”

“那她的预测成绩怎么办？如果她想上剑桥……”瑞秋忽然打住，直勾勾地盯着艾登的脸，“她想上剑桥的初衷还没变吧？”

“前些天她提过空档年[②]的事……”

瑞秋靠回椅子上，抱起双臂。

“怎么了？”艾登小心翼翼地问。

“我就知道，这种事她只会和你说，因为她很清楚我是不会支持她的。”

“这也不是什么坏事啊，她可以出去走走，长长见识。我们当年不也是这样吗？”

“我们是在大学毕业之后。”

“那又怎样？她没必要从高中直接跳进大学啊，大学学业那么重，着什么急呢？”

“着什么急？”瑞秋瞪大了眼睛，仿佛他说了什么不可理解的傻话。

“她现在连自己想学什么专业都不知道，给她点时间嘛。”艾登重新拉住她的手。“嘿，”他温柔地说，“我们能先不聊这个吗？克洛伊离上大学还早着呢，这是其一；其二，你知道我和我漂亮的妻子约会一次有多难吗？”

她微微一笑，捏了捏他的手。“你说得对。不过克洛伊那么聪明，我只是希望她别浪费了自己的脑筋。”

---

① GCSE即普通中等教育证书，是英国学生完成第一阶段中等教育会考所颁发的证书，考试时间一般在十一年级。

②空档年，源自英国，指中学毕业后上大学前的那一年，有的年轻人利用这一年旅游、挣钱或积累工作经验，也叫休学年。

“这你不用担心，她不会浪费的。只不过她可能不会和你走完全一样的路，仅此而已。”

瑞秋眯起眼睛盯着他。“接下来你是不是该劝我试试正念[①]练习了？”

“接下来我会劝你试试这里的南瓜饺子，味道很不错呢。”

她从桌上俯身过去，给了他既温柔又深情的一个吻。“南瓜饺子？索耶先生，从你嘴里说出来怎么会如此性感？”

“我还没说巧克力酱夹心蛋糕呢，普罗斯珀博士，”他一边享受着她柔软的双唇一边喃喃地说，“到时候你都要酥得任我摆布了。”

“啊，不要，”她喘息着说，“真是输给你了。”

---

①正念是佛教术语，表示一种稳定的心理状态。正念强调有意识、不带评判地觉察当下，是佛教禅修的主要方法之一。西方心理学家和医学家将正念概念从佛教剥离，发展出了很多以此为基础的心理疗法。

第3章

瑞 秋

24个小时后，瑞秋看了一眼手表。怎么又是6点半？这一天的时间都到哪儿去了？卢克因为要见一个供应商，中午便动身去了牛津郡，实验室里只剩下她一个人，而自从2点以后她的眼睛就没有离开过电脑屏幕。

7点钟艾登就会在家里准备好晚餐等她回去。不抓紧时间的话，很可能又得让丈夫久等。她又望了一眼电脑屏幕，那些字母和数字在她眼前舞动起来。她一定是累坏了，屏幕看起来非常模糊，她左眼上方一阵剧痛。

她关闭电脑，站起身，忽然觉得整个实验室都在扭曲摇摆，头痛的感觉也愈加强烈。真是祸不单行。她收拾好皮包、钥匙，出门走向她的车子。

她是最后一个离开大楼的——除了她，便只剩下大门口的保安埃罗尔。车子在太阳底下晒了一整天，里面热得像蒸笼，她突然感觉一阵恶心。也许这不仅仅是劳累所致，也许她生病了？发动车子，打开空调，驶上大路之前她冲埃罗尔挥了挥手。此时离7点还差一刻，倘若她在蜿蜒曲折的乡间公路上开得快一点，她就能在7点10分前到家。

可开车的时候，恶心的反应一波接着一波。疼痛也从眼睛上方扩散至整个脑袋一侧，尤其是头骨和脖子连接处越来越疼。

不会是……？不可能。这想法实在可笑，但也是她最深、最黑暗的恐惧。瑞秋强迫自己不要胡思乱想。她脚下发力，车速又快了一点儿。这会儿她什么都不愿意想，只想快点回家。

经过一个急转弯，她的眼前朦朦胧胧地出现了一棵树。树干粗壮、笔直，亭亭如盖，看上去很美。叶子呈现出各种各样的绿色，由明入暗，她甚至叫不出那些色彩的名字。她知道自己此时该转方向盘，踩着油门的脚也该挪到刹车上，可她的大脑没有发出任何指令。在她眼里，甚至心里，只有无穷无尽的绿色，随后是黑色，接着是狂风暴雨般的轰鸣和碰撞。最后，一切归于沉静。

第4章
艾登

瑞秋·普罗斯珀生于肯特郡梅德斯通市，卒于剑桥郡斯韦夫西……

瑞秋，已故的皮特与莫林夫妇之女，艾登之妻，克洛伊的母亲……

我的妻子迟到了。

七天前，即上周三，是我们的结婚纪念日。我们共进了晚餐。

她迟到了。她一向爱迟到，主要因为她永远是个乐观主义者，总觉得能把有限的时间掰开来用。她还时常饥肠辘辘，习惯一边狼吞虎咽一边滔滔不绝地说话。一聊起工作她就容光焕发。看着她，我又爱又心疼，只想把她抱在怀里。

随后我们分享了一块巧克力酱夹心蛋糕，瑞秋把最后一口留给了我，因为她最近在控制饮食。

我们手拉手沿着河岸散步，谁也不说话。已经做了18年的夫妻，可以预见，我们还将厮守50年，所以说话的时间还多着呢。我们商量着等瑞秋手头的工作不那么紧张时，就一起出去度周末。我当然知道这根本就不可能，但有个念想总不是坏事。

散步之后我们回家，做爱，而后躺在不开灯的房间里，依然手拉着手。我努力保持清醒，有一搭没一搭地和她聊天，但我实在太累了。她紧紧搂住我，抚摸着我的脸说："来吧，亲爱的，你累坏了。翻个身，深呼吸20次，让所有的烦恼都见鬼去吧。"

大约一个小时后我醒了，看见她正坐在卧室墙角她的办公桌前安安静静地工作。在电脑屏幕朦胧的光线下，她的侧影格外清晰。我真想告诉她她有多美，可我太困了，不知不觉间又昏睡了过去。早上醒来时，她已经上班走了。我打算稍后给她发信息，告诉她我在夜半醒来时想要说的话，可这件事后来被我忘记了。

六天前，瑞秋下班后开车回家，可我始终没有等到她。

再次见到她时，她躺在一张狭窄的不锈钢解剖台上，身上盖着白布单。她脸色苍白，浑身上下布满瘀伤。房间里静得可怕。

“是我妻子，”我对站在旁边的一位男士说，“她叫瑞秋。”可她真是瑞秋吗？不，瑞秋从来都没有如此安静过。不管躺在台上的人是谁，她绝对不是我深爱的妻子。

我无法接受这样的事实。这太荒谬了，我怎么能为我心爱的妻子写悼词呢？天啊，她才42岁，而我才41岁。为她写悼词是我90岁时才需要考虑的事情啊。实际上，本该由她为我写悼词才对。女人不都比男人长寿吗？或者，我们谁都不必为对方写悼词，因为我们有克洛伊，将来还会有一堆外孙，他们可以代劳。那才是事情本该有的样子。

可为什么偏偏是我？为什么偏偏在今天就要做这件事？我无法理解，可又不得不面对。我坐在我们的餐桌前，不情愿地把一行行文字写在纸上，因为明天在殡仪馆，我要站出来为我的妻子说几句告别的话。

我已经不在的妻子。

她不在了，不是因为她在做试验，或埋头读一本书，或全神贯注地和谁聊天，或在做其他任何我那才华横溢、精力充沛而又满腔热忱的妻子可能会做的事。她不在了，是因为她真的不在了。

她永远地离开了。

再也不会回来了。

而我却还要在这个没有瑞秋的世界上继续苟活。从此以后，我不能再以“妻子”而只能用“亡妻”称呼她；从此以后，我的人生路上再也没有瑞秋的陪伴。我不知道这条路该如何走下去，我真的不知道。

第5章

克洛伊

克洛伊紧紧捏着一张纸，小心翼翼地走上通往讲台的台阶。她希望，而且坚持要在葬礼上讲话，甚至她爸爸还在犹豫的时候她就已经下定了决心。她坚信自己应该这么做——为了她的妈妈，她的爸爸，也为了告诉所有人她挺得住。而今事到临头，面对所有的亲戚朋友，她却想逃之夭夭了。万一她摔倒呢？万一她说话结巴呢？万一她哭起来呢？或者万一她哭不出来呢？

礼堂中座无虚席，连门口和后墙前也肩挨肩地挤满了人。这是殡仪馆最大的礼堂——挑高的天花板，大大的窗户里透进了光线，因为室内装饰了大量的浅色木镶板，开不开灯都十分亮堂。

克洛伊把手中的纸放在讲台上，扫视了一眼众人。爸爸就坐在右侧前排，他垂头弓背，双手紧紧攥在一起，她在他眉宇间看到了深深的皱纹。他头发蓬乱，神情肃穆的脸庞看起来分外陌生。妈妈死后他一直都是这个样子，仿佛松弛的皮肤再也无法附着在骨头上，但他没有哭。然而只有她知道，爸爸的心早就哭碎了。她起身上讲台之前，爸爸一直拉着她的手。他拉得好紧，几乎要折断她的手指。他的妈妈——克洛伊的奶奶——辛妮就坐在他旁边。她的腰板挺得笔直，目不转睛地盯着克洛伊。他们身后是其他亲戚，关系都不算太近，因为瑞秋是家中独女，而她的双亲早已过世。此外还有姑妈们和一些表亲，克洛伊只能大概认出几个。一个肥胖的中年女人不停地抽鼻子，她一边拿纸巾擦眼睛一边摇头，仿佛无法承受巨大的悲痛。克洛伊此前从没见过她。

亲戚后面连续几排坐的都是瑞秋的同事——学者、计算机狂人、知识分子。他们当中有些人穿着正装，而有些人则穿着破旧的T恤和牛仔裤，好像他们对场合着装一窍不通，要不然就是从未参加过葬礼。他们整天研究人类，却只是为了早一天研制出接近人类的机器人。显然，这样的氛围令他们无所适从，一个个如坐针毡。克洛伊看见了贝亚，她妈妈所在部门的主管，一个开朗、热情而又有趣的女人。她把克洛伊的生日记得很牢，每一次都不忘送她贺卡和礼物，看上去她也是悲痛欲绝。妈妈的大学同学萨姆和劳拉同样满脸忧伤，他们就挤在最后那排科学家中间。劳拉怀里抱着她刚出生不久的孩子，他们的家在伦敦，克洛伊的妈妈最近正打算抽时间去看看他们和孩子，如今显然不可能了。瑞秋喜欢小孩子，克洛伊不由得想象起妈妈抱着萨姆和劳拉的孩子时的情景，她的脸上一定缀满幸福的笑。那画面险些把克洛伊击倒在地。

分布在礼堂左侧的是克洛伊的朋友和他们的家人，她学校里的老师、村里的街坊，但更多的还是她父母的朋友。克洛伊看见了她最好的朋友艾米和杰丝，她们的脸给了她勇气和力量。爸爸的同事们自成一体，全部集中在靠后几排。今天他们集体休假，赶来向他表示慰问和支持。克洛伊推断站在门口那几个邋里邋遢、心神不安的年轻人大概是爸爸的学员吧。

在这些人的后面，克洛伊瞥见一个头发灰白、剪着板寸发型的方脑袋。那是她妈妈的实验室搭档——机械工程师卢克。他似乎刻意躲在众人背后，双手插在牛仔裤兜里，低着头。他为什么不坐在终极公司的其他同事中间呢？他真是个怪人。克洛伊见过他几次，可每一次他都不敢正视她的眼睛。她知道爸爸不喜欢这个人，可妈妈对他却格外器重。

“他工作能力特别强。”她曾说。

“那人很粗鲁。”爸爸反驳道。

“瑕不掩瑜，他的才华足以让人忽视他的任何缺点。”

“我倒看不出他有多大能耐。”爸爸小声嘀咕。

倘若爸爸看到卢克鬼鬼祟祟地缩在礼堂后面，不知道又该做何感想？克洛伊很想知道。这一次，她妈妈再也不能为那个人辩护了。

她忽然意识到自己已经在讲台前呆立了许久，目光扫过众人时，她看到的是一双双充满期待的眼睛。她深吸了一口气，此时她不再感到害怕。拥挤的礼堂里顿时响起她铿锵有力的话语：

“且慢，在你们未走以前，再听我说一两句话。
我对于国家曾经立过相当的功劳，这是执政诸公所知道的。
那些话现在也不用说了，当你们把这种不幸的事实报告他们的时候，
请你们在公文上老老实实照我本来的样子叙述，
不要徇情回护，也不要恶意构陷；
你们应当说我是一个在恋爱上不智而又过于深情的人。”①

①出自莎士比亚著名悲剧作品《奥赛罗》第五幕第二场。

第6章

艾登

礼堂里响起一阵低语，莎士比亚作品中的这段话收到了意想不到的效果。艾登抬头望着女儿，骄傲得心里隐隐作痛。她迈着僵硬的步子走回自己的座位，并努力装出从容的假象。在他身旁坐下之后，他很希望她能把手重新放回他的手中，可她没有。她的胳膊紧夹着身体，双眼盯着牧师，坐在那里一动不动。牧师已经准备好按下按钮，将装着瑞秋遗体的灵柩滑进火化炉。尽管他们的身体没有接触，但艾登认为他感觉到了克洛伊的颤抖，或者，是他自己的颤抖？

他胸口的怒火越烧越旺。老天怎能如此对待他的女儿？为什么要让她经受这样的苦痛？

克洛伊的出生并不顺利，分娩过程持续了几个小时。生下来后，兴许是太累了，她在新世界的光明中紧紧闭着眼睛睡着了。护士怕她饿肚子，就想了个法子叫醒她。“我要在她足跟采一点儿血，”一名精干的护士姐姐说，“好测一下她的血糖水平。”她解开裹着克洛伊的包被，抓住她可爱的小脚丫。瑞秋和艾登还没来得及说什么，她已经用一根细细的针在克洛伊的脚跟上戳了一下，并挤出了一大滴血。克洛伊醒了，疼得哇哇大哭。艾登一把抱起女儿，心疼得难以言表。他无法忍受任何人把任何痛苦施加在女儿身上。“我会保护你的，”他庄重地向她保证，“我会保护你免受任何伤害。”

然而他终究没有做到。

当看见亮着蓝色顶灯的警车拐进他们家的车道时，他立刻就明白了是怎么回事。他首先想到的是……克洛伊。这将定义她今后的人生。从此以后，她永远都将是一个在15岁时失去妈妈的女孩儿。这件事会给她的人生烙上印记，会改变她，而他却束手无策。他改变不了现实，也无法保护她不受现实的伤害。

葬礼结束后，众人来到家里。克洛伊同学的妈妈们备好了吃的、喝的。餐桌被推到了墙边，上面摆满了各式各样的小点心。她们还把梳妆台改成了吧台，上面整整齐齐地码放着红酒杯和茶杯（艾登很奇怪，他们家真有这么多茶杯吗？这些年来它们都被藏在了哪里？）。有人递给他一杯喝的，当对方试图把一碟吃的也塞到他手中时，他谢绝了。

他犹如行尸走肉，从一个房间晃到另一个房间，途中遇到三五一群聊天的人便不得不打声招呼，但他发现人们的凝视和低语令他深感不安。他走进厨房，期待能得到片刻安宁。但厨房已被一群女人占领，她们正手脚麻利地把开胃小菜从烤盘分装进碟子。在这群女人当中，除了克洛伊好朋友艾米的妈妈特雷西·卢卡斯，别的他一个也不认识。他怀疑特雷西是这一切的“幕后总指挥”。她在克洛伊和艾米曾经就读的小学里当护士，不过最初她是学校食堂的监督，即便承办大型宴会也不在话下，更不用说一个小小的葬礼餐会。此刻特雷西就站在水槽边，黑色礼服的袖子高高挽起，双手浸在一团洗涤泡沫中，正以惊人的速度洗着一堆酒杯、茶杯，洗完之后还规规矩矩地摞成一摞。她不经意间扭了下头，瞥见艾登，于是迅速从水中抽回双手，用挂在皮带上的抹布擦了擦，匆匆走过来抱住他。

“艾登。”她轻声叫道，紧紧把他搂住，仿佛在这一刻，结实的拥抱能给他带来更多的抚慰。

“谢谢你，”他无助地挥了挥手，“为我们做的这一切。”

"唉，快别这么说了，这算什么啊？"她说着后退一步，用一个不起眼的动作扫了眼厨房。有几个女人则怯生生地看着艾登，好像很陌生似的。

"真的很遗憾，艾登。"一个他不认识的高个子金发女人说道。她迟疑了一下，随后走过来笨拙地拍了拍他的胳膊。特雷西的拥抱并不会令他局促不安，毕竟他们已经认识十几年了。但眼前这个女人试探性的举动却让他手足无措，他感觉自己仿佛赤身裸体，就连身上的皮肤也被人整个揭去，肌肉和神经完全暴露在众人面前。特雷西的视线将他牢牢捆住，此刻他很愿意和她谈谈心。她是个善解人意的女人，而且饶有风趣，最重要的是她和瑞秋相识已久。但金发女人喋喋不休，好像生怕沉默乘虚而入。

"她还那么年轻，"她说，"当然你也是。以后的日子还长着呢！趁年轻可以再……"

看到艾登的脸色，她停住了。

"你是要劝我再找一个吗？"他问。令他惊讶的是，他的声音低沉且充满危险的气息。

"不，当然不是！"她慌忙解释，"我是说……"

他没有听她解释，而是转身走出了厨房。

回到客厅，他再一次成为众人瞩目的焦点。他习惯了默默无闻，习惯了以瑞秋为中心的生活，这突如其来的关注令他大为不安。他在人群中找到了他的同事，他们挤在一张沙发上，自成一个小团体。他走过去坐在沙发扶手上，挨着菲奥娜。她拍了拍他的膝盖，继续说她的话。他们在讨论其中一些人看过的某部电影，艾登长长地吁了一口气。同事们聊天的节奏并没有因为他的到场而改变，他们既没有忽略他，也没有强迫他加入他们的话题。唯独这短短的一刻，他可以假装这是又一个普普通通的工作日，而非像现在这样坐在自家的沙发扶手上，为他的妻子守丧。

但这样的时刻总是转瞬即逝。瑞秋的姨妈费莉希蒂看见了他。在殡仪馆的时候他就听见她抽抽搭搭，声泪俱下，但他一直躲着她，避免和她说话。她甚至不是瑞秋的亲姨妈，而只是瑞秋妈妈的一个表妹。他和瑞秋在一起的这么多年里，他和她见面的次数掰着手指头都能数得过来。费莉希蒂生活在埃塞克斯郡，家里养了许多约克郡犬。坦白地说，她和瑞秋没有任何共同之处，但她在葬礼上似乎如鱼得水。艾登记得在瑞秋妈妈莫林的告别仪式上，她也哭得这么稀里哗啦、痛不欲生，尽管她和瑞秋妈妈的关系并不怎么样。莫林经常说费莉希蒂是个讨厌鬼。艾登知道他无论如何都躲不过这一关。她随时随地可能找到他，把她自己变成这场悲剧的主角，而最后反倒要他来劝慰她。老天爷啊。

瑞秋是莫林和皮特的独生女。对于这两位才华横溢的学者而言，瑞秋无疑是上天赐给他们的一份迟到的礼物。瑞秋出生时，莫林已经年近不惑，而皮特更是快到了知天命的年纪。因此两人对瑞秋十分宠爱，把他们所有的爱和情感都给了她，并竭尽所能为她提供最好的教育。可惜的是，瑞秋学业未成之时他们就双双作古。先是皮特，死于癌症；一年后莫林也因为脑动脉瘤突然撒手人寰。起初她只是经常头晕头痛，已经打算要去看医生了，但迟迟没有预约。她素爱园艺，病发之时正在园子里干活。她是几个小时后才被一个邻居发现的，但她再也没有醒来。

莫林的死震惊了所有人。她身体一向很好，看着气色也不错，甚至比实际年龄还要年轻些。瑞秋怎么也想不到她会这么早就离她而去，这都是可恶的动脉瘤造成的。

“会遗传吗？”当时艾登曾问。

“应该不会，”瑞秋说，“我去检查检查。”但此后便再无下文，久而久之，艾登也就逐渐淡忘了。

结果证明动脉瘤确实具有遗传性。瑞秋的死绝对不是单纯的交通意外。起初警方也大为不解，瑞秋出事地方的转弯并不算特别急，当天的天气又非常好，而且那条路她已经走过不知多少遍。另外，事故发生不久后，警方就排除了汽车机械故障的可能。最终还是验尸报告解开了谜团——原来是她突发脑溢血才导致了灾难的发生。或许出事几分钟之前她就已经感觉到了不适，但动脉瘤破裂时，她一定当场就昏了过去。她知道自己昏过去了吗？她害怕吗？疼吗？艾登永远都无法知道了。

艾登有些难以招架，而费莉希蒂姨妈像一辆重型卡车一般冲向他。他知道她想拥抱他，把他堵在墙边，用一大堆他早听腻了的陈词滥调轰炸他的耳朵，什么不幸的悲剧啦、瑞秋还多么年轻啦、克洛伊多么可怜啦之类。他可受不了这些。费莉希蒂姨妈暂时被一群人限制了速度，艾登看到了机会。他端起酒杯，悄悄离开同事，溜出敞开的前门，走进房前的游廊。来到外面，他还偷偷往屋里瞥了一眼。费莉希蒂正摸不着头脑地左顾右盼。显然她没有看到他逃跑的过程，应该暂时也不会找到屋外。他松了口气，长长地叹息了一声。他刚刚才发现自己一直屏着呼吸。

游廊很长，脚下一水儿的非英国式木质地板，一侧装有线条古雅的栏杆。他们第一次来看这栋房子时瑞秋就爱上了它。“还有门廊呢！”她带着蹩脚的美国口音说，“我们可以挂个秋千椅，坐在上面看邻居家的小孩儿在外面跑来跑去。”

他们始终没有安装秋千椅。因为这里一年大部分时间都寒冷潮湿，根本不适合坐在外面休息，所以艾登只是买了些结实耐用的木质露台椅。有一年他曾打算给瑞秋买张秋千椅，作为他们结婚纪念日的礼物，可后来还是忽略了——又一个遗憾。和上周末一样，他曾计划等克洛伊上大学的时候，就带着瑞秋外出旅行，因为那是他多年以来不曾开口说过的心愿。唉，他想和瑞秋一起做的事情实在太多了。

他的妈妈辛妮，独自一人坐在门廊下光秃秃的露台椅上。

“妈妈，你坐在那里多凉啊。”他来到她身后说，“我给你拿个垫子吧？”

“嗯？”辛妮抬头扫了他一眼。她没有回答问题，而是指了指她旁边的椅子。

她年轻时就是个漂亮女人，如今也只是多了些岁月的痕迹。她个子高挑，容貌端正，灰白的头发在脑后扎成一个小小的圆髻。最近她瘦了，肩膀仿佛被架了起来，还明显有点驼背。她确实老了。

艾登顺从地在她旁边的椅子上坐下，沉默不语。此时此刻，不用说话就是莫大的安慰。他和弟弟奥利弗还很小的时候，父母就离婚了。他爸爸一跺脚去了新西兰，从此只偶尔联系一次。辛妮倒一副若无其事的样子，她是个坚强独立的女人，数十年来甘于孑然一身，她不懂得如何依赖人。她爱艾登，对克洛伊也保持着克制但深沉的喜爱。从她身上你不能够得到拥抱和蛋糕，她也不会陪你玩游戏；但她记得克洛伊人生中每一个重要的日子，经常会在一场考试之后给她打个电话，或在学期结束之时来看她。不过她和瑞秋的关系却不怎么样。

辛妮望着草坪上的那棵大木兰树。

“一朵花都没有。”她以交谈的口气说。

“是啊，”艾登说，“大概是春天来得太晚又太冷了吧。倒是开过几朵，可惜很快就谢了。”

他妈妈就是如此善解人意，她懂得如何用不着边际的闲聊化解沉重的谈话气氛。是这样吗？或是因为她害怕流露情感？他似乎一直也没有搞清楚。

“明年吧。”辛妮胸有成竹地说。

明年。艾登试着想象。木兰花通常在他和瑞秋的结婚纪念日前后开放。等它再开的时候，就将是瑞秋的忌日了。那美丽的花朵会不厌其烦地提醒他瑞秋已经不在了。

一年后他会在哪儿？依然被裹挟在瞬间将他生活撕碎的龙卷风中？或者他是否已经继续他的人生？他是否真的会另觅新欢？他是否已经学会了如何化解悲痛和再度微笑？今天的痛苦终有一天会变成回忆，那时的他会过着怎样的生活呢？现在似乎想一想那样的未来都是对瑞秋的背叛。这荒谬的念头迫使他从椅子上站了起来，辛妮诧异地抬头瞥了他一眼。

“你没事吧，亲爱的？”

他审视着妈妈。这是她儿媳妇的守丧日，可她似乎平静得有些过分。但艾登从小就知道，妈妈是绝对不会轻易流露感情的。他记得第一次到一个朋友家玩时，他朋友的妈妈抱着她的宝贝儿子又捏又亲，仿佛他们分别了几个星期，而实际上几个小时之前她才把他送到学校。作为旁观者的艾登，很惊讶母子之间竟能有如此亲昵的举动，而更令他惊讶的是，他的朋友居然不好意思地挣脱他妈妈的怀抱，逃之夭夭了。辛妮的爱是非常克制的，仅限于偶尔用冰凉的手摸摸他的额头，或蜻蜓点水似的吻一下他的脸颊。艾登多么希望能得到妈妈温暖投入的拥抱啊。

大概从去年开始，她变得更加孤僻了。她很少给他们打电话，当艾登给她打电话时，她也表现得心不在焉，甚至烦躁不安。也许是因为克洛伊已经长大，辛妮觉得她已经尽完了祖母的职责，可以退出了？他可不会答应。

砾石小径上的脚步声吸引了他的注意。他转过身，看到一个矮矮壮壮的身影。那人低着头朝房子走来，他的背微微有些驼，穿了一件黑色的机车皮夹克，双手插在裤兜里。

是卢克，瑞秋的科研搭档。

艾登在葬礼上瞥过他一眼。他没有和瑞秋的其他同事在一起，而是孤零零地站在人群最后。卢克很不合群，艾登隐约记得葬礼结束后看见他从殡仪馆溜了出去。他没有留下来向艾登和克洛伊表示慰问，而艾登看见他离开也暗自松了一口气。他不知道该如何跟卢克打交道，实际上，他从来都不知道该如何对待卢克。恐怕瑞秋是唯一一个能够受得了他的人吧。

艾登觉得卢克是个浑蛋。他第一次见他是在终极公司的圣诞派对上。事后回想，他实在搞不懂卢克为什么要参加那个派对。自始至终他都一个人站在房间一边，既不入席，也不和任何人交谈，更没有像其他科研人员那样在舞池里笨拙地扭来扭去。在艾登看来，他的到场只是为了嘲笑其他所有人。瑞秋曾拉着艾登去和他打招呼，但卢克几乎连一句囫囵的话都没有。他看艾登和看其他所有人是一样的，都带着毫不掩饰的嫌恶，除了瑞秋。

“他只是有些腼腆，”从他跟前走开时瑞秋说，“实际上他人很好，就是不太擅长交际，尤其和真人。”

而今卢克却不请自来了，来参加瑞秋的葬礼——一个需要你不时与人交谈并表示哀悼和慰问的社交场合。除非他是来找事的，而这并不是完全没有可能。

“卢克，”艾登叫道，他的声音比他预想中要尖锐些，“谢谢你能来。”

卢克抬起头，看到艾登站在屋外似乎很是惊讶。他停下来，一只脚踩在最下一级台阶上。

“进来吧。”艾登听见自己说。卢克不情愿地走上前去。“这是我妈妈，辛妮·索耶。”

辛妮看着渐渐走近的卢克，脸上毫无表情。她没有起身，卢克走到她椅子跟前停下。“你好。”他说，但他并没有伸手。

“你好，”辛妮说，“你是谁啊？”

“我叫卢克·伯恩，是瑞秋的伙伴。”

“工作上的伙伴。”艾登发现自己在画蛇添足地解释。天啊，他究竟有多白痴啊？难道他在担心辛妮会把这个家伙当成瑞秋的男朋友吗？这个卢克总能让他小气的一面暴露无遗，他努力冷静下来。卢克是瑞秋很看重的朋友，他必须以礼相待。

“请进吧，”他尽量用友善的口气说道，“里面有吃的、有茶、有啤酒、有威士忌……”

“我们能找个地方谈谈吗？”卢克打断他说。

“什么，现在？呃……”他扭过头，隔着客厅的窗户向屋里望了望。瑞秋的一群同事正站在自助餐桌前，他们看上去有些失魂落魄，还有些烦躁不安；费莉希蒂姨妈也是，而且她似乎还在找他。“这会儿不太方便吧……”

“我明白。”卢克冷淡地说，仿佛错全在艾登，“什么时候方便？”

“嗯……”艾登不想和卢克谈。他不想和任何人谈。说句实话，就算他不得不从全世界70亿人里挑一个人来面对面谈话，卢克恐怕也会排在那最后50万人当中。

“相信我，”卢克又一次打断他，“我也不想这样，但我们必须得谈谈，有件事我需要……”他欲言又止，随即改口道，“是这样的，我在这里很难解释清楚，最好是到我的实验室。你能来一趟终极公司吗？明天怎么样？”

艾登感觉自己快要气炸了。“你有没有搞错？”他怒吼道。伴随着远去的话音，他内疚地回头看了一眼。辛妮不动声色，但客厅里的人却纷纷好奇地扭过头。

他冲到卢克面前，抓住他的胳膊，拉着他走下前门台阶。卢克肩膀一耸，粗暴地甩开他的手，但艾登感觉他强烈的反应并没有攻击性，而只是单纯地因为他不喜欢别人触碰他的身体。

卢克的摩托车停在车道尽头，头盔就搁在车座上。等他们靠近车子，而且已经走到辛妮和其他人听不到的距离时，艾登爆发了。“上帝呀！卢克，今天是我妻子出殡的日子，我刚刚才眼睁睁地看着她……”他不忍说出“火化”两个字，旋即改口说，“葬礼才刚刚结束，我不想和你谈，也不想去实验室……”

他的话音戛然而止，因为他的脑海中浮现出了瑞秋每天上下班走的那条路，那也是她生命终结的路。他一想到要经过那棵被撞得面目全非的树，心里就像刀割一样疼痛。他做不到。

他扭头扫了一眼辛妮，她仍坐在门廊下的木椅上，眼睛望望他，望望卢克。她没有起身干涉的意思，他知道她不会，那不是她的风格。

“我能理解，”卢克说，“我也不会强求，但是……瑞秋给你留了口信，私人的口信。如果不能如实转达给你，我会辜负她的。”

“口信？什么意思？是纸条还是电子邮件？你就不能把它带到这儿来吗？”

“不能。”卢克说，他似乎苦于找不到合适的措辞。“你听着，如果我能解释清楚，我一定会解释。可我解释不清楚。那口信不言而喻是留给你的，只留给你，而且非常机密。”

艾登并不是一个粗暴的人，但此刻他真想一拳打烂卢克那自鸣得意的嘴巴。瑞秋留给他的机密信息？在卢克手上？他算哪根葱啊？他凭什么跑到这里像命令仆人一样命令艾登到实验室去？他感觉到了自己紧绷的拳头。他发现卢克也注意到了，而且卢克竟恬不知耻地咧开嘴巴露出微笑，仿佛很期待艾登给他一拳似的。然而就在这时，艾登听到门廊下传来一个声音。

“爸爸！”他猛地转身，看到克洛伊两手叉腰站在门口。她美丽的金发迎风飞舞，在夕阳最后的一抹余晖中闪闪发光。在这令人心碎的一瞬间，他以为自己看到了瑞秋。

他扭回头，发现卢克脸色煞白。克洛伊轻叹一声，穿过草坪走向他俩。卢克不由得后退一步，显然眼前的场景令他惶恐不安，他想逃走，以摆脱不得得不和瑞秋的女儿说话的困境。

“我很抱歉。”他对艾登说，尽管从他的声音中听不出半点歉意。“我知道现在不是时候。但这件事非常重要，重要得超乎你的想象。明天给我打电话吧。如果你明天不能来，也要尽快，越早越好。”他恐怕豁出了半条命才说出了下面的话。“算我求你了。”他说。随后他立刻戴上头盔，冲克洛伊摆了摆手，跨上摩托车，在一阵轰鸣中逃也似的走了。

克洛伊沿着车道走到艾登跟前。

“那是卢克吗？”

“是他。”

“他来干什么？”

“没什么，”艾登急忙说，“只是来表示慰问。我们进去吧。如果你能跟我配合，说不定我们能躲过费莉希蒂姨妈。”

“真的没什么吗？”克洛伊说，“他看我的眼神很奇怪。”

艾登考虑着把卢克说的事告诉克洛伊，但忽然又打消了这个念头。至于这么做是为了保护克洛伊免受卢克所说之事的困扰，还是为了保护自己免受女儿的盘问，他也说不清楚。

搂着克洛伊的肩膀往回走时，他看到辛妮站了起来。她忧心忡忡地盯着门廊最上一级台阶。

“那个人来干什么？”她说，声音尖锐刺耳，“一看就来者不善，他很危险。你应该警告他，我们家不欢迎他。”

第7章

艾登

第二天，艾登没去终极公司，第三天也没去。可一想到卢克手里有瑞秋留给他的东西，他又心烦意乱、寝食难安，但他怎么都无法让自己行动起来。从警车开到他家门前那一刻起，他和克洛伊就活在一种危机的状态里，现在葬礼已经结束，他的身体依旧困在前所未有的疲惫中。克洛伊也像没了魂似的，他们把自己关在家里，拉上窗帘，靠葬礼上剩下的残羹冷炙以及关心他们的朋友们带来的速冻食品度日。他们并肩坐在沙发上，一连几个小时地看电视，谁也不说话。两人轮流在沙发上打盹儿，或轻手轻脚地上楼到自己的床上小睡片刻。几天后，他们连衣服都懒得换了。屋里到处堆积着用过的脏盘子，他们偶尔也会看看周围满目的狼藉，或许萌生过收拾一番的念头，但随即又退回到他们在客厅为自己制造的凌乱的窝里。

电话每隔几个小时就会响一次——好心的朋友和亲戚对他们放心不下。艾登接电话之前总会看一眼来电显示，费莉希蒂姨妈的来电通常会转为自动应答，但电话若是来自同事，或者他的大学同学萨姆，他就强迫自己接听。

“不如你和克洛伊到伦敦住几天吧？”萨姆说，“就当散散心。我们也方便照顾你们。”

可艾登丝毫提不起精神。收拾行李，开车或搭火车，住进萨姆和劳拉在伦敦的小公寓，这些事他想想都觉得累。

“谢谢了，老兄。约瑟夫还那么小，已经够你和劳拉忙的了。我们过几个月再去。”

萨姆和劳拉是他和瑞秋最好的朋友，他知道他们同样悲痛欲绝。几个悲痛的人聚在一起，无疑会使悲痛成倍放大。他承受不了，他还没有坚强到可以坦然面对眼泪和回忆，还没有。

但艾登知道他必须尽快找到前进的动力。他需要回去工作，需要把克洛伊送回学校。虽然学校酌情推迟了她的考试，但她仍要尽早复课。他需要详细列出瑞秋的财产，这倒简单——结婚之时他们就已经立下了共同遗嘱，房子和所有其他财产都将归他所有。但该走的程序还是要走。

他还要整理她的遗物。所有东西仍是她离开那天早晨的样子——她的衣服挂在衣橱里，牙刷放在卫生间里他的牙刷旁边，她睡觉时穿的T恤叠得整整齐齐地压在她的枕头下。但他必须把它们收拾起来……然后呢？不是他拒绝接受现实——他知道她已经死了。可这最后的收场可谓无比残酷。他想象着从抽屉里取出她全部的衣服，把她的化妆品全部丢进箱子，他竟恐慌得有些不知所措。他做得到吗？他该给克洛伊留下些什么？哪些东西应该丢弃？他实在难以抉择。日子就这样一天天过去了，他越来越难找到做事的动力。他不知道自己什么时候才能重新振作起来，继续他的人生。

最终是贝亚让他迈出了那一步。贝亚是终极公司实验室的行政主管，负责管理瑞秋所在部门的全体科研人员。她50多岁，身体结实，和蔼可亲，以高效的行事作风照看着她周围那一群有着聪明头脑的人。她的权限可不仅限于管理他们的日志——她确保每个人都做到饮食合理；晚上加班时，必须要电话告知搭档和家人。对于某些工作狂，据说她曾用强迫的方式把他们赶出实验室，让他们去洗洗澡、换换衣服。瑞秋年纪轻轻就没了妈妈，她机智聪敏，思维通常跑在身体前面百步之外。她喜欢贝亚，因为后者总是把三明治和茶送到她的办公桌上。而这种喜欢是相互的，葬礼上，贝亚难过得哭肿了双眼，她没有太多言语，但却紧紧地把艾登搂在怀里，又伏在克洛伊肩头啜泣良久。

贝亚也有强硬的一面。她慈祥温暖的外表下隐藏着一颗钢铁般坚毅的心。如果贝亚“建议”你做什么，你最好立即执行，因为任何敷衍最终都将是徒劳的。所以葬礼结束一周后，当她给艾登打电话并温和地请他到实验室取回瑞秋的私人物品时，他没有提出任何异议。

“有些事情该尽早做个了结，”她敦促说，“快点过来吧，如果需要我可以帮你，卢克也行；如果不需要，我和卢克都可以走开，把所有的事留给你一个人。你用不着跟我们任何人客套，但这件事无论如何不能再拖下去了。”

她说得没错。他自己也不得不承认，他需要有人推他一把。要干就当机立断，倘若再犹豫不决，只能拖成又一个不可能的任务，拖到最后反倒无处着手，就像被他拖着的其他所有事一样。他这就得去终极公司，等到了那里之后，他还要向卢克要回瑞秋给他留的口信。

这些日子他天天穿着运动裤和破T恤，邋里邋遢，牙也不刷头也不洗，浑身上下臭不可闻。所以他洗了个澡，刮了刮脸，一周以来第一次穿上干净的衬衣和得体的裤子。他本想告诉克洛伊他要去哪儿，但最后却只是轻轻敲了敲女儿的房门说：“亲爱的，我需要出去一趟，你一个人在家没事吧？”

“我没事，爸爸。”她隔门喊道，他从她的声音中听出了一丝安慰，说不定她已经厌倦他了。他们父女二人的关系还算不错，因为在对待女儿的问题上，瑞秋向来要求严格，求全责备，而他则相对宽松温和许多。可即便如此，毕竟克洛伊正是叛逆的年龄，像她这么大的孩子在任何情况下恐怕都不愿意和家长连续几天待在一起吧？

他绕了很远的路，从另一边抵达终极公司，只为了避开事故现场。在大门前停车时，他有种奇怪的感觉。以前每次来这里，都是和瑞秋一起；而在瑞秋之前，他几乎从没踏足过这里。实验室有着极高的安保等级，因为他们的很多工作都高度机密。虽然他们不拒绝来访者，但也同样不欢迎。

保安埃罗尔显然已经得到了艾登要来的消息，他冲他点点头，升起吊杆放他进去，并挥手致意。艾登把车开到访客停车场，在车里坐了几分钟。眼前仿佛有座难以逾越的高山，他不顾一切地想发动车子逃离这里，可他不能一辈子逃避啊。他深吸一口气，在裤子上擦了擦汗津津的双手，而后才钻出车子匆匆走向前台。

贝亚已经在此恭候。她首先给了艾登一个深情的拥抱。

“如果你不想四处看看，我可以直接带你去实验室；但方便的话，我更希望你能先到我的办公室坐坐，喝杯茶，吃点消化饼干。”

“消化饼干？”

“麦维他。不是超市里那些便宜货。”她微笑着说。

“好吧，我怎么能拒绝名牌消化饼干呢？”他勉强挤出一丝笑容，但感觉很僵硬，好像他的脸已经忘记了怎么微笑。

贝亚扭头对前台后面的一个年轻小伙子说：“诺曼，待会儿我们要把普罗斯珀博士的私人物品打包搬到这儿来，等索耶先生走的时候你能帮他把东西搬到车上吗？”

诺曼看起来浑身不自在，他甚至不敢直视艾登的眼睛。显然他很清楚艾登是谁，他一定在纠结要不要向他表示哀悼。我恐怕要习惯这样的场面，艾登心想。大多数人面对丧偶者都会手足无措。我们的存在就是一个大写的尴尬。

他跟着贝亚走过几道一模一样的长长的白色走廊，一个个方形的霓虹灯从头顶一闪而过。脚下的地板擦得像镜子一样亮，两旁各有许多关得严严实实的门，每扇门的旁边都挂着一个小牌子，上面用优雅的黑色字体写着科研人员的名字——“爱德华兹博士”“德赛博士”“尼格博士”……但没有解释那些房间的用途。

贝亚突然一个右转，走廊瞬间开阔，他们来到一个宽敞的开放式区域。她把艾登领进她的办公室。那是一个很舒适的位于角落里的房间，透过它的窗户可以看到环绕着整个大楼的绿色草坪。她的墙角里有个小小的饮料站，艾登在访客椅上坐下时，她按下水壶上的按钮，转眼泡了两杯茶出来。她没有太多寒暄，只是把茶杯递到艾登手上，并在碟子里倒了半包她提到的那种饼干。艾登发现自己真的饿了——最近他的饮食毫无规律且胃口不佳——于是他捏起三块饼干在茶水里泡了泡，一口气吃了下去。贝亚坐在他对面，静静地看着他。

“看来我用不着问你过得怎么样了。”

“不要，别问。”艾登满嘴饼干。他环顾左右，贝亚贴心地把一盒纸巾从桌子的另一边推向他。他抽出一张擦了擦嘴。“我们过着坐牢一样的日子。我们还没有重新开始生活。”

“可以理解。”贝亚说。

“但是……？”

“为什么你会觉得我要说‘但是’？”她扬起一侧眉毛问。

“你肯定会说今天也不会好过，有那么多东西需要整理，难免睹物思人……不过，我需要往前迈出一步了，我得把克洛伊送回学校，我自己也得开始工作。”

她双手扣在一起，身体向前倾着，两只胳膊肘支在桌子上。“你瞧，艾登，那些话我一句也没说，全是你自己说出来的。”

“好极了。你是兼职心理医生吗？”

“心理学本科算吗？”

“算。”他不无钦佩地说。

“我本来想做临床心理治疗师的，可后来发现理论研究更有意思，所以后来就干了这个，还管着一票人，”她说着漫不经心地挥了挥手，“这些人一个比一个聪明，但他们通常也特别缺心眼儿。他们大多数都是榆木脑袋，不开花的。”

艾登忍不住笑了出来，但他自知失态，立刻恢复了正容。

“为什么要压抑自己呢？该笑的时候就要笑啊。”贝亚伸手过来，在他的手上拍了拍。“你爱人就很爱笑。她一定不希望你压抑自己。”

“她确实爱笑不是吗？”艾登说，“她超级喜欢听冷笑话和俏皮话。”

“有一个人，他走着走着感觉脚很酸……”贝亚起了个头说。

“……低头一看，他踩到了一个柠檬。”艾登补充完整说，“她一听到这个就会笑得前仰后合，每次都会。”

两人一时都不说话，只静静地坐着，回忆着同一个人。

“其实一点都不好笑。”贝亚突然说。

艾登斜眼看着她。

“我很生气。你知道的，我也爱她。我爱她温柔的性格，爱她奇怪的笑点，爱她乱七八糟的实验室。但我生气最主要还是因为像她那样的头脑一个世纪也许才会出一两个。她所做的一切……她未竟的事业……她曾经放弃的……”她突然止住，连连摇头。“她是最完美的组合，她既是科学家，又是艺术家。她的编码缜密、精确而又不失典雅，在逻辑上实现了许多创造性的飞跃。她和卢克，谁都不看好他们，可他们的合作简直天衣无缝。他们总能找到完美解决问题的全新途径，而且他们的创新超出了很多人的想象，我知道他们已经快要取得一项重大突破。这件事他们一直秘而不宣，他们原打算马上就要公布一部分结果的。唉……真是……”她又一次说不下去了。“……该死。我实在想不通。”

艾登点点头。他很高兴看到有人和他一样愤怒。贝亚的坦诚让他倍感欣慰，毕竟葬礼上那些毫无意义的陈词滥调他早就听腻了，她的话让他好受了许多。现在似乎是时候鼓起勇气问一问瑞秋口信的事了。

"呃，这个卢克……"他吞吞吐吐地说。

"卢克怎么了？"

"守丧日那天他去我家了，举止很古怪。"

贝亚点点头，仿佛这没什么大惊小怪的。

"他没有待多久，但他说瑞秋在这里给我留了个口信，要我来一趟实验室。"

"这件事他倒是没有跟我提过，"贝亚说着站起身，"不过他这个人不善交际。要不要我现在就带你去实验室？你准备好了吗？"

艾登犹豫了。"应该好了吧。"他说。可突然间，他发觉自己并没有准备好进入瑞秋曾经工作过成千上万个小时的房间。他会认为她的魂还留在那里。

贝亚察觉到了他沉默的意味。"我可以陪你进去，"她微笑着说，"我不会让你一个人去对付那个坏家伙卢克的。"

"我担心的不是卢克。"

贝亚从桌子后面走出来，在他肩膀上捏了捏。"一步一步来吧。咱们先到门口去，如果你真的不想进去，我可以替你进去告诉卢克，让他把东西整理好交给你。"

这才是艾登需要的关键动力。他不想让卢克染指瑞秋的东西。他站起来，挺了挺肩膀。"我可以的，我必须要开始面对这些事情了，再怎么逃避都无济于事。"

贝亚安心地领着他走下一段楼梯，又拐了几个弯。艾登记得瑞秋第一次来这里上班时，他曾陪她走过这些走廊。她一路上都兴致勃勃地说着她即将能用上的那些一流的设备，公司强大的处理能力以及来自其他科研人员的支持。"我敢肯定，在终极公司我一定能大展拳脚。"她说。打开办公室的门时，她的眼睛闪闪发亮。"这里将诞生无数奇迹！"

他仿佛听见她的声音在白色的走廊里回响。她的愿望实现了吗？

他清晰地记得那天瑞秋抚摸门口名牌时的情景。那上面写着：“普罗斯珀博士，伯恩博士”。但如今瑞秋的名字已经不在了，牌子上只写着：“伯恩博士”。

“她的名字，”艾登说，“已经去掉了。你们的工作效率真高。”

“我很抱歉，”贝亚说，“但针对过世员工的处理办法公司有严格的规定，这是出于安全考虑，这里面有太多机密了……”

“我懂。”艾登打断她说。这当然不能迁怒于贝亚，可他就是感到生气。他敲也没敲，就推开了实验室的门。

实验室很宽敞，呈“L”形格局。卢克是机械工程师，需要更大的空间，因此占据了“L”的主体，即从门口到窗户。屋里有几排崭新的白色柜台，全都空着。每个柜台一头都有几组抽屉，艾登估计那里面放着卢克的工具和设备。房间最里头的窗户下面是有着机械手臂、数不清的按钮和控制面板的电动工具。艾登也懒得猜它们是干什么用的了。

实验室另一侧稍小的那部分无疑就是瑞秋的工作区域了。那里有张桌子，上面堆满了文件；旁边的档案柜里更是塞得满满当当，几乎要胀出来；另外还有个几乎不堪重负的书架。然而地板上还堆着不少书，桌子下面有好几个电脑机箱，桌面上并排摆着三个硕大的显示器。所有的设备都安安静静，电脑屏幕黑着，看不到闪烁的灯，死气沉沉的。

艾登盯着这一小块地方，这是他妻子的另一个家。她醒着的时候、工作的时候、不和他在一起的时候，都在这里。他能感觉到她在这里的时候是多么生机勃勃。他原以为他的悲痛和苦闷已经达到极限，却没想到，更大的悲痛和苦闷在这里等着他。

卢克坐在工作台远远的一端，正趴在那里用小螺丝刀鼓捣某种精密仪器。他没有起身，也没有和艾登或贝亚打招呼。

艾登静立片刻，直到可以正常呼吸并确定自己不会失声痛哭。随后他走到卢克跟前，向他伸出一只手。“卢克。”他说，他的声音在寂静的实验室里显得格外响亮。

卢克狐疑地看了看艾登，随即脱掉乳胶手套和他握了握手。他的皮肤凉凉的，似乎还粘了什么粉末。

原本站在门口的贝亚此时也走过来。“你还好吗，卢克？”她轻快地说。卢克冲她点头致意，但似乎并没有觉得那是个需要回答的问题。贝亚倒一副习以为常的样子，她扭头对艾登说：“我给你准备了箱子。”说完她指了指瑞秋办公桌旁的两个纸箱。“她工作相关的资料和文件不用管，看看她的抽屉里有没有你想保存的私人物品。需要我帮忙吗？”

“不用了，谢谢。”艾登摸了摸她的胳膊，以缓解他生硬的语气可能造成的不快。“如果可以，我想自己来。等我收拾完毕，你可以检查箱子，确保我没有偷走你们的任何机密。”他笑了笑，但贝亚没有笑，也没有客套地否决，仿佛那是不言而喻的事。

她转身面对卢克。“一切顺利吗？下周向研究委员会报告的事准备得怎么样了？我们需要讨论你接下来……”

“我现在还不能谈这个，”卢克打断她说，“有些问题我还需要解决。我会如期参加会议，把我能说的都告诉他们。除此之外我无可奉告。”

贝亚不敢相信似的看着他。艾登瞥了她一眼。看得出来，卢克的无礼和拒不配合一定令她大为光火，但她显然不会当着外人的面发作。

“我明天上午10点过来，”她以不容置疑的语气说，“我们要确定你独自继续研究是否可行，或者你想找谁做搭档……”

“谁都不要，”卢克说，“我不想和任何人搭档。我可以自己来，只不过时间会稍长一点而已。下周我会向委员会解释。现在麻烦你让我们单独待会儿好吗？”

“看在你说‘麻烦’的分儿上，”贝亚话里话外透着讽刺，“艾登的事情结束之后你能往我的办公室打个电话吗？还有，卢克，客气一点，行吗？艾登需要的时候，能搭把手就搭把手。”

卢克心不在焉地点了下头，没有说话。贝亚转身离去，并随手关上了实验室的门。

剩下的两人冷了场。艾登期待地看着卢克，看得后者浑身不自在。最后卢克说：“我不妨碍你了。”随后便回到工作台前，戴上乳胶手套，继续他的工作。

艾登直纳闷儿，当初卢克找上门并声称有瑞秋的口信时可是一副迫不及待的样子，但如今他却若无其事，还极力躲避艾登的目光。他葫芦里到底装的什么药？欲擒故纵吗？要是他故意摆架子，艾登可不会买账。他毅然决然地走到瑞秋的桌子前，把第一个空箱子放到她的椅子上。

椅子的靠背上挂着一件灰色羊毛衫，他首先把它收起来，叠好，放在箱子最底下。他很想把衣服捧到脸前闻一闻，但他不能这么做。他会尽最大努力控制自己，绝对不能在卢克面前大放悲声。办公桌上有几张加了框的照片，其中一张是他和瑞秋在意大利度假时照的，当时他们正端着鸡尾酒碰杯；另外还有几张瑞秋和克洛伊脸贴脸的快照。他把照片也全都放进了箱子。他能做到，他告诉自己。但这时他看到了随意丢在桌上的一根头绳，细细的皮筋上缠着几根金黄色的头发，他捡起来放在掌心，眼前顿时浮现出瑞秋工作时的画面。也许当时她突然受不了紧绷的头发，干脆扯下头绳，让头发随意披散在肩膀上。怎么会这样？他坚固的心理防线在如此渺小的东西面前居然不堪一击？他试着深吸了几口气。

凌乱的文件几乎覆盖了整张桌面，他扒了扒，发现尽是些数据、记录和打印材料，这里一堆，那里一片。也许瑞秋自有她不为人知的摆放逻辑，只是这其中的章法他一时难以理解。他转而拉开桌上的抽屉，第一个抽屉里塞满了银行结单、信用卡账单和信件。他看了看，把和工作无关的私人信件放进箱子。

下面一个抽屉里放的是私人物品：一支唇膏、一瓶香水、一张买书时留下的皱巴巴的收据，那是她送给他的生日礼物。另外还有一张他手写的购物单，在牛奶、鸡蛋和蔬菜下面，他曾俏皮地加上了“你婀娜多姿的娇躯”这几个字。

那天晚上她回到家，放下买来的东西，扭头瞥了他一眼说：“我在特斯科超市里找了又找，可他们的家居用品部里不卖我婀娜多姿的娇躯啊。”

“你不是已经带回来了吗？”他说着站起身，从背后搂住她。她柔媚地笑笑，挣脱出去，开始弯腰把东西放进冰箱。他又追到她身后，双手抚摸着她大腿后侧紧绷的肌肉。

“当心克洛伊看到……”她嗔怪他说。

“她在艾米家呢。”他说，他的呼吸已经明显粗重起来。

“这样的话……”她直起腰，转身依偎在他怀里。

他一把将她抱上厨房案台，狂热地吻她，并解开了她衬衣的扣子。案台上的面包掉到地上，他似乎还听到了鸡蛋碎裂的声音，可他意乱情迷，什么都不顾了。

后来，当他们一边收拾厨房里的一片狼藉一边寻找各自的内裤时，她咧嘴笑着对他说：“谁能想得到啊，索耶先生？都这么多年了，你居然还能轻而易举地就让我春心荡漾。”

她把这张购物单和他大学时拍的一张老照片放在一起，照片上，他躺在瑞秋宿舍的单人床上，光着上身，一条被单漫不经心地盖在腰际。他的一条胳膊枕在脑后，手里夹着烟。他看上去年轻帅气，身躯修长健美，一派少年不识愁滋味的模样。

他心下忽然一凛。卢克会不会已经翻过这些抽屉？他是不是已经看到了他们婚姻中的隐私？毕竟这些抽屉并没有上锁。他在实验室里扫了一眼，但卢克背对着他，他似乎对艾登的举动毫无兴趣。

他想到瑞秋在这间实验室里度过的数千小时，和这个家伙，想到他们分享笑话和秘密。他从没怀疑过妻子对他的爱，尽管她对工作的热情经常会导致他们关系紧张。可现在她已经走了，自己再也不能拥有她了。他忽然感到撕心裂肺的嫉妒，因为卢克曾经拥有她那么多的时间。他想把这些时间从他身边夺回来，他想倾听他们的每一段对话，参与他们的每一个秘密。

狂乱中，他把每一件小东西都扫荡进箱子。现在抽屉空了，他又把视线转向档案柜的顶上。那里有一盆行将枯死的兰花（虽然她喜欢园艺，但她养不活任何一株室内植物）和一个会点头的憨豆先生人偶，那是克洛伊大约7岁时用自己的零花钱给瑞秋买的生日礼物。他把人偶小心地放进箱子，然后检查了档案柜上面的几个抽屉，一样，那里面似乎也没什么私人物品。

就这样了？过去几年她每天都要在这里度过12个小时，可她的私人物品还装不满一个纸箱子？他正欲转身告诉卢克他收拾完了，可又一时心血来潮去拉了拉档案柜最下面的那个抽屉。但抽屉卡住了，不是因为锁着，而是因为里面塞了太多的东西。他从缝隙伸进去一只手，把东西理顺一些方才拉开。

那里面全是照片、相册、DVD和录像带，艾登立刻便认出了它们——都是他的作品。他一直都是家里的历史记录者，多年来他拍摄了无数照片，最初用他那部35毫米的老佳能相机，后来换过好几部数码相机。他用一台破旧的D8摄录机拍摄了几百个小时的家庭视频，后来又用手机拍摄。但一直都是瑞秋把这些素材变成了实物。“数据太容易丢失了，这我比谁都清楚。”每当她煞费苦心地把洗好的照片塞进相册时，她总会说，“还是看得见的东西最保险。”

于是便有了眼前这一切——他们的家庭档案库。从他和瑞秋大学谈恋爱时期，到他们的第一间公寓、结婚、后来有了克洛伊、每一次度假……其他的还有更多：瑞秋小时候的相册、和她父母的合影、艾登上学时的照片，他越来越看不懂。但有一件事可以肯定，现在他需要再拿个纸箱了。

为什么瑞秋从来没有说过她把这些东西带到了公司？为什么他从来没有注意到这些东西不见了？他们一直把照片和相册放在客厅的储藏柜中。都拿走？怎么可能逃得过他的眼睛呢？除非她用蚂蚁搬家的方式一点一点带出去。可为什么呢？带到这里她有什么用途？他很想转身问一问卢克，但又犹豫了。万一卢克知道这其中的原因呢？那她为什么告诉卢克却不告诉他？他越想越气恼，恨不得一跺脚离开这里。

可这时他又忽然想起了口信的事，也许答案就在口信中？也许瑞秋在口信中解释了她做这一切的原因？

“你说瑞秋给我留了口信？”他直截了当地问，“是字条吗？”

卢克抬起头，一脸惊讶。“不是，”他说，“不是那种。”他转了下椅子，面对艾登。“你终于决定要听一听了？”

艾登以点头作答。他怕一开口，语气之中就会带出对卢克的反感。

卢克起身锁上了门，随后又检查了窗户。他拉下百叶窗，并确保瑞秋桌上的电脑设备全部关闭且拔下了电源。艾登不解地盯着他。

瑞秋的办公区域比卢克的小，是因为在实验室的尽头他们用墙又隔出了一个小房间。艾登判断应该是个小储藏室或会议室。房间有门，而且看起来特别结实，门上有三把锁，外加一把挂锁。卢克的手已经放在了门上，可他又犹豫了，随后转身问艾登：

“你对我们的研究知道多少？”

“全都知道，”艾登以一种防卫的语气答道，“我和瑞秋一向坦诚相见。”他才不会给卢克取笑他的机会，好像瑞秋会向他隐瞒什么秘密似的。

“不妨说说你都知道什么？”卢克说。

艾登叹了口气。“我知道你们在研究人机交互技术，你们打算研制一批可以识别人类情感的机器人。”

“差不多是这样，”卢克说，“但有几个关键点你没有搞清楚。”

“你指什么？”

“不是打算研制，而是已经研制成功了。不是一批，而是一个，仅此一个，一个全功能的机器人。”

“我明白了。”艾登说。其实他一点也不明白。

“还有另外一件很重要的事情，我估计瑞秋也没有告诉你。”卢克从门口返回，走向艾登。“软件是她的强项，但机械工程却是我的专长。我们想研制一种类人机器人，我说的是极端接近真人的机器人。有些科学家已经从事这项研究很多年，并且取得了不同程度的成功。他们多半只能做到外表接近人类，但动作僵硬，表情不自然，让人看了不舒服甚至害怕。”

“我见过。”艾登不耐烦地说。他当然见过，也许他没有卢克和瑞秋那么专业，但他毕竟拿过计算机科学的学位，而瑞秋已经从事机器人研究十几年。所以对于这个领域他并不陌生，也时常能看到其他科研人员的成果。

“用最简单的专业术语来解释，”卢克说，艾登真想揍他，“动作僵硬的问题出在程序的设计上。他们计划每个序列，然后一行行写下来。你知道恐怖谷理论吗？”

“听说过一点。”艾登说。

“它说的是非人类物体与人类极端相像的时候反倒会让人觉得恐怖，”卢克解释说，“我们发觉人们很反感这种相似，觉得它们靠不住，所以很多科幻电影里的机器人最终都有邪恶的色彩。”

“的确是这样。”

卢克点头。“但那是因为人类的技术还没有成熟到让机器人拥有和人类一样的外貌和举止。我们和别的科学家不一样。”

“不一样？”

“我就不必拿具体细节来烦你了，但终极公司的科研人员一直在研究一种能够模仿人类骨骼、神经和肌肉的革命性的机械电子结构系统。我们的项目很成功，我和瑞秋希望能更进一步。我们不想研制只会模仿人对话和交流的机器人，我们想制造出一种具有同情心和同理心、能够读懂人类表情、可以对人类做出回应的机器人。它将是人类真正的助手。”

“我知道了。”艾登已经相当不耐烦，这些东西他从瑞秋那里全都听说过。

“瑞秋实现了最具突破性的进展，目前团队里的其他人还不知道这项突破。她创造了一种可以让机器人自主学习的操作系统。”

“学习？”

“它能模仿人的动作和表情，它一边看一边模仿，就像小孩子。”

“怎么做到的？她怎么教它？”

“那要靠成百上千个小时的录像和视频文件，以及日复一日的人机互动。”

实验室里出现了一段长时间的沉默，艾登忽然感到疲惫不堪，他想回家继续蜷缩在沙发上。他出来得够久了，而此刻他已经不想再和卢克多说什么。瑞秋活着的时候他就不待见卢克，现在更讨厌了。瞧他那自鸣得意的样子，他站在瑞秋的桌子旁，大言不惭地赞美着自己的才智，还张口闭口以“我们”称呼他和瑞秋，无非在炫耀他们是一对儿，是一个组合。

他正欲借故离开，卢克突然问：“是脑动脉瘤，对吗？”

“对。”骤然转变的话题，以及卢克提问方式的直白，都让艾登感到意外。

“她早就知道自己得了病，是不是？在动脉瘤……破裂之前。”

“你怎么知道？”

卢克没有回答。他只是看着艾登，等着他要的答案。

“是，她早就知道，”艾登不情愿地说，“她妈妈也因为同样的病去世。瑞秋做过一系列的检查，而且每隔几年就要检查一次。最初几次体检一切正常，但几年前医生扫描时发现了一些状况。那是很让人头疼的部位，即便能动手术也非常危险，而且成功的概率并不高，所以……风险很大。她担心手术会对她的大脑造成不可挽回的影响，所以选择了放弃手术。她决定碰碰运气，暂时不管那个东西，继续该干什么就干什么。只是从那以后，她的脑子里便形同于装了个定时炸弹。”

他本打算说瑞秋没有告诉过他，可他不想让卢克意图取笑他的坏心思得逞。他向卢克透露的已经够多了，这件事他没有和任何人讨论过，甚至对克洛伊也没有提起过。可他为什么偏偏告诉了卢克？因为他问得很直接吧，艾登估计，还因为能够大声说出来对他而言无异于是一种解脱。

卢克并没有表现出任何震惊的表情，仿佛一切都理所当然，他只是点点头说：“这就说得通了。”

“什么说得通了？”

“她干的事情。”

“她干什么了？”艾登几乎已经懊恼起来，“卢克，你能不能别兜圈子？”

卢克叹了口气。“贝亚应该告诉过你我们这里的安全等级很高吧？”艾登点头。“所以，对于离世的员工，公司有着非常严格的规定和程序。他们会迅速冻结已故人员的访问权限和出入许可，切断电子邮件之类的，以防止有人假冒他们带走我们的研究成果。”

“可以理解。”艾登说。但他听不出卢克这番话的目的何在。

“瑞秋死亡的消息确认之后，信息技术部门立刻就采取了行动。他们冻结了她的账户，过来拔掉了她的设备。可这时出了一件事，我想她一定预料到了自己的死，因为她事先在她的数据中植入了一段代码，当她的状态变成‘已故’时，便会自动激活一连串的事件。”

“什么事件？”

卢克回到那个锁着的小隔间门前。“我不想让你看的，但我别无选择，”他说，“我甚至不能让你签什么保密协议，因为这个东西在公司里没有任何记录。我甚至连提都……”他不断地打断自己，“仅仅让你看一眼，我很可能都会丢掉饭碗。”

卢克从口袋里掏出一串钥匙。艾登心里闪过一个疑问，为何公司里的其他门都用电子卡开启，而这扇门却用了普通的锁？随后他猜测，大概是因为只有传统锁具才能防得住黑客吧。

卢克打开门，示意艾登随他进去。艾登纹丝不动，他不理解自己为何会如此不情愿。卢克没有开灯，唯一的光亮来自他们身后的实验室，因此那个房间比在外面看起来更为狭小。卢克站在一侧，向里面指了指。艾登发现里面有个人影，坐在椅子上，双手按在腿上。他刚踏进门口，那个人影就抬起了头。

“艾登，”她说，“你来了。”

瑞秋的声音。

第8章

艾登

也许这就是大脑短路的感觉吧，艾登心想。那一刻，他脑袋里仿佛起了一阵风，所有的念头、想法都被刮得一片弥漫。瑞秋，他挚爱的妻子，竟躲在这漆黑的储藏室中，等着他？瑞秋，上次见到她时，她伤痕累累，安安静静地躺在停尸房里。她的遗体曾缓缓地滑进火化炉，她的骨灰还装在骨灰盒里，等待他和克洛伊鼓起勇气把它们撒在南唐斯丘陵。瑞秋已经死了，可如今她却活生生地出现在他眼前，还亲切地呼唤他的名字。

他笑了，大笑。

这似乎是他唯一可以做出的反应，一阵激烈得近乎疯癫的大笑。他控制不住，陷入了歇斯底里的状态。随后他抓住卢克的胳膊，把他拖出来并关上了门。他步履蹒跚，撞上了瑞秋的桌子，一堆本就摇摇欲坠的文件像瀑布一样散落一地。他快疯了，理智失去了控制。

过了一会儿他才渐渐意识到，卢克一直面无表情地站在旁边盯着他，等他平静下来。

“瑞秋，”他念叨着，他找不到别的字眼，“瑞秋。”

“那不是瑞秋，”卢克说，“而是我们的原型机。”

“你们的什么？”

“为了让机器人有充足的视觉和听觉材料，以方便它学习人类的言行举止，我们只能给它提供一个模板，一个我们可以随时拍摄和录音的人，一个有充足时间和机器人相处并供它模仿的人。所以瑞秋是最合适的人选。”

“你为什么不提前告诉我，好让我有个思想准备？”艾登说。

“我以为你知道。你说瑞秋跟你说过所有关于我们研究的事，”卢克反驳道，“要是你还有什么细节不知道……”他顿了顿，接着又没好气地说，“如果她希望你知道，我想她应该会告诉你的。”

“她没有。她跟我说过软件，说过编码问题。可她从没说过你们的机器人……居然是人。”

“不是人，是仿人机器人，或者说是类人机器人，通俗的叫法是机娘，因为它具有女性的形象特征。也许它是迄今为止世界上最先进也最像人类的机器人，但它仍然是台机器。”

“可它是瑞秋。”

“只是看上去像瑞秋，”卢克承认说，“它在某种程度上模仿了瑞秋的声音和面部表情。但对它的研究与开发依然任重道远。它还需要广泛的人体试验，需要与人交流以完善它的移情功能。它离真正推出还要好几个月甚至好几年。”

从那悲痛与绝望的深渊底部，艾登瞥见了卢克的痛苦。他毕生的工作、他研究的未来、他全部的希望和规划，都被瑞秋的死击得支离破碎。艾登忽然对他产生了一丝莫名其妙的同情。

卢克走过来，帮他拾起掉在地上的文件，重新放回瑞秋的桌子。

“得知瑞秋离世的那一刻，”他说，“我眼前一片黑暗。我不知道该怎么办。我无法想象没有她，我该如何继续接下来的研究。可就在他们确认瑞秋死亡的那天早上，我刚进实验室，就听见它……”他指了指身后那个关着机器人的小房间，“……它在叫你。”

“叫我？”艾登将信将疑地看着他。

“我刚才也说了，瑞秋很可能在程序中植入了特殊协议，所以在她被正式宣布死亡并注销访问权限后，机器人便收到了一系列的指令。从那之后它就不停地叫你，并说瑞秋给你留了口信，它需要见到你，面对面地见到。我对软件懂得不多——那是瑞秋的专长。我试着从计算机协议中找到那些代码，可瑞秋加了密。我破解不了，密码解不开，试验就无法继续。除非让它和你见面，否则我什么也做不了。我现在顶着很大的压力，来自委员会的。他们要我汇报研究进展——贝亚的话你也听到了——可如果眼下的问题不解决，我不想让任何人知道它的存在，我不希望别人看到它这个样子。”

看来，卢克去找他并非出于对瑞秋遗愿的尊重，艾登悻悻地想。他终究还是为了个人的目的，他发愁工作无法继续，他担心得不到他自以为属于他的荣誉。

“我能理解你可能一时无法接受，”卢克尴尬地说，“但你能和它谈谈吗？看它到底要说什么，好让我们能尽快把这一页掀过去？”

“掀过去？”

“你听见贝亚说了。我要向委员会汇报我们的研究进展，还要确定下一步该怎么办，毕竟瑞秋已经……”他显然不知道该如何措辞，“关键是现在我束手无策。我试过让它看你的照片，甚至还考虑让别人冒充你，但它装有面部识别软件，根本糊弄不了，所以我需要你的帮助。求你了。”

“也就是说，是它——那个机器人——说有瑞秋给我留的口信？”

“是的，而且它坚持只把口信给你，当面给你。”

艾登心烦意乱，有种被困住的感觉。他想逃走，可与此同时他又不顾一切地渴望再看一眼那个机器人。刚刚那短暂的一瞥，以及它说出的寥寥几个字，已经使他的眼睛和耳朵坚信那就是瑞秋。他的心会碎掉的，可他知道他根本无法抗拒再看一眼的欲望。

“我该怎么……？”

“怎么和它说话？”

“对。”

“就把它当成一个人。我会给你戴上一个电子手环，那样机器人就能读到你的生命体征——呼吸频率、心率、皮电反应[①]、体温等。有了这些数据，只要能让它看到你的脸，它就能观察你的面部表情、眼球运动和瞳孔反应，继而像人一样做出回应。”

卢克走到他的工作台前，回来时手里拿了一个形似运动手表的窄窄的黑色带子。他把带子扣在艾登的右手上，确保传感器接触到他手腕内侧的脉搏。

艾登无助地看着他。“我不想进去，也不可能强迫自己把它当成……一台机器。我做不到。”

卢克茫然地看着他。“它就是一台机器，它不是人，是类人机器人。我们不会把它们当作人看待。它就像你的车子，只不过我们给它起了个名字，还安上了漂亮的睫毛。”

“这可不是一辆欧宝雅特，而是一个和我妻子一模一样的女人。”

卢克耸耸肩。“如果你愿意，也可以把它当成一个人。从技术上来说，它是马克4号原型机，编号：787775，但我们在研究过程中都叫它‘i-瑞秋’。”

“i-瑞秋？”

“是为了区分它和普罗斯珀博士。”

“i-瑞秋。”艾登念了一遍。他深吸一口气。“好吧，咱们过去看看i-瑞秋到底想跟我说些什么。”

---

①皮电反应也称皮肤电反应，指的是皮肤电阻或电导随皮肤汗腺机能变化而改变。人体由于交感神经兴奋，导致汗腺活动加强，分泌汗液较多，而汗内盐成分较多使皮肤导电能力增高，就形成了大的皮肤电反应。

第9章

i-瑞秋

互动记录

互动对象：艾登·索耶

互动起始时间	15：41
日期	5月2日
心率	每分钟98次
体表温度	略有升高
呼吸频率	每分钟25次

报告：

互动对象缓慢走进储藏室，伯恩博士打开了头顶的电灯。即便是弱光条件下我也能探测到人体特征，但若要实现人机交互，则互动对象需要更好的照明。开灯后，他可以清清楚楚地看到我，他的瞳孔迅速放大，原本就跳得很厉害的心脏，此时又明显加速。我对他进行了面部识别扫描，并根据记录数据完成直观分析：身高185.42厘米，体重接近80千克，深色卷发，深褐色眼睛，橄榄色皮肤。他与我数据库中的照片相符合，各项指标显示此人正是瑞秋的丈夫——艾登·安东尼·索耶。

我听到他猛吸了一口气，生命体征也探测到深层变化，且伴随着强烈的情绪反应。

“天啊！”他说。我注意到他的双手抖得厉害，他的生命体征均已达到极限，我真担心他会休克。我重复了预设的问候程序，也就是他第一次走进储藏室时我说过的那句话。

“艾登，你来了。”

“是的。”他踌躇着回答。

“你很紧张。”

“你看上去像极了瑞秋，呃，普罗斯珀博士，”他说，“她是我的妻子。”

“是的，”我说，“她死了。我向你表示哀悼。”

“谢谢。”他说，随后皱起了眉头。

我无法准确解读他的这一表情。瑞秋教过我，遇到不理解的面部表情，尤其当表情和语言相矛盾的时候，我应该提问。于是我说：“我的记录显示，皱眉动作表示不悦或困惑。你生气了吗？”

“没有！”他说，“我没有生气。只是看到你，看到瑞秋的脸，我有些震惊，毕竟她已经……”

“死了？”

“对。”他沉默了许久（17.45秒），随后说道，“你们简直一模一样。”

“正如卢克所言，我的容貌特征是以瑞秋为模板设计的。此外我们的面部表情和动作也非常相似。我观察她的行为举止长达345天。”

艾登扭头对卢克说：“她太了不起了。我从没见过这么高级的机器人。”

卢克不禁蹙眉。我很熟悉他的表情，那代表焦虑，应该是他在工作中遇到了难题。“这才刚开始呢。研制最接近人类的智能机器人，这是很多科学家都在从事的工作，也许还有比这更好的产品。瑞秋感兴趣的是人机交互，它如何对人做出回应、如何识别人类的情绪、如何帮助人类——真正的帮助。”

“帮助？”

“这个领域内的所有科研者都认为，他们将来研制出的机器人可以代替人类从事一些我们不愿意做的工作。我们为它们设定程序，它们没有自由意志，所以能不怕脏不怕累，任劳任怨。它们永远不会感到疲劳，不会加入工会，也不会要求加工资，或者根本不需要工资。但瑞秋有着更伟大的梦想，你甚至可以说是浪漫的梦想。她想研制一个看护型机器人原型机。它是一个伴侣，一个懂得关爱、充满耐心，且能和人真正谈心的机器人。她设想让这种机器人在护理中心工作，为那些孤独的人们提供陪伴，等等。按照瑞秋的初衷，我估计这种机器人的用途将不仅仅局限于充当女佣或朋友等。她说有了这种机器人，天底下就不会再有寂寞的人了。”

这些话似乎对艾登触动很大，他的心跳再次加速，而且双手握成了拳头。他转身匆匆走出了储藏室，而且他的呼吸也越来越急促。我担心他会离开，因为我的任务还没有完成。

“艾登，”我叫道，“艾登，回来。”我知道我人工合成的声音像极了瑞秋，这似乎再次引起了他感情上的波动。他有些为难，可还是停下了脚步。他背对着我，站在原地不动。“我要把瑞秋的留言交给你，”我说，“在把信息转告给你之前，我不会接受任何其他程序。”

他缓缓地转过身。卢克看看他，又看看我，却没动。

“卢克，这条信息是给艾登的，”我说，“只给艾登。”

“什么？”卢克说，“可我……”

“瑞秋为我编写了一个程序，可以让我扫描我所在的房间，以确保不会有旁人在场。我将通过视网膜扫描技术确认只有艾登一人在场时才会播放信息，有旁人在场时程序将无法执行。”

卢克没有佩戴电子手环，因此我无法读取他的生命体征指数，但我读懂了他的语言。他说："又是这样！"随后跺着脚走了出去，并砰的一声关上了门。我认为这些全是他不高兴的迹象。

对于卢克关上了房门我很满意，因为这是协议中的另一个必要条件。

"你准备好了吗？"我问。

"没有，"艾登回答，"我觉得我可能承受不了。"

瑞秋已经预判了艾登可能做出的各种反应，但他现在的反应与瑞秋认为最有可能出现的任何一种反应都不接近，不过好在程序中有专门应对这种可能的设定。我准备自行关闭电源，进入休眠模式。

"等等，"他说，"你刚刚做了什么？你眼睛里的灯不亮了。"

"如果你不愿意听瑞秋的留言，我只好终止程序，这样也就无法继续接下来的研究项目。我将不得不让自己进入休眠模式。"

"休眠模式？"

"待机，无响应状态。"

"就像……睡觉？"

"更像昏迷。"

"也就是说，如果我拒绝听瑞秋的留言，你就进入昏迷状态？这是情感勒索！"

"我对勒索概念的理解非常有限，"我说，"我通过内置词典查阅了这个词的意思，但它似乎很少与情感这个概念组合在一起，也不该用在和瑞秋有关的对话中。"

艾登看了我7.3秒钟。"我搞不懂你是不是在开玩笑。"

"在目前这种情况下，我不会尝试开玩笑，但瑞秋已经开始教我幽默的规则，"我说，"我正在学习使用双关语和脑筋急转弯，并观察这类语言如何使人发笑。但这个项目我们最近才刚刚开始。"

"我明白了，"他说，"那你讲个笑话听听。"

"哪种水果视力最差？"

"什么？"

“杧果。”他毫无反应，于是我开始解释。“这是利用了谐音字，杧果的‘杧’与盲人的‘盲’。”

“我知道。”

“可你没笑。”

“我听过。我们的女儿克洛伊还小的时候，瑞秋对她讲过。”

“我讲这个笑话的时候瑞秋会笑，每一次都会。”

艾登若有所思地点点头。“她确实会。”

我识别到他脸部肌肉的一个非常细微的收缩动作。那不是一个完整的微笑，但完全有发展成微笑的可能。我扫描了一遍他的生命体征，他的心率和呼吸节奏已经稳定下来了。

“现在我可以为你播放通信内容了吗？”我问。

“好的。”他说。他语速很快，语气很坚决。“开始吧，趁我还没有改变主意。”储藏室靠墙的位置有一把椅子，与我相对，他坐了下来。

到目前为止，在和艾登的对话过程中，我一直使用我的语言文件生成恰当的回应，并用我的嘴巴与合成的声音和他交流。然而，交付信息需要不同的方式。瑞秋用麦克风录制了一段简单的音频文件。我可以用我的身体直接播放，但根据我的计算机逻辑，倘若我不动嘴巴，而让瑞秋的声音直接从我胸口的扬声器传出，那可能会让艾登感到不安，因此我无线连接到了房间里的音响系统，并通过扬声器传输声音。

“下面的话我要说给艾登听，”扬声器中传来瑞秋的声音，“亲爱的，如果你听到这段话，说明我已经死了。真对不起。”

艾登往前倾着身体，双手捂住了脸。我能看到他的肩膀在颤抖，有50%到60%的可能他在哭泣。瑞秋已经预见到了这种可能性，听到她真实的声音，艾登一定会非常伤心难过。我暂停通信，等待他平静下来。15.34秒后，他抬起了头。我没有看到眼泪，但他脸色苍白、神情焦虑。他盯着我看了4.5秒钟，而后又低头看着地板。随后的声音传输中他一直保持这个姿势。我继续播放瑞秋的语音文件。

“录下这么一段话，而且只有在我死后才能让你听到，感觉非常奇怪。我独自坐在实验室里，注视着电脑屏幕，照着我写好的稿子念，心里却七上八下，很不是滋味。但如果你听到了这段话，就说明发生了不好的事情。谁也无法确切知道自己将如何死去，但如果让我赌一把，我猜我也会像我的妈妈一样，年纪轻轻的就突然死去。

“也许我运气好呢。说不定你永远都听不到这些话，因为我可能一直活到103岁，最后才死于癌症或心力衰竭，或者也像动画片里的怀尔狼那样，被天上突然掉下的钢琴给砸扁了。但不管我是怎么死的，只要我死之前还在从事i–瑞秋项目的研究，你就一定会听到这段消息。

“所以如果你在听着，就说明你已经见过了i–瑞秋。想必你一定有许多疑问，包括我为什么只字不提我和卢克研制了一个和我长得一模一样的机器人这件事。这是一个非常自私的选择，主要是因为我不想让你心里不舒服。我知道你不喜欢卢克，也从来不了解他，但我选择与他合作是有着非常实际的原因的，我希望卢克已经向你解释过。他这人有点古怪，我知道，但他才华横溢。他在类人机器人领域的技术水平是世界一流的，没有他的帮助，我是无法取得现有成果的。”

我注意到艾登的肩膀绷得紧紧的，我看不到他的脸，但从他的行为和姿态我推断他不喜欢瑞秋这番话。

“你面对的这个机器人名叫i–瑞秋，它是我毕生事业的最高峰。你知道我对机器人领域的态度，只要我们能开发出合适的机器人，它们将在许多方面为人类提供你想象不到的帮助。我想造出一种值得信赖的机器人，一种对自己的服务对象忠心耿耿的机器人。人类可能善变、无情或不忠，但出色的机器人永远不会让你失望。”瑞秋说到此处笑了笑，她的笑感染了艾登，因为他微微抬起头，脸上露出了微笑。“出色的机器人永远不会让你失望。”她继续说道，“这话我得跟营销团队的人们说一遍。”

“我们都知道，科学家已经研制出了能够完成多种任务的机器人，比如能够做饭、铺床、帮助人洗澡，甚至替主人购物的机器人。但其他事情呢？比如倾听、欢笑、知道你何时需要一个拥抱，或者聊天？我说的是移情作用。我想造一个能够读懂你的表情并根据你的需要做出回应的机器人。”

录音中出现了短暂的停顿，我听出了瑞秋的呼吸——柔和而规律，她在为下面的话酝酿情绪。“我这里说的‘你’是广义的你，而不是指你，艾登。或者至少那不是我最初的意图。我们设计这款类人机器人的初衷是让它成为独居人士——老人或属于弱势群体的成年人的看护者。但随着时间的推移，我越发觉得我很可能会早早撇下你们离开人世。”

瑞秋在录制这段留言的时候并没有留下视频资料，而且当时她也没有戴电子手环，尽管如此，她声音中的颤抖仍然显而易见。我听见她深吸了一口气，随后才重新开始。我听出了她的语气，那是非常正式的口吻，就像她平时和同事通电话时那样。

“i-瑞秋的研究工作还远远没有结束。我们已经做了一部分实验室初始测试，但碍于我们研究工作的机密性，在人机交互这方面的试验仅限于我或卢克。坦白说，公司管理层、委员会以及其他实验室人员都不知道我们的研究进展到了何种程度。他们都没有见过i-瑞秋，我和卢克暂时不打算对外界公布。

“我们已经计划好了下一阶段的研究方向。i-瑞秋必须做到能同时和多人交流。我们需要拿它在不认识的人身上做试验，而且我有一种很强的预感，我们可能需要把它带出实验室。近乎封闭的试验环境已经越来越无法满足它的学习需要，因为它和我与卢克已经相处了很久，在一定程度上已经达到了熟识的地步。它能准确地预料我们的想法和感受。

“因此，这里有一个百万英镑的问题——我不是在打比方，而是i–瑞秋确实有这么高的身价。这个问题是，你愿意把i–瑞秋带回家吗？让在事先确定了的时间内陪伴你和克洛伊？我估计你会需要和它交流……”

“够了！不要再它、它、它的了！”艾登跳了起来。瑞秋的录音仍在播放，但他说话的口吻仿佛她就在这个房间内，而且能听到他。“她不是一件物品！”

“……帮你们做家务，”瑞秋的声音仍在继续，“我估计在我死后最初的一段时间内，你们两个会很煎熬。我知道我在家务方面算不上出众，但至少它可以帮你们洗衣服、做饭、打扫卫生……”

“她叫瑞秋。”艾登徒劳地重复着，怅然若失地坐回到椅子上。“瑞秋。”他终于抑制不住，开始哭了起来。

瑞秋平淡的语气让艾登非常不快。我看不出这其中的逻辑原因，但他显然已经无法集中精神听瑞秋的留言，于是我暂停播放，免得他错过任何重要的信息。

我没有应对此种情况的恰当协议，但根据内置程序，当一个人情绪低落时，我应该以轻拍他的肩膀或触碰他的手的方式为他提供实质性的安慰。瑞秋死后那些天，当卢克心烦意乱的时候，我曾试图执行这一协议。但他两次对我吼叫，还有一次直接将我推开，使我失去平衡撞在工作台上，导致组成我皮肤的乳胶层发生破裂。所幸他有应对此类意外的预案，我的损伤很快便得以修复。但从这些经历中我认识到，当互动对象情绪不佳时，触碰并非唯一的选择。根据我在卢克身上的经验，这一次我没有试图触碰艾登，而只是说：“很抱歉，瑞秋的留言让你难过了。”

艾登近在咫尺。我发现我的面部识别软件一直在扫描他、观察他的特征和容貌细节。我尤其注意到他的睫毛又长又黑，沾在上面的泪花在灯光下闪闪发光。我们在沉默中坐了许久（34.35秒）。

“我还没有播放完瑞秋的留言。”最后我说。

艾登摇摇头，脸上甚至露出了一丝惊讶的神色，好像他刚刚从沉睡中醒来。“当然，你继续。”

扬声器中再度传出瑞秋的声音。“你愿意把i-瑞秋带回家吗？让它陪伴你和克洛伊？它需要你和它交流、磨合几个星期，或许更久。这期间卢克可以到家里提供一些维修服务，并收集它和你们在一起时记录的数据。”

瑞秋停顿了片刻（5.4秒），而后才继续说起来。这一次她的声音没那么正式，而是平添了几分迟疑。

“我知道你一定需要点时间考虑这件事，听完这段留言，i-瑞秋还会向卢克转达另一份留言。我预感他可能需要经过一点劝说，否则这件事几无实现的可能。但我十分清楚，如果我死了，随后的事情必须如此发展。没错，这是我研究的一部分，但同时也是……嗯，这是我能与你分享的所有，我的工作、我的创造，以一种最奇怪、最不完美的方式与你分享，当我无法在你身边的时候，我希望另一个我能够陪伴你。求你了，亲爱的。你可以将此视为我的遗愿，甚至情感勒索，但是我求求你，按我说的做吧，把i-瑞秋带回家。就算是为了我。我爱你。”

艾登盯着他的双手，一声不吭。

“情感勒索。”我说。

“什么？”艾登问。他看上去非常震惊，好像很意外我仍在房间里。

“情感勒索。你之前用过这个词，现在瑞秋也用它。在两种语境中听到这个词，我想我开始理解它的意思了。它指的是利用一个人对你的感情，强迫他们做一些违背他们意愿的事情。”

艾登点头。“定义得很好，实际上非常准确。”他站起身。“谢谢你。这次见面……实在不可思议。这是我来之前根本想象不到的情况，完全出乎意料，我希望……希望这样做能如你所愿。”

他用一种奇怪的神情看着我。我用了“奇怪”这个词，是因为我找不到其他可以形容他现在这种表情的词汇，我在瑞秋或卢克脸上从来没有见过这样的表情。我能看到痛苦与忧伤的元素，这与卢克相同，但除此之外还有别的，他眼睛里有一种柔和的东西，令我找不到合适的表述方式。

“再见了，i–瑞秋。”他说着便走向门口，打开门，闪身出去之后重新关上门。储藏室里又剩下我孤零零的一个人。

互动结束时间：16：52

第10章

克洛伊

克洛伊：我的天啊。

我爸爸出去的时候你不知道我松了多大一口气。

我真的无语了。

艾米：你没事吧？

克洛伊：实话告诉你，我们已经把自己关在家里好多天了，家里臭烘烘的，我都快被熏死了。我连手机都不敢看，头发也不敢梳，连看电视的时候笑一下都觉得是一种罪过。

艾米：那一定超诡异的。

克洛伊：我知道，这是我们家的不幸。不幸到活着的人都不能正常生活。

艾米：真可怜。

克洛伊：这也不是爸爸的错。他没有给我施加任何压力。实际上他什么都没做。

可他伤心得厉害，如果我表现得太不一样似乎对他很残忍。

艾米：你需要我过去吗？

克洛伊：最好别来。我不知道爸爸什么时候回来，况且现在我家根本不能进人。

艾米：没关系，我可以帮你们收拾收拾。

克洛伊：别傻了。
你会收拾？

艾米：当然啦。

克洛伊：天啊，我真是爱死你啦！

艾米：我让我妈妈把我送过去。
我们把家里收拾干净，你爸爸回来的时候心情也会好些。

克洛伊在卫生间里照了一眼镜子，此时她几乎认不出那个眼窝深陷的女孩儿就是自己。艾米家住得不远，所以克洛伊刷牙、梳头和化妆的时间非常有限。她用粉底遮住暗影，又涂了些睫毛膏，但她觉得这样是骗不了艾米的。门铃响了，她打开前门，紧紧搂住她的好朋友。艾米的妈妈在车里看着她们，然后挥挥手，冲克洛伊飞了一个吻，就开车走了。

两个女生手挽手走进屋里。艾米细微的表情变化没有逃过克洛伊的眼睛。

“对不起啊，家里跟猪窝一样。”

“没那么糟……”艾米说着扫了一眼咖啡桌，那上面堆满了碟子、杯子和团成团的纸巾。地板上扔着一个油乎乎的比萨盒，她差点一脚踩在上面。她踮脚穿过客厅，拉开窗帘，把通向花园的门开到最大。

“很臭，是不是？”克洛伊不好意思地低声说。

“有点儿。”

艾米比克洛伊矮一点，娇小玲珑，赤褐色的头发笔直。她的脸盘儿不大，表情中常带着焦虑，说话慢声细语。她们最早熟识是在学前班时克里斯蒂老师的课上，她俩被安排在相邻的座位上，从那以后她们就成了最好的朋友。

刚上学时，克洛伊已经能流利地阅读，知识水平远超班里其他同学，但广阔的校园时常让她产生困惑和恐惧。艾米的妈妈卢卡斯太太是学校里的护士，所以艾米很小的时候就经常到学校里玩耍。她知道她妈妈办公室的位置，也知道该去哪里排队吃午餐。第一次课间休息时，克洛伊想去厕所却不知道路，紧张得哭了起来，艾米伸出小手拉住她，领着她去了女厕所。这件事让克洛伊一直心怀感激，如果不是艾米，她很可能会尿到裤子里，因为这样的事在没过几天便发生在黛西·威利斯身上，结果她至少到四年级还被人喊作“尿裤子黛西”。

从此，艾米充当克洛伊在学校里的向导，而克洛伊则帮助艾米阅读和画画。大约一年半后，艾米已经反超了她。艾米热爱学习，尽管没有克洛伊的天资，但她异常勤奋，比别人更善于观察，对待作业一丝不苟。

“艾米将来一定能当个出色的程序员，”克洛伊的妈妈以前常说，“她对细节的注意令人惊叹。”

克洛伊听到这样的话心里总是很不舒服。她妈妈和艾米是一对儿令人嫉妒的忘年交。艾米称她妈妈为“二妈”，她妈妈称艾米是她的“二女儿”。她们似乎无话不谈，而且她们俩聊天从来不会像克洛伊和妈妈那样磕磕绊绊。

“因为她不是我妈妈。”当克洛伊向艾米表达出这样的感受时，艾米说，“我和我妈妈也天天吵嘴。”

这样说并非厚此薄彼。克洛伊聪明活泼，老师们经常夸她“有天赋”。2岁的时候瑞秋就用抽认卡片教她认字母，而她很快就学会了怎么读。她画画也很棒，而且小小年纪就喜欢上了唱歌跳舞，但是长大一点后，她就发现学校生活枯燥无趣，时常让她感到沮丧。她开始调皮捣蛋，经常惹麻烦，学习成绩一落千丈。如果交上错误的朋友，她的学业将是另外一番景象。但她和艾米的友谊拯救了她，艾米从没放弃过她。她帮助克洛伊写作业，而且招之即来，当克洛伊上学迟到或上课不认真时，她还会替她打掩护。

她和艾米一起读完小学又一起升入中学。她们在那里认识了杰丝，从而形成了一个关系紧密的三人小团体。杰丝11岁的时候就开始涂睫毛膏，并喜欢把指甲染成黑色，但由于她是个多才多艺的乐手，所以她并没有因为违反多项校规而被开除。她会演奏五种不同的乐器（她的哥哥同样极具音乐天赋，而她的妈妈则是个钢琴师）。13岁时，杰丝已经开始在校外的正规乐队演出了。起初克洛伊对她有些畏惧，但很快她就发现杰丝是个相当可爱的女生，腼腆而孤独。如此，三人小团体中，杰丝是音乐天才；艾米是学霸，且有一个当医生的志向；克洛伊亦不时地闪现才华，但更多的时候是粗心大意，让老师颇为头疼的学生。离开朋友，她总免不了惹是生非。艾米和杰丝就像她的锚，使她不至于太过离经叛道。

此刻，艾米正小心翼翼地把克洛伊和她爸爸胡乱丢弃的碟子整理起来送进厨房。克洛伊望着外面的花园，这是一个平淡无奇的阴沉日子，距离妈妈去世已经两周了，露台的石缝中已经长出了一丛丛杂草。妈妈生前喜爱园艺，不上班的时候，她会蹲在花园里除草，或者小心翼翼地在花圃里栽下新的幼苗。他们在这栋房子里已经住了很多年，妈妈把它收拾成了一个美丽的地方，它看起来那么迷人，但也需要大量的时间照料。

克洛伊回到客厅。她能听到厨房里哗哗的水声——艾米在洗盘子和碟子之类的东西。克洛伊在屋里走来走去，捡起杂志和报纸，把她和爸爸留在沙发上的毛毯叠好收起来。果然，屋里的凌乱都是表面的，稍加整理便焕然一新。

闪电式地突袭完楼下，她们又转战克洛伊的卧室——那里才是重灾区。整理完毕，两个女孩儿各泡了一杯伯爵红茶，来到外面的露台上坐下。云层裂开一道缝隙，一线阳光洒在屋后的田野上。

“你爸爸还好吗？”艾米问。

“糟糕透了，就像丢了魂儿似的。”

“这不奇怪，对吧？他失去了妻子。”

“我知道，”克洛伊抿了口茶，“要命的是，我爸爸妈妈非常恩爱，真的恩爱。他们都结婚这么久了，有时还会拉手、接吻。我都替他们难为情。”她顿了顿，望着她妈妈种的那排薰衣草丛里冒出的蒸汽。“我知道他有多难过，真的。可我忍不住想，如果他们两个换换位置，妈妈肯定……”

“肯定什么？”

“我也说不准。肯定能处理得更好。我不是说她爱爸爸没那么深，或者如果爸爸死了她不会这么难过。她同样会悲痛欲绝，但她不会方寸大乱。她会更多地考虑到我的感受。我是说，我发现我最近在考虑钱的问题，还有房子。妈妈的收入比爸爸高得多，她看起来粗枝大叶，生活好像乱糟糟的，但实际上她比谁都讲求条理。她做任何事都有自己的章法，购物、打扫卫生、安排我们的约会……而我和爸爸早就习以为常。”

“那你现在是什么感觉？”

“坦白地说，我很害怕。我无法想象没了她我们的生活该怎么继续。我知道我不该这么说，但如果死的是爸爸，我会难过，但肯定不会害怕，因为妈妈会让一切保持正常。”

“她是个了不起的女人。”

克洛伊瞪了艾米一眼。在她和艾米以及杰丝的友谊中有一条不成文的规则，那便是谁都不能评价她的妈妈。全世界所有人都夸她的妈妈如何如何出色，如何如何才华横溢。克洛伊听得太多了，仿佛走到哪里都有这种声音，她的同学、她的老师。每次听到别人评价她的妈妈，她都感觉别人在拿她和她的妈妈比较，仿佛在暗示她配不上这样的妈妈。她拿什么和妈妈比呢？艾米知道她的忌讳，所以平时很少触碰这个雷区。如今克洛伊的妈妈已经不在了，不管她曾经多么了不起。艾米以为现在谈论她的妈妈已经没关系了。

克洛伊瞥了一眼手表。“我爸爸已经出去很久了。”

“他去哪儿了？”

“没说，他只说要出去一趟。很可能跟妈妈的事有关，所以他不想让我知道，免得我伤心。不过他已经出去很长时间了。”

这时，一个荒唐的闪念令她不寒而栗：爸爸的车行驶在同一条公路上，驶向同一棵树。万一他想不开怎么办？万一他无法面对失去妈妈的事实，他会不会选择轻生？撞车？跳桥？万一她现在已经成了孤儿呢？

艾米看出了她的恐慌。“他不会有事的，”她安慰说，“可能确实忙别的事情去了。你为什么不给他发个短信呢？”

“那会使我看起来像个害怕一个人在家的小孩子。”克洛伊说。可她的手还是放在了手机上，若有所思。忽然，手机响了，她吓了一跳。是爸爸的信息。

对不起，亲爱的。事情比我预想的要久一点。半小时后到家。晚饭出去吃？

“你瞧，”艾米说，“说了他没事。”

“他提议到外面吃饭，前几天他连抄表员来敲门都懒得搭理呢。”

“也许他的心情好起来了。”

“也许更差了，反正他没事就好。我们确实得出去吃，家里没吃的了。”

“我也看到了，你们的冰箱里已经没多少东西了。”

“我没说爸爸不称职，其实他照顾我的时间比妈妈更多，因为他的工作比妈妈的更灵活。他很会陪我玩耍，就算做一些抛举动作我也丝毫不害怕。他还很会做饭，但每次总是妈妈把空了的冰箱填满。她几乎负责所有的幕后工作。”

“嗯，好消息是你们可以出去吃饭。让他带你去一个条件好一点的地方，至少也要能吃到好吃的冰激凌。”

克洛伊勉强挤出一丝笑容，在心里琢磨着和爸爸出去吃晚饭的事情。他们以前也单独出去吃过饭，因为她妈妈每天都忙着到世界各地开会或者去见各地的供应商，即使没有出差也经常加班。克洛伊和她的爸爸便只能得过且过地混日子。可今天这次与往日不同，以前，如果妈妈愿意，她是可以陪他们的，而今却不再具备这样的条件。因此这将是他们两个人作为一个完整家庭吃的第一顿正餐。克洛伊想象着坐在爸爸对面，绞尽脑汁地寻找话题，而由于妈妈缺席所导致的沉默依然那么突兀。不，她做不到。别的时间或许可以——他们将不得不面对失去妈妈之后的许多第一次，而这只是其中之一。但别的时间不是今天，绝对不是。

“我不想出去，”她说着猛然站起来，“我要亲自下厨。咱们去看看冰箱里都有什么吧。”

第11章

艾登

艾登回到家，发现屋里干净整洁，而克洛伊和艾米正在厨房里忙活。艾米念着从手机上搜来的食谱，克洛伊则按照她的指示在灶台上的炖锅里搅着什么，她还弯下腰，疑虑重重地闻了闻。

“嘿，”他很意外，“我还想着要出去吃呢。”

“我们收拾了一下屋子，发现冰箱里有些东西快过期了。”克洛伊说。她的神情看上去有些紧张，“既然我们把剩饭和砂锅菜都吃完了，我想不如自己动手做点吃的。”

“你们在做什么？”

“我们把原材料列出来放到了一个美食网站上，然后就得到了一个咖喱什锦菜的食谱。但其中有些原料我们不得不用其他东西代替……”克洛伊又弯腰闻了闻炖锅，“闻起来感觉怪怪的。”

艾登真想抱抱她。她是个勇敢的女儿，正在努力走出失去妈妈的阴霾，开始新的生活。他非常愿意吃下她做出的任何东西。

他走到锅前。“闻起来不错，”他说，“香气扑鼻，还有点异国风味儿。我快饿死了。要不要我煮点米饭？艾米，你也留下来吃晚饭吧？”

“谢谢，但我不能留在这儿。”艾米笑着说。

艾登发现他特别希望艾米能留下来，那样他和克洛伊就不必单独面对他在实验室里经历的一切。i-瑞秋美丽又冷漠的脸庞浮现在眼前。

他低头看着自己的双手，它们在微微发抖。天啊！

“真的不能留下吗？”他说，但他努力让自己的声音表现得不那么迫切和绝望。

“我妈妈做了饭的，而且我答应了她6点就回家。”

他很想打电话给艾米的妈妈，让她同意艾米留下来和他们一起吃晚饭，但那样做他又怕克洛伊起疑心。

头疼。他想上楼，想爬到床上，用毯子蒙住脑袋，睡觉，睡觉。他不想面对雪崩般的信息和痛苦。现在不行，最好永远不要。但他控制住了自己。他尽可能灿烂地笑了笑，从冰箱里拿出果汁给每个人倒了一杯，然后坐下来有上句没下句地闲聊一通，任由肚子一阵阵绞痛，心在胸腔里静悄悄地破碎。

第12章

克洛伊

克洛伊：我这人太糟糕了。

艾米：什么？胡说。

克洛伊：我没有胡说。你走了以后，我们一起吃咖喱菜。告诉你吧，我做的菜难吃死了。

可爸爸却表现出一副“嗯，亲爱的，做的真好吃，你比得上星级厨师了”的样子。

可即便这样他也没有把菜吃完。

艾米：你也不能因为这个责怪自己啊！
你只是厨艺不佳而已，这我们都知道。

克洛伊：哈哈。不，我要说的还在后面呢。

爸爸强忍着把菜吃下去，但看起来他真的很痛苦，眼睛周围乌青乌青的。

关键是他好多次欲言又止，搞得我莫名其妙。

艾米：你觉得他想说什么？

克洛伊：我觉得他想和我谈心，谈未来之类的事。

艾米：然后呢？

克洛伊：我不想谈，所以我跑了。

艾米：跑了？

克洛伊：天啊，你把我当成什么人了？不是跑到外面或街上，是上楼回我的房间了。

我说明天我想回学校，要收拾下东西。现在我躲在房间里不敢出去了。

艾米：那你要回学校吗？

克洛伊：现在不回也得回了。

艾米：我看也是。

克洛伊：可我以后不能老躲着爸爸啊！

艾米：跟他谈谈有那么可怕吗？

克洛伊：没有，不，我的意思是有。我不知道，我也说不清自己是什么感觉。

但我怕我会说错话。

艾米：你能说错什么话？

克洛伊：不知道。我想了很多我干过的错事，比如……有时候我会对妈妈特别恼火。

我不知道该怎么办。

艾米：恼火？

克洛伊：我老是想起外祖母去世的事，她们得的是同一种病。

我一直怀疑她很可能早就知道自己有脑动脉瘤，却无动于衷。

她早就该做手术的，我查过。

但我又想她不做手术是不是怕影响她的宝贝大脑？

艾米：哇。

克洛伊：我知道。现在妈妈没了，她的宝贝大脑也没了。确切地说是化成灰了。

艾米：真遗憾。

克洛伊：所以假设她做了手术，然后变得没那么聪明，

那她无非是成不了世界一流的人工智能专家。

也许那样她就只能待在家里照顾我，做个家庭主妇。

但那样的结果有什么不好吗？

第13章

卢克

他的手疼得厉害，他需要改一改动不动就发火捶东西的毛病了。他所做的工作对运动的协调性要求极高，倘若双手出了问题，他还拿什么工作呢？况且他也干不了别的工作，尤其目前瑞秋遗留的问题还没有解决。

铁皮橱柜上被他击打的地方有一个硕大的凹痕，还好它的位置在靠窗一侧，外人走进实验室时不至于一眼看到。当然，他很少让不相干的人进入实验室。给予研究人员极高等级的隐私保护是他选择终极公司的主要原因。他不喜欢与人接触，不喜欢到公共厨房里倒茶水，他也很少参加公司组织的社交活动。总之，卢克讨厌和人打交道，在别人跟前会浑身不自在。他从小就是个孤僻的孩子，喜欢一个人待在房间里捣鼓电子产品，拆了装、装了拆，长大之后也沉默寡言。他交过女朋友，可时间都不长，关系也不深。他不愿在智商比他低的人身上浪费时间，而这基本上指所有人，只有一个例外。

瑞秋一直是他的缓冲器。在两人中间，她是善于交际的那一个。她负责开会、汇报工作，还要负责把其他人挡在卢克和他们的实验室之外。而今她走了，临走之前还改写了787775的程序，让他至今仍束手无策，这是对他残忍的背叛。前天夜里听完瑞秋的留言他勃然大怒，他又吼又叫，冲橱柜上打了一拳。恐怕就算瑞秋在他面前，他也很难控制自己的冲动。

可事实上，就连对i-瑞秋他也无可奈何。它说它会远程连接他的笔记本电脑扬声器，随后便退进储藏室并进入休眠模式。听完瑞秋的留言，他曾试图打开储藏室的门，但i-瑞秋好像在里面加了门闩。

这对平息他的怒火毫无帮助。如果是在下棋，瑞秋起码领先他10步，他根本预料不到她什么时候会将他的军。

他们曾围绕下一阶段的研究争论不休。瑞秋坚持认为，唯一能检测i-瑞秋共情学习能力的方法是把它带出实验室，放进一个可以控制的环境内。卢克坚决反对——机器人如何保养维修？万一损坏怎么办？他们如何挑选供机器人测试的对象？

起初他以为这些讨论只算作研究的初级阶段。他以为他们会写下研究课题的详细大纲，征募志愿者，进行广泛的面试采访；他以为他们甚至可能会在实验室内部创造一个新的生存空间，让互动对象进来，而无须让i-瑞秋出去，但瑞秋对他的想法置之不理，毅然选择一意孤行。

这已经不是第一次了，在研发马克1号模型时他们就大吵过一次。他比较关心移情软件，却忽视了机器人开口说话的需要。他认为机器人的工作不过是换换床单、喂老年痴呆患者吃吃饭而已。可有一天早上当他来到实验室时，却发现瑞秋已经为原型机设计并上传了语言文件和对话程序。结果那机器人整天都像个跟屁虫似的追在他屁股后头，没完没了地问这问那。当他吼着问瑞秋为什么没有按照他的想法设计时，瑞秋若无其事地笑着回答："这个嘛，不试试怎么知道呢？你说对吧？"

马克2号项目开始后，他拆掉了马克1号的电池，把它塞进储藏室的一个橱柜里。这才总算让它闭上了嘴巴。

但这一次瑞秋无异于绑住了他的手脚——他只能按照她的要求去做，根本没有违逆的机会。可问题是，怎么做呢？终极公司是不可能允许他这么干的，所以这件事必须要做得神不知鬼不觉才行。

第14章

艾登

克洛伊坚持要返校。艾登担心她只是一时心血来潮，但她的态度异常坚决。

“早晚都要面对，”她一边把书塞进背包一边说，“我宁可早点迈出这一步。大不了头几天忍受一下别人异样的目光，少跟人说几句话，但他们很快就会忘记这一切，我该怎么过依旧怎么过，况且我还有艾米和杰丝照顾呢。”

“只要你确定就好。”艾登半信半疑，“要我开车送你吗？”

“不用！”克洛伊的声音有些尖锐，把他吓了一跳。“没关系的，”她立刻缓和了口气说，“我自己能行，不会有事的。”

她把鼓鼓囊囊的背包往肩膀上一挎，用力在他脸颊上亲了一口，随后便逃也似的溜出了家门。

艾登慢吞吞地走回来，去收拾他们的早餐碟子。厨房的窗户正对着公路，往水槽中加热水和洗洁精时，他望着外面的草坪出了神。

他的假期还没有结束，而且他知道，只要他提出延长休假，上头一定会答应。反正他在这个庞大公司里的位置也没有那么不可或缺。

“想休多久休多久，”菲奥娜说，“其他事有我们呢。”

她说到做到。艾登知道就算他几个月不去上班，菲奥娜也会照常给他发工资，她就是那样的人。艾登喜欢他们乱糟糟的办公室和他的同事，而且他在事业上并没什么野心。他只是以自己微不足道的方式帮助别人，对此他很满足。

他知道倘若反过来——他死了，而瑞秋不得不请假——终极公司给她的假期必然是法定的最小限度，一天也不会多。但那是因为她选择了科研这个充满压力的行业，她的背后是数以亿计的投资。如果瑞秋离开岗位或无法研制科研成果，那些在幕后开支票的大佬们会不高兴的。如果死的是他，活着的是瑞秋，她能从实验室里抽出几天时间来哀悼他呢？或许葬礼结束她就要匆匆赶回实验室，埋头工作让自己忘记悲痛。久而久之，她习惯了埋头工作，他的死在她冗繁的日程中也就渐渐地变成了一个点。

胡思乱想。他知道，他的脑袋在跟他兜圈子，或者说在折磨他。他还知道，他这么做是为了避免想起那个机器人——i-瑞秋，想起瑞秋的留言。离开实验室时他曾承诺会考虑，但他食言了。他无法想象把那个机器版的妻子领到家里会是怎样的情景。它像极了瑞秋，但又不像瑞秋。它有着她的脸庞、身高、身材，就连模仿的表情也非常到位，可它与瑞秋有着本质的区别。瑞秋的美不在于她的容貌，或金色的头发，而在于她的温暖和智慧。

不，不是它。是她。

怎么搞的？他竟然陷入了瑞秋和卢克的思维，把i-瑞秋当成了一件物品看待，就像她是一台烤面包机或别的什么。可事实上，她的确只是一台机器。不管人们在创造她的过程中运用了多么出色的技术，她终究是一堆金属、电线和乳胶的结合体，而不是一个有温度、会呼吸、能思考的人。可他在她身上看到了一种特别的东西，使他发自内心地感觉它不仅仅是由一堆巧妙的程序和难以估算的数据组成的机器。她的语言中仿佛流露出了一丝向往、一种孤独，一种想要与人交流的真切的渴望。而他发现自己很乐意把她当成一个真正的女人看待，尽管严格意义上来说这种想法并不正确。

他能想象出瑞秋对他的嘲笑。“你又感情泛滥了，”她会说，“你把什么东西都当人看。”

事实何尝不是如此呢？他对i-瑞秋的反应发自肺腑，而非科学的头脑。他把她看作人，是因为他不顾一切地渴望她是真的人。

瑞秋受不了他的时候，会说他是个无可救药的浪漫主义者，但大多数时候她是尊重他的。他性格安静，处于人群中时，他总会注意到人们对话的细微差别、言外之意、表情变化甚至眼神的交换。而瑞秋平时行色匆匆则很难注意到这些，所以每每听丈夫解释他所观察到的细节，她总能心醉神迷。

现在他需要将他的见闻和经历思考一番，他需要消化瑞秋的谎言所带来的愤怒。她瞒得他好苦！何必如此呢？他不愿多想，因为只要一想便绕不过他们的婚姻。现在不是思考婚姻的时候，甚至连想一想都不可以。

他脑子不笨，只是思维不及瑞秋敏捷伶俐，因为瑞秋无人可比。遇到问题，她能以最快的速度厘清每个细节，从各个角度考虑可能的结果，并迅速做出明智的决定。艾登做不到，他总是需要时间去评估，尤其需要时间稳定情绪。

i-瑞秋在他心里引起的反应是强有力而又令人困惑的，同时他也深深怀疑卢克的动机。卢克是否一直以来都知道瑞秋的心愿？可事实摆在眼前，瑞秋就是想要他把i-瑞秋带回家，与他和克洛伊一起生活，不管他可能会对此产生多么愤怒和抵触的情绪。那克洛伊呢？他该怎么告诉她？瞒肯定是瞒不住的。

水槽中的热水已经冷了。他无奈地摇摇头，把水放掉，而后塞上塞子，重新打开热水龙头。这时他漫不经心地朝外面瞥了一眼，看到了一辆没有任何标志的白色厢型车。门前的街道因为远离大路，向来静悄悄的，这个时候还能看到车子让他颇感意外。他见那辆车开到路边停了下来。送货的？他没买东西，但说不定是某个邻居买了新洗衣机或别的什么。他百无聊赖地盯着车子，只见司机跳下来走到车尾。那人长得矮小敦实，头戴一顶棒球帽，帽檐低垂得几乎遮住眼睛。他把厢型车的尾门完全打开，然后闪身退到了旁边。

瑞秋优雅地弯腰从车里走了下来，扭头朝房子望了望。艾登仿佛当胸挨了一拳，呼吸瞬间急促起来。他被眼前的这一幕惊呆了，忘记了关掉水龙头，水槽转眼又要满了。

那当然不是瑞秋，而是i-瑞秋，戴棒球帽的是卢克。此刻踌躇着缓步走上门前小路的不是他的亡妻，而是她的机器人复制品。

水槽中的水眼看就要漫出来了，他本能地伸手去拔塞子，灼热的感觉异常强烈。他们家的热水温度向来高得离谱，而他想都没想就把整只手伸进了水中。他疼得大叫一声，下意识地后退几步，把手缩在胸前。当i-瑞秋和卢克一前一后踏上门廊并按响门铃时，他的眼眶中已经满是泪水。

他该怎么办？他当然不能把他们拒之门外——他不敢想象倘若某个邻居看到已故的瑞秋·普罗斯珀博士按响了自家的门铃会是怎样的反应。无论他多想逃避或躲藏，此时此刻他最需要做的都是把他们拉进屋里，越快越好。

他抓起一条毛巾，在冷水下冲了冲，三下两下缠在烫伤的手上，而后迅速地冲到门口，拉开了门。

“快进来！”他急切地说，“别让人看见。”

i-瑞秋看着他的脸，她睁大的双眼里有着和瑞秋一样美丽的绿色。她平静地跨过门槛，艾登一把将她身后的卢克拽进屋里，并立即关上了门。

“你到这儿来干什么？”艾登怒气冲冲地质问道，“我还没同意呢，你把她带过来干什么？”

卢克摘下帽子，捋了捋头发。他嘴巴张了张，却欲言又止，好像他也不知道该从何说起。

艾登已经完全被愤怒和肾上腺素支配。“该死的，卢克，终极公司知道你带她过来吗？你这样做我们恐怕会惹上大麻烦吧？”

卢克正欲回答，眼睛却被i-瑞秋吸引了过去。艾登看出他的不对劲，便也循着他的视线望去。

i-瑞秋走过门厅，来到了挂在与门口相对的那堵墙上的镜子前。那是一面漂亮的、布满斑点的古镜，如今被镶在一圈精美的银质框架里。那是瑞秋上学时从一家旧货商店买的，后来成了她最有价值的财产之一，并被庄重地挂在她住过的每一栋房子里。每次出门之前，她总要在镜子前站一站，检查一番自己的仪容。

i-瑞秋一动不动，身体稳得异乎寻常。倘若她是人类，这种纯粹的静止倒着实吓人。艾登从没注意过人的动作，无论他们睡着还是醒着。可i-瑞秋站在镜前像定住了一样，没有呼吸，也不眨眼。他瞥了一眼卢克，发现他正惶恐不安地注视着i-瑞秋，显然他也有些不知所措。

卢克迟疑地向i-瑞秋走近了一步，她转过身来。

“重新格式化协议已经终止。”

卢克仿佛松了口气，紧绷的肩膀也耷拉下来。他微微扭头，艾登听到他低声咕哝了一句。

“妈的，谢天谢地。”他如释重负般地说。

“什么？”艾登懊恼地问，“到底怎么回事？”

“瑞秋给你留了口信这没错，”卢克说，“她也给我留了口信。你知道她说什么吗？”

“不知道。”

“她早料到我不会答应让机器人到你们家生活，所以在系统中偷偷植入了一个程序。如果机器人在向我们转达完她的口信之后24个小时内没有来到你们家，i-瑞秋的系统就会自动启动重新格式化程序，把所有的资料都清除干净，而且不可恢复。”

“那样不也挺好吗？你应该有备份吧？”

“只有原始文件，但后来它在我们的所有试验中自主学习、改写以及根据它自己的逻辑推出的内容就没有备份了。我可以重装它的语言文件，但重装之后它也只能像个新生儿一样，那样我们之前的努力就全白费了。”

艾登望着i-瑞秋。“刚才是怎么回事？她照镜子是在干吗？”

“瑞秋在这面镜子里安装了传感器，”i-瑞秋解释说，“我需要站在它前面，将我的光学相机和传感器连接30秒钟。随后传感器会向我传输一串代码，这串关键代码终止了重新格式化的倒计时程序。”

艾登苦笑着连连摇头。瑞秋太能这么干了——写一串谁都无可奈何的代码。即便卢克知道镜子里有传感器，但没有艾登的同意，他是拿不到的。此刻他盯着镜子，不知道瑞秋把传感器装在了哪里，总之仅凭肉眼很难找到。

“要不我们到客厅去吧？”他说。他声音发紧，礼貌得有些刻意。

他们穿堂入室，卢克看起来浑身不自在，扭扭捏捏地在沙发边坐了下来。艾登拉来一把扶手椅，坐在卢克对面。i-瑞秋却站在地毯中央不动了。

“请坐。”艾登说。

i-瑞秋优雅地走到餐桌前，拉出一把椅子坐下。她坐姿端正，腰杆挺得笔直，双手镇定自若地放在膝头。这倒完全不是瑞秋的风格了。瑞秋喜欢坐在地板上，或四仰八叉地躺在沙发上，而且喜欢晃动双膝，像这样安安静静坐着的时刻，在瑞秋的生活中是绝无仅有的。i-瑞秋不动声色，平静得像个芭蕾舞演员。她穿了一件普普通通的白衬衣，一排扣子从前面扣下去，看着像条长裙。衣服干干净净，没有一道褶痕。她脚上穿了一双白色网球鞋，头发的长度和颜色都和瑞秋生前一样，但却更为柔顺有光泽。所以看起来她就像是瑞秋的双胞胎妹妹，而且更整洁、更安静。

他们静静地坐着，谁也不说话，不时互相看上几眼。唉，艾登心里说不出是什么滋味，这样的对话场面是他做梦也没有梦到过的，所以他不知道该如何开口，也不知道该说点什么。

最后还是卢克首先打破了沉默。他问i-瑞秋，但眼睛却并没有看向她。“这么说，格式化协议终止了？”

“是的。”i-瑞秋回答。

“你不会清除硬盘资料或者损坏操作系统了？”

“不会。”

卢克满意地点点头，随即站起身说：“那好，咱们走吧。”

“什么？”艾登和i-瑞秋几乎异口同声地说。

“咱们回实验室。我们已经解决了瑞秋出的难题，现在游戏结束了。”

“不行。”i-瑞秋说。

“不行？”卢克眼睛里闪过一丝寒光。

“我必须留在这里。”i-瑞秋说，她坚决的口吻和瑞秋如出一辙。

艾登微微一笑，这样的语气卢克应该和他一样熟悉。

“这由不得你，”卢克说，“你是终极公司的财产，我真不该被这种荒唐的勒索牵着鼻子走，我要带你回去。”

“不行，”i-瑞秋说，“我还有别的预防措施。”

“别的什么？”

“预防措施。瑞秋设计了别的反制程序，确保我一旦进入这个家，就要待够预定的期限。”

“什么反制程序？”

“一个木马病毒。”

“你说什么？”卢克简直不敢相信自己的耳朵。

“离开实验室之前，你在扫描我的操作系统时，可能没有注意到一个后缀为.exe的小文件，因为从表面看它似乎和我的眨眼功能相关联。”

卢克默不作声。

“而实际上它是一个病毒。除非我每隔六个小时在镜子前重复一次面部比对扫描，否则病毒将被释放出来，感染我的内部文件。”

“我把传感器从镜子里拆出来。”卢克说。

“传感器藏在镜面里，如果你试图取出，传感器会遭到破坏，病毒将无法遏制。”

“我们可以用反病毒程序把它清除掉。”卢克气急败坏地说，但艾登从他的声音中听出了绝望。

“那是瑞秋自己写的病毒。”i-瑞秋说，仿佛这样的解释已经足够，而事实又的确如此。

“所以你打算待在这里不走了？”卢克断然说道。

“等等，”艾登突然插进来说，“难道我就没有发表看法的权利吗？”

“发表什么看法？”

“她留下这件事。我该怎么跟克洛伊解释？还有我们的亲戚朋友？还有别的人？”

“这个嘛，首先，除了克洛伊，你不能告诉任何人。”卢克说，“我是认真的，这件事不能让任何人知道。这项计划是机密，高度机密，就连终极公司的高层都不知道我们的研究进展到了什么程度。”

“我想你根本不知道这件事会对克洛伊造成多大的影响，”艾登说，“再过几个小时她就要放学了，你让我怎么跟她解释？”

“你是说，”卢克慢吞吞地说，“你还没有告诉她？”

“当然没有。”艾登不耐烦地回答。

“你昨天在实验室里见到i-瑞秋，竟然没想过要把这件事告诉你的女儿？”

“没有，我忘了，”艾登挖苦说，“等你有了自己的孩子也许就能理解了，有时候你需要保护他们。她才刚刚失去妈妈，现在要如何面对……”他朝i-瑞秋打了个手势，“……这个？”

卢克靠在沙发里，浑身放松下来。“嗯，我一点都不觉得奇怪。”

“你这话什么意思？”

“没什么。”

“要当真没什么你也不会吭声了，你不觉得奇怪到底是什么意思？”

“呃，”卢克假装不情愿地说，“瑞秋经常说你懦弱无能、优柔寡断。”

艾登霍地站起来。烫伤的右手一阵剧痛，可他依然能用左手在卢克的嘴巴上来一拳。“嘿，你……”他吼道。

“她没说过。”i-瑞秋的声音在两人中间筑起了一道墙。

他不理睬，依然恶狠狠地朝卢克走近了一步。卢克一副无所谓的样子，坐在沙发上一动也不动。

“她没有说过那样的话。”i-瑞秋提高了音调，语气也更为笃定。

“没说过什么？”艾登瞪着卢克，头也不回地问道。

“在她人生的最后45天里，她一次也没有说过你是个优柔寡断的人。唯一提到过优柔寡断这个词的一次对话发生在今年的2月23日上午10：14，内容是卢克和瑞秋谈论你们即将到来的暑期计划。”随后她开始像念法庭证词一样引用当时的对话。

“卢克说：你们预定了吗？”

“瑞秋说：还没有。”

“卢克说：我以为你们上周末就要定的。”

“瑞秋说：本来打算好的。可艾登看了关于我在佛罗伦萨选的酒店的评论之后就改了主意。他想多了解了解。”

“卢克说：啊呀，你老公太不干脆了。”

“瑞秋说：他只是谨慎。他希望一切都能尽善尽美，所以总是在详细调查之后才会做决定，这是未雨绸缪。”

“卢克说：在我看来就是优柔寡断。”

微微停顿片刻之后，i-瑞秋继续说道：“对话结束于10：15。”她看看卢克。“我已经扫描了全部记录，瑞秋在和你谈论艾登或别的任何人时都从未使用过‘懦弱无能’与‘优柔寡断’，也没有使用过意思相近的其他词汇。”

卢克和艾登目瞪口呆地盯着i-瑞秋。

“我们在实验室里的对话你全都记录下来了？”最后卢克问。

“我的预设功能之一就是记录一切。”i-瑞秋淡淡地说。

艾登缓缓坐下。他小心地解开缠在右手上的毛巾。烫伤的皮肤粉红发亮，上面鼓起了密密麻麻的小水疱。他头也不抬地说道：“如果她留下来……”漫长的停顿之后，他接着说，“如果她留下来，我和克洛伊该怎么做？”

卢克未及回答，i-瑞秋倒先开了口。“我接受过所有日常家务的训练。我会洗衣熨衣、清洁厨房。瑞秋已经授权我使用她的网上购物账号，因此我可以定期补充生活用品并管理日常开销、支付各种账单等。与人类家庭一起生活并观察他们的日常起居，将大大有助于我的学习。如果你和克洛伊不愿与我交流，我会尊重你们的选择。”

“它倒挺适合我，”卢克说，“一个无微不至照顾你的人、从来不会疲倦也从来不会抱怨、不需要吃喝或假期，甚至不需要你对它客气。它有着令人惊叹的学习能力，所以如果你觉得它做的牛排不合口味，尽管告诉它，下次它一定会改进。”

艾登没有理会他轻浮调侃的话语，而是问道：“要在我家待多久？”

“目前我尚不清楚这项试验的结束日期，”i-瑞秋说，“至少目前程序中没有显示。但根据之前的经验，瑞秋应该在程序中植入了某种代码，等到时机恰当的时候自然会告诉我们时间。”

“也就是说，等你收集到瑞秋想要的全部数据之后，你就会告别这里回实验室了？”艾登问。

i-瑞秋点了点头。

“最好不要太久，”卢克说，“实验室的事我一直瞒着公司上头，可他们迟早会问起研究的进展情况。过几天我就要到委员会做汇报了，我不可能永远瞒着他们。”

i-瑞秋平静地看了卢克一眼。“我建议你为马克1号原型机上传语言和上下文文件，它现在是不是被搁置在储藏室里？瑞秋已经编写了一个补丁程序，可以解决它原来的小漏洞。它具备和我一样的功能，唯一不同的地方是它不具备人类的外形。你可以用它继续研究机器人的移情学习和映射功能，如果委员会有任何疑问，你也可以拿它来应对。”

“我猜这是瑞秋的另一个应急方案吧？”卢克讽刺说。

“不，”i-瑞秋不动声色地说，“这是我自己的应急方案。在储藏室期间，我研究了那个原型机，看到了它的潜力。”

艾登忍不住笑了，但卢克阴沉的脸色截断了他四溢的笑纹儿。

“也就是说，你们过你们的家家，”卢克尖刻地说，“我回我的实验室，等着你给我打电话？”

“这是我第一次独立全时运作，”i-瑞秋说，“因此我需要定期检修，并需要上传我收集到的数据。”

“既然现在你是老大，那你希望我什么时候为你服务？”卢克皮笑肉不笑地问。

“一周一次应该足够了。如果有紧急情况，或者出现无法自动修复的故障，你会收到紧急求助信息。”

“看来一切都安排好了，”卢克对艾登说，“它要留在这里。很抱歉克洛伊的事我帮不上忙，再说了，那本来就是你的事。怎么告诉她，你自己决定吧。”他的话语中并没有丝毫歉意。

艾登感觉自己仿佛被人推到了悬崖边。尽管他讨厌卢克，但此时却突然迫不及待地希望他留下。偌大的一个家里，倘若只剩下他和毫无人类感情的i-瑞秋会是一种怎样的情景？他无法想象。在瑞秋那张美丽脸庞的复制品后面，藏着一个充满知识和科技的秘密世界。这一切来得太突然、太沉重、太痛苦，他感到恐惧。瑞秋到底是怎么想的？

走到门厅，卢克转过身，不情愿地抬起胳膊和艾登握手。艾登皱了皱眉，让卢克看了看他遍布水疱的右手。卢克愣住了，盯着艾登的手看了好大一会儿。随后他咧嘴一笑，冲艾登晃了晃自己因为捶打橱柜而受伤的手。

“你是怎么弄的？”卢克问。

“我可以问你同样的问题。”艾登回答。

“女人的麻烦。”卢克说着扬起一边的眉毛。

“彼此彼此。”

第15章

i－瑞秋

“以下为服务报文：

你好，我是i-瑞秋，是前来为您服务的类人机器人。我可以通过短信、语音或视频的形式将这条信息传送到您的手机、电脑或电视。

我是智能情感机器人，可以与人类沟通交流。我会在这些互动中不断学习，从而成为您更合格的帮手和伴侣。

我的创造人之一——卢克，会向您提供一个电子手环。该手环由黑色橡胶制造，外形与目前的许多运动手表或健身监视仪非常相似。

通过该手环我可以监测到您的特定生理反应，其中包括心率和皮电反应，换句话说，您紧张时出一点点汗我也能注意到。我会利用我的摄像机记录您的面部表情、瞳孔反应以及声调变化。我同时还能监测您的呼吸频率，这些数据将有助于我计算和表达恰当的移情反应。

我会走、会说话、会从事许多有益的人类活动。我有着出色的运动协调能力，可以完成很多日常家务。我不需要睡眠或食物，但每天需要充电5个小时左右，充电器为USB接口。我可以自行充电，时间通常会选择在您入睡以后。

若您需要我提供任何信息，我可以说话，也可以播放录音文件。如果您不在我们的交流区域，我可以通过移动电话向您发送短信、语音、视频或图片。我将在此衷心为您服务，即便充电时我也能够收到您的呼唤，只要您在传输范围（大约100米）以内，我都可以通过手环接收并识别您的生理数据。

期待为您提供服务。

报文结束。”

第16章

克洛伊

飞书信[1]草稿箱

收件人：艾米·卢卡斯

时间：18：34

【若要与艾米及其他朋友聊天，请打开聊天应用。】

我的天啊，艾米，我必须得把这一切写下来，因为我现在没办法给你打电话或发短信（稍后我再解释），就算打电话也说不清楚。我家出怪事了，请你相信我，我没有发神经，也没有出现幻觉。这一切都是真的，百分之百是真的。我没有胡说，我们从学前班就认识了，你知道我没有精神病。

我现在准备从头说起。

我妈妈去世后，让我感到最遗憾的一件事是我永远都无法真正了解她的工作了。她每一次试图和我谈起她的工作时，总是说得慢条斯理又简单直白，好像我是个什么都不懂的白痴，所以我特别生气，通常翻翻白眼就岔开了话题。有时候她会给人一种高高在上的感觉。但

①飞书信是一种桌面窗口聊天客户端，允许客户进行聊天，接收通知并从电脑桌面上阅读新闻，是一款用户众多的社交即时通信应用。

我心里一直在想，总有一天她会不再像对一个5岁的孩子一样对我说话，而我也终归会愿意花时间了解她的工作。然而如今她去世了，我内疚极了，因为我对她追求的事业几乎一无所知。

可是，你说意不意外，现在我知道了。你猜我是怎么知道的?

因为它在我家里，就这么简单。

我们在公交车上分开之后，我步行回家，当时的心情还算不错。看来上学也没什么不好，我总算有点正常的事情可以和爸爸聊了。然而当我打开家门时，却发现他正站在门厅里等着我，表情要多古怪有多古怪。他好像在害怕什么。

随后他说："丫头，我们真的需要谈一谈。"

我记得从我4岁以后他就没再叫过我"丫头"了，哇，不知道他哪根筋搭错了。我们来到厨房柜台前坐下，他紧紧抓住我的手，而后漫无边际地跟我说了一大堆——关于妈妈的遗产，关于她是一位多么杰出的科学家，相对于我们家的悲剧，她未竟的事业是更大的悲剧。他说我应该也不希望她的事业就此夭折吧？我说当然不，可我心里忐忑不安，因为我实在搞不懂他要说什么。难道他希望我继承妈妈的遗志学习机器人技术？可你也知道，在科技方面，我的大脑是不过电的呀。

他反反复复地使用遗产这个词，我以为他指的是钱、珠宝或别的什么。我心里直纳闷儿，因为我想不通那和她的工作有什么关系。后来他说，妈妈的选择对我们来说或许有些残酷，但我们必须接受，因为那是她的遗愿，不管我们感觉有多奇怪。

说到这里，你大概会开始怀疑有问题的人是我，可我说的全是实话。原来我妈妈的遗产另有所指，她研制了一个和真人几乎没有差别的机器人，说不定大部分人看到它的时候根本不会怀疑它是一台机器。她有人的外形，能像人一样说话、走动，面部表情同样丰富。

这些都没什么可大惊小怪的，真正诡异的是她造了一个和她长得一模一样的机器人。

我没开玩笑，那机器人简直就是她的克隆体。

而且那个机器人就在我家，坐在我家的客厅里。

我吓得大声尖叫，除了尖叫我什么话也说不出来，因为我以为自己见鬼了。我妈妈的鬼魂坐在家里？这怎么可能呢？然后那个机器人就站了起来，我立刻看出它不是我的妈妈。机器人昂首挺立，身体笔直，像芭蕾舞演员。它向我伸出手说："克洛伊，很高兴见到你。我是i–瑞秋。"

那就是她的名字——i–瑞秋，就像iPod或iPhone。可是我从来不会叫自己的妈妈瑞秋，那我该如何称呼它呢？难不成叫它i–妈妈？

我可以给你透个底。我不打算叫它任何名字。这是我见过的最诡异、最变态、最让人恶心的东西。我不想看见它，也不愿在它身边多待一秒钟，所以我扭头跑到楼上，把自己关在了卧室里。

爸爸咚咚咚地追上楼，嘴里喊着："克洛伊，克洛伊，回来。不管怎样，这件事你谁都不能告诉。这是最高机密，明白吗？按规定i–瑞秋是不能离开实验室的，要是这件事被人发现了，我们会惹上大麻烦的。"

我不会告诉别的人，只告诉你，你不是别人。我什么事都可以对你说，而且我知道你绝对不会把我的秘密告诉第三个人。可接着爸爸就在门外大声说："就连艾米你也不能告诉。我是认真的，克洛伊。"

我才不听他的呢。可后来我发现书包落在了楼下，我的手机还在里面。没关系，卧室里有手提电脑，可打开电脑我又发现Wi–Fi不能用。真不敢相信，爸爸居然把我隔离了起来。我不信他能一直关着路由器，所以我先把要说的话打出来，等Wi–Fi能用的时候就发给你。或者等他睡觉之后，我自己偷偷下去打开路由器。

22：11更新：

爸爸已经在房门外守了我几个小时，他不停地对我说"克洛伊，让我进去"，或者"克洛伊，你得吃点东西"。可我就是不理他，我只想让他走开，我满脑子都是楼下那个怪物。我房间里有包哈瑞宝软糖，你肯定想不到那是我遗忘在衣柜最上层的一个复活节彩蛋，但我毕竟还没饿到那个份儿上。所以我决定和爸爸对峙下去，直到他放弃，可他似乎铁了心要堵我的门。我祈祷他能离开一会儿，好让我偷偷溜进厕所，因为我实在憋得慌，也渴得要命。我越来越烦恼，可就在这时，天助我也，我听见爸爸站起身（之前他一直坐在我房间门外的地板上）下楼去了。我一个箭步冲到门口，拉开门就冲向了厕所。我把自己锁在里面，然后倒了一杯水准备带回卧室，就在我检查外面是否安全时，门外传来了说话声。

“克洛伊，我是i–瑞秋。”

我发誓，那声音听起来和我妈妈的声音一模一样。太惊悚了。

“你滚！”我说。我没有听到脚步声，所以我估计爸爸没有上来。如果他在，他一定会因为我说脏话而责备我，这种事他从来都不会放过我。“你爸爸说你很难过，”那怪物说，“我只能通过人的生命体征指数和视觉线索来判断人的情绪。所以如果看不到你，我是无法对你的苦恼心情做出回应的，要不然就请你戴上手环。”

戴上什么？它为什么要让我戴上手环？是什么样的手环？它会在厕所门外待多久？它的电池总有用完的时候吧？至少我守着马桶，随时可以方便，那里还有充足的水。虽然不太舒服，但总好过长时间藏在卧室里。在厕所里我想待多久就待多久，我还可以把毛巾铺在浴盆里睡觉。可这时那恐怖的机器人做了一件最不可思议的事。你知道我妈妈在家里的每个角落都装了扬声器吧？用手机蓝牙就能控制任意房间里的扬声器，让其播放音乐，厕所亦不例外，所以那机器人就开始用扬声器广播。

那是一段预先录好的公告，讲的是机器人的工作原理和方式。它说我们需要带上一个类似于健康追踪器的智能电子手环，那样机器人就能读懂我们的情绪并做出回应。

随后它说的一句话真的令我毛骨悚然。“我可以登录你的手机发送短信、语音、视频或图片。”我立刻恍然大悟，天啊，这东西是我那科技狂人般的妈妈制造的。她想用这个机器人监视我，它能查看我的手机和电脑，可以阅读我的所有文件、信息、聊天记录和日志，说不定它还能假冒我的名义向别人发送信息。

我慌了，一把拉开厕所的门。它就站在门外，可是看到我出来，它却后退了一步。谢天谢地，要是它站在那里一动不动，我就只能把它撞到一边儿去了。我飞快地从它身边跑过去，冲下楼梯。爸爸垂头丧气地坐在厨房里，一脸忧伤且疲惫不堪。“克洛伊。”他叫道，但我没有理他，而是径直抓起我的书包又跑回我的房间。我使劲关上门，并从里面反锁住。

我坐在床上，开始检查我的手机。我删掉了所有的信息和照片，我关掉了色拉布和各类聊天工具以及社交应用。随后我又对我的手提电脑来了一次同样的大清洗，我发过的每一封电子邮件、照片，总之凡是作业以外的东西，我都删了个干干净净。我还清理了所有的cookies和网页搜索历史，并清空了回收站。我知道这仍然无法阻止它搜索我的资料——就算删除也没用——但我不想让它那么容易就得逞。

你大概以为我疯了。我没什么见不得人的东西要隐藏。我不滥交、不嗑药，也不沾染其他乱七八糟的事情。可这是我的生活、我的私人生活、我的秘密，我不希望它被某个机器人偷窥得一干二净。

所以，现在我的手提电脑上就只剩下我给你写的这封信了，艾米。我是用飞书信写的，可我现在不得不把信删掉，那样你就永远都读不到我上面的话，然后我打算关掉我的脸谱账号。将来我能有机会告诉你这一切吗？或者告诉别的人？谁知道呢。我只知道，只要那东西还在我家里一天，我就坚决不用任何电子通信工具。

第17章

i－瑞秋

互动记录

互动对象：克洛伊·普罗斯珀·索耶

第1天

互动起始时间	16：01
日期	5月4日
心率	每分钟85次
体表温度	略有升高
呼吸频率	每分钟22次

报告：

互动对象在其父亲的劝说下答应戴上电子手环，为期至少一周。这使我总算有机会读到她的生命体征数据了。她背着书包走进家门，其生命体征指数的变化与她刚刚从事过的中等强度运动相符（她刚刚步行432米从公交车站走回家）。

我站在门口向互动对象打招呼，并说出标准的欢迎用语。“嗨，克洛伊，今天过得怎么样？”

互动对象看了看我。我注意到她眯起了眼睛，瞳孔有所放大，她没有回应我的问候。互动对象走进厨房，从冰箱里拿出若干物品。

物品包括：

★ 一杯酸奶，覆盆子口味。

★ 一盒果汁，热带阳光牌。

★ 一小筐葡萄，绿色，有机。

我启动了二级问候程序。“学校里有什么新鲜事吗？”我问。

互动对象依然没有回应。她小心翼翼地从我身旁经过，唯恐与我有任何身体上的接触，随后她上楼进了自己的卧室，在此期间生命体征无变化。我听到了房门牢牢关闭的声音。

互动结束时间：16：03

第2天

互动起始时间	16：05
日期	5月5日
心率	每分钟89次
体表温度	略有升高
呼吸频率	每分钟25次

报告：

互动对象走进家门。

我开始执行标准问候程序，可我的话只说到“嗨，克洛伊，今天……”互动对象就迅速地从我身旁跑过去，冲到楼上房间并锁上了门。我随她来到楼上，启动关怀介入程序。我说：“你还没吃饭呢，要不要我给你拿些点心？”

我没有完全听清她的回答，通过在词汇数据库中比对查找，我推断她说的应该是“滚蛋”两个字。根据逻辑判断，她应该不是让我去滚鸡蛋，而是一种要求我离开的语气较为强烈的说法。

互动结束时间：16：05

第3天

互动起始时间	16：15
日期	5月6日
心率	每分钟95次
体表温度	明显升高
呼吸频率	每分钟30次

报告：

鉴于互动对象回家的时间比前两天稍晚，我决定站在靠近门口的地方等候。她匆匆进屋，看到我时明显流露出惊讶的神色。

证据：

★ 书包意外失手坠地。

★ 使用了感叹语“天啊！”

★ 瞳孔迅速放大，心跳明显加速。

“嗨，克洛伊。”我说。我正要为吓到她道歉，她却走到我跟前，用右手食指指着我的脸部区域。

她用较为激动的语气说：“听着，变态。你最好离我远一点，我瘆得慌。”

我用一种相对温和的语气完成了问候程序。“你今天过得怎么样？”

这似乎激怒了她。她的脸涨得通红，呼吸频率陡然升高。

“不要问我过得怎么样。别用我妈妈编的那套程序来假惺惺地关心我，懂吗？因为那没用。我请你不要缠着我，明白吗？你能不能把这条指令添加到你的系统里？别！烦！我！”

说完她三步并作两步地蹿上了楼梯，又一次摔了房门。我将此视为对话结束的信号。

然而通过分析她的生命体征，我认为克洛伊情绪低落、烦躁不安。今天她一共对我说了83个字，比第一天多出83个字，比第二天多出81个字，我认为这是重大进展。然而她直接要求我终止问候程序，因此从明天开始，我决定换一种较为间接的方式欢迎她回家。

互动结束时间：16：17

第18章

艾登

5月6日，22：45

啊，我的爱人。

我想念你。

“想念？”这算什么话？

我时时感觉手脚冰凉。小时候每次遇到这种情况，妈妈就会说：“你生病了。”如今我确实病了，相思病，这都是你害的。

可她不是你。

她是你，又不是你。我无时无刻不在提醒自己她的身份，可偶尔我也会不经意间卸下防备。当我想着别的事情走进厨房，看到她的侧影，看到她肩部的曲线，看到她低垂的头发时，那种感觉犹如当胸挨了一拳。首先袭来的是意想不到的惊喜——那是瑞秋！我的妻子、我的爱人。

可几乎与此同时我又突然警醒。那怎么可能是你呢？你已经死了。

继之而来的是无以复加的空虚、失落、静谧与醒悟，伴随着难以形容的巨大痛苦。

但不管怎样，我们的生活还是勉强恢复了正常。克洛伊照常上学，我按时上班。一切都与过去不同，一切又仿佛仍是原来的样子。克洛伊早上被叫醒时依旧一肚子火气，我的学员依旧有20%不来上课，而来的人多半只是一脸茫然地盯着我。洛拉上班时还是不分五音六律地瞎唱，她自己仿佛不知道，直到我们所有人都忍无可忍地要她闭嘴。不一样的日子，一样的烂事儿。但生活真的起了变化，我是说除去那些显而易见的事。

克洛伊完全过上了阿米什人[1]的生活。她拒绝使用手机、电脑，学校作业全部手写。我看见她在一个硬皮笔记本上不停地写来写去，估计是在写日记吧。她说i-瑞秋能像黑客一样进入我们的网络通信工具，偷窥我们的隐私，侵入我们的思想。

我觉得是她想得太多了。i-瑞秋向我保证过，她不会访问任何我们不愿公开的私人信息，但克洛伊的忧虑让我也开始感到不安。所以你瞧，我正用一支圆珠笔在一张A4稿纸上给你——我的亡妻——写信呢。不知道需要多少邮费才能把信寄给你。

（如果是在电脑上写电子邮件，我会在这里插入一个微笑的表情，那样你就知道我是在开玩笑了。现在恐怕我只能自己画一个咯。）

☺

我发现用手写字变得越来越难，和大部分人一样，如今我已经很少动笔。这才写了没几段我的手就开始疼了——而我的字又歪歪扭扭，难以辨认。我想这应该无所谓了，反正也不会有人看到这封信。

我在想上一次用笔给你写信是在什么时候？应该是你去剑桥读硕士而我还在伦敦的时候吧，那时我至少一周写一封。但从那以后呢？我们可能只偶尔写张“买牛奶”的便条，联系主要靠短信和电子邮件了。

还记得吗？那时我还经常给你写情书呢。每一封都很长，感情又那么热烈，只是可能有不少错别字。如果我没记错，当时的信里面还有许多色色的内容，都是我想对你做的各种事的细节。

---

①阿米什人是美国和加拿大安大略省的一群基督新教再洗礼派门诺会信徒，以拒绝使用现代设备，过简朴的生活而闻名。

那也正是我怀念的。我可以这么说吗？我能把那些充满情欲的念想写在这封永远不会有人看到的信中吗？我好想你，想和你做爱。我怀念你在我的爱抚之下发出的轻微呻吟，我怀念你的双唇，怀念你淋漓的汗水，怀念你的皮肤，还有你高潮时剧烈的心跳！

我想你。对你的思念令我痛不欲生。

而恰恰是在这些最亲密、最隐私的方面，她无法替代你。她没有温度、没有体香、没有突然的瞳孔放大或呼吸加速。她静若处子，完美无瑕，没有声音，也没有气息。她只是你的一幅画像，一张会走的照片。我发现自己羞于接近她，我怕我不小心碰到她的身体，我抗拒她、排斥她。因为我知道她永远都不可能是你，你是唯一的，无可替代的。

我想你。

我的爱人。

第19章

i－瑞秋

互动记录

互动对象：克洛伊·普罗斯珀·索耶

第4天

互动起始时间	17：09
日期	5月7日
心率	每分钟72次
体表温度	正常
呼吸频率	每分钟18次

报告：

快到家时，克洛伊放慢了脚步，我正在厨房里调整修改过的欢迎程序。她悄悄打开了门，我听见她走进了门厅。我没有启动问候程序，但记录下了她在门厅里吸气的举动，并由此推断她注意到了空气中的香味，那是我特意为她准备的。我没有说话，继续搅拌。她走进客厅，我监测到了她加速的心跳。

“那是我妈妈最拿手的番茄牛肉面。”她说。她的声音有些颤抖，说明她正在经历剧烈的情感波动。她的生命体征指数全部升高，但我没有看她的脸，所以无法扫描她的表情以确定她的真实感受。

“是的。”我说着又加了一勺糖。

“你怎么会做？”她的音调陡然升高，颤抖也更加明显。我看着她，发现她正努力忍住泪水，这是悲痛的证据。

“我有瑞秋的全部菜谱，”我说，“她认为继续吃你们习惯的食物对你们的心情会大有好处。”

“怎么会？”她问。

“对不起，我不太明白这个问题。”我说。

“你怎么会有菜谱？是她写下来给你的吗？为什么我从没见过？”

我把平板电脑放在厨房柜台上，从我的系统中下载菜谱给克洛伊看。

“你瞧。”我把她的视线引到了电脑上。

她走近一点，看着屏幕上的一份扫描文件。那是一张沾有污渍的打印纸，瑞秋在上面手写添加了一些修正的内容，其中包括“要干牛肉，不要新鲜的”和“至少炖35分钟”等字样。

克洛伊认真地端详着那张纸，情不自禁地伸出一只手，轻轻抚摸她妈妈的手迹。随后她指出了一件事，瑞秋在标题“意大利番茄牛肉面”上画了一道线，并在旁边写了“意大利肉酱面”几个字。

“这是什么意思？”克洛伊问。

我可以回答这个问题。我在系统中检索了这个关键词，并搜到一段小视频，在平板电脑上播放了出来。视频画质很差，显然是多年以前用像素不高的手机照相机拍摄的。一个小孩儿坐在我和克洛伊跟前的这个柜台上，我的面部识别软件确认那是小时候的克洛伊，根据拍摄日期，视频中的克洛伊只有3岁5个月零12天大。

她的小脸儿上沾了许多红褐色的污渍，小手中拿着一把叉子在空中挥舞着。

“好吃，妈妈。”她边说边对着镜头笑了笑。

“什么好吃？”一个声音问。那是瑞秋在边拍边问。

“意大利肉酱面，”小孩子说，“我最喜欢了。”

克洛伊表现出令我困惑的生理反应。她先是伤心地大哭，随后又是一阵大笑，好像她很高兴或惊讶。我的系统中没有应对此种情况的适当反应，因此我保持沉默。从停止搅拌食物到此时已经过去了整整75秒钟，于是我重新拿起了勺子。

她又沉默了35秒钟，然后才说：“你能再放一遍那段视频吗？”

我重播了视频，她再次做出了和之前一样令我捉摸不透的反应。我继续搅拌，一句话也不说。克洛伊拉来一张凳子在柜台前坐下，她也默不作声，但这样的举动却是前所未有的。她没有回避我的存在，我们的互动到目前为止已经持续了5分34秒。

我在系统中搜索能够加强这种联系的资料。我进入克洛伊的共享音乐资料库，看到了一个名为“克洛伊和妈妈——公路旅行”的歌单。我把歌单下载到平板电脑中，并开始播放。我知道第一首歌的节奏轻快活泼，非常有助于改善情绪。歌声响起后，我注意到克洛伊的心跳开始加速。她忽然坐直了身体问：“这是什么？”

“这是辣妹组合于1996年推出的一首歌曲，名叫*Wannabe*，长度为2分52秒。”我解释说。

“你从哪儿弄来的？”她似乎并没有出现我预想的欢快感觉。她的口气异常强硬，而且带有一定的攻击性。

“这是你制作的歌单，是我从……”

“请你不要这样，可以吗？不要这样。别再偷偷查我的资料。我以为全都删干净了。要是再让我发现你黑进我的电脑，我就让爸爸把你扔出去，我发誓！”

她跳下凳子，跑上楼去。我听到了摔门的声音。

倘若她没有跑掉，我一定会告诉她我没有权限访问任何人的私人电脑文件，数据保护程序永远也不可能允许我那么做。她的歌单就在她经常使用的音乐网站上，是完全公开的。可惜她没有给我解释的机会。

然而这已经是我和克洛伊之间最为积极的一次互动了，尽管结局不太理想。我依然很难预料她会对我的试探性接触做出何种回应，不管我的计划多么周详。任何事都不可能一蹴而就，这很可能是一个极为漫长的过程。

互动结束时间：17：17

18：00整，我照常来到镜子前，用我的光学相机对准传感器完成了比对扫描，现在我把这道例行程序称之为签到。我第一次端详起镜中的自己，瑞秋的脸也从镜子里看着我，我对她微微笑了笑。

第20章

克洛伊

那天晚上她哭了很久。她平时很少哭，就连妈妈去世的那天晚上她也没有哭得这么厉害，可如今她感到孤独极了。爸爸来敲了几次房门，但她没有理睬，也没有再听i-瑞秋说任何东西。她很饿，可又什么都不想吃，只觉得一阵阵恶心。最后，她缩在羽绒被里睡着了。

不知过了多久，她被一个非常细微的声音惊醒了。有人从门缝下塞进来一沓纸，起初她以为是爸爸给她写的字条。但不管是谁，那人已经走了，她听到了下楼的脚步声。此时她已经完全清醒，旺盛的好奇心也被激起来了。她看了眼时钟，刚过午夜。

她下床捡起那沓纸。纸上的字是手写的，但看起来有点古怪。她回到床上，打开台灯。只一眼，她便立刻认出那是妈妈的笔迹。那是一封手写的信件，但被扫描或拍照传到了电脑上，而后又打印了出来。克洛伊坐在床上，迫不及待地读起来。

第21章

瑞秋

我亲爱的克洛伊：

我坐在楼下写这封信的时候还能听到你在头顶卧室里的动静。你在听音乐，还在房间里走来走去，我以为你在整理衣柜。每到换季的时候你都会如此——把衣柜里的衣服全都翻出来，用谁都看不懂的方式重新分类布置，然后又着魔似的把另一半衣服叠好装回柜子里。我不时听到你的声音，可能是打电话吧，多半是艾米。我真羡慕你有这么亲近的闺密，我就没有，不管我多么憧憬。我是家里的独生女，和你一样，不过看样子你似乎并不像我当年那样孤独。

你的外公、外婆都是知识分子，因此在旁人看来我的性格比很多孩子都要古怪，或者说早熟。上中学时我是个学霸，我每次数学考试都得100分，他们拿我一点办法都没有（虽然有几个嫉妒的女生想把我头朝下塞进垃圾桶里）。14岁时，我拿到了一家私立学校的奖学金，可在那里我同样与同学们格格不入。我戴着牙齿矫正器，穿衣不伦不类。谁都不知道该怎么接近我，我也不知道该怎么交到朋友。你却完全不同，你性格外向、讨人喜欢，面对任何人都能很得体地说话。我一直都很羡慕你这一点。

我美丽的女儿啊……你是我和你爸爸的完美结晶，而你又是那么的与众不同。你头脑敏锐灵活、反应迅速，甚至在你很小的时候我就已经惊讶于你的理解能力。可你也有安静的一面，而且和你爸爸一样善解人意。你的头脑和心灵，是天下无敌的完美组合。

我又重新用回纸和笔来给你写这封信了，你该知道这有多不容易。久不握笔，写字的技能已经生疏了，可这封信我必须亲手写给你。我需要写好每个字母、每个单词，我也说不清为什么。总觉得当你读到这封信的时候，你会一眼认出我潦草的笔迹，你会相信这封信是我自己写的，是原创的，是没有经过任何编辑的。我知道你对电子通信一向抱着很谨慎的态度，我尊重你。但你也知道，我是科技的忠实信徒。科技是我的生命，也是我传递信息的最好方式。有人说，我编写代码的本事比说英语的本事还要强，我想这样的评价应该不会有人反对。所以我要亲手写这封信，而后扫描下来，让它存在于虚拟的空间里，因为，我亲爱的女儿，只有那样我才能保证当时机成熟时，它能被安全无误地送到你的手上。

如果你在读这封信，说明我预料的事情已经发生，而我也已经不在你身边了，非常对不起。我不知道这件事会发生在什么时候，或以什么方式发生，也不知道你现在的年龄会有多大。我希望你不会受到太大的打击。如今再过几周你就要15岁了，但愿这封信能迟几年与你见面。

我想你一定能理解写这封信有多难。我坐在这里不禁想，如果克洛伊读到了这些话，说明我已经死了。我要考虑的事情实在太多，但事实上，我所从事的人工智能研究是以演算法为基础的。说白了就是一个最简单的条件关系式：

“如果——那么”。如果出现这种情况，那么相应的程序将自动开始执行。我从我最熟悉的，或者我可以证明其真实性的事情开始，以此为基础决定下一步的动作。

不如让我解释一下。下面是我知道的一些事实：

★ 我的妈妈50多岁时死于脑动脉瘤破裂。

★ 动脉瘤是血管壁病变或损伤后形成的肿块。

★ 动脉瘤具有潜在的遗传性。

★ 两年前我去医院扫描发现，我的大脑深处有一个动脉瘤。这个动脉瘤具备手术的条件，但最大的风险是可能造成脑损伤，而且即便手术成功，我的恢复过程也将是漫长而艰难的。

★ 当时我决定不做手术，也不告诉你和你爸爸动脉瘤的事。

★ 这样做存在预期风险，尽管我把所有的概率都计算在内，但风险依然存在。这是一场赌博，如果我赌输了，那也只能对你说一声“我很抱歉”。

这些就是我要面对的现实。它们不可改变，而且决定着我未来的行动。我的“如果”和我的“那么”。

有些事我可以很轻松地做出安排，而且已经落实到位。包括：

★ 我的遗嘱是最新的，而且已经用咱们的家庭用纸备案。

★ 终极公司为我买了人寿保险，我死之后，他们会向你和你爸爸支付一笔保险金。这笔钱虽然不会让你们成为富翁，但却能保证你们衣食无忧。我了解你，你一定会担心你和你爸爸的生计。

★ 一想到要离开你和你爸爸，我就心如刀割。我爱你们，我也知道你们深爱彼此。从小到大一直都是你爸爸负责照顾你的日常生活，我相信就算我不在了，他也会像过去一样照顾你。

★ 当你读到这封信时，你已经多少了解了我的最新研究项目，对，就是那个类人情感机器人。希望在没有我的日子里，这个机器人能给你们带去一丝安慰。

这些事说起来容易，实施起来却并不简单，所以我要采取一些措施确保它们不出问题。我估计在你们两个当中，爸爸相对比较容易被说服。如果你能顺利接受i–瑞秋进入这个家，那么你将永远不需要读到这封信。如果你排斥并拒绝与i–瑞秋交流，那么系统将自动连接打印机，把这封信打印出来交给你。

所以这是另外一个“如果——那么”。

如果你拒绝i–瑞秋，那么你将读到这封信。

所以，我在此要以妈妈的身份请求你，给她一个机会。只要几周或几个月。求你了，克洛伊，就算是为了我。

我的死很可能让你内疚难当，因此在这封信的最后我想对你说几句我很可能来不及当面对你说的话，谁知道我的死期什么时候会到呢？

我知道你对我心存抱怨，认为我在工作上投入了太多的时间。你认为我把工作看得比你还重要，我知道是因为你不止一次冲我吼过。可事实并非如此，我爱你，即便没有陪在你身边，我也无时无刻不在想着你。

有些话我经常对你说，但我不确定你是否听进去了。既然我很可能没有多少机会再说这些话，就索性把它们写在这里吧。而且我可以拍着胸脯说，下面这些话没有一句虚言。

★ 我爱你。我对你的爱每一分每一秒都不曾动摇。

★ 你完美无瑕。

★ 你比你想象的更聪明、更勇敢、更坚强。

★ 你眼中的“唠叨”和“不切实际的期望”实际上全是爱，以及我作为旁观者在你身上看到的巨大潜力。

★ 你会做出正确的选择，你的未来一片光明。

★ 艾米和杰丝都是不错的朋友，珍惜她们、善待她们。

★ 你的奶奶辛妮虽然不够平易近人，但心地善良。对她多一点耐心和关爱吧，在这方面我做得不够好。

★ 你爸爸是我见过的最优秀的男人，他道德高尚、心地纯良、真诚勇敢。能够得到他的爱是上天最大的恩赐，你和我都是幸运儿，可惜很多时候我们忽略了这一点。

亲爱的女儿，我已经写了好几页了。我能听到你在上面洗澡的声音，音乐还在继续。待会儿你就会清清爽爽地穿着你那松软的连帽衫和拖鞋到楼下来了，说不定你会捏我一把，或者吻一吻我的额头；但也说不定你会忽略我的存在，径直到冰箱里拿吃的。不过等你下来时这几页信纸已经被我藏在抽屉里了。我会偷偷看一眼你美丽的脸庞，把它深深印在心里。我想记住你的全部，我想把你刻在我的眼睛里、脑子里、内心里，那样无论什么时候离开，我都永远有你的陪伴。

宝贝，我愿把全部的爱给你。

妈妈

第22章

艾登

艾登的这份工作，有时让他爱得欲罢不能，有时又让他烦得要死要活，因为他经常要完成一些吃力不讨好的任务。今天是属于第二种情况。他已经回来上班好几个星期了，每天只是按部就班地上课、下课。上午他和菲奥娜开了一个无聊透顶的预算会议，没错，她知道他们使用的电脑和软件早就该淘汰了。可现在他们没有这笔更新它们的预算，至于何时会有，她也说不清楚。i-瑞秋为他准备了一份精致的午餐便当，可他忘了带，所以只好在超市随便买一个三明治和一包薯条凑合。下午，他给三个学员讲Word软件。那个女生还算省心，那个娇小玲珑的女人不停地提问，显然她对课堂内容一窍不通。偶尔的沉默不会超过10分钟，便会把原来的问题重新再问一遍。教室后面有个年轻小伙子，始终板着脸，懒洋洋地坐在椅子上，一只手插在运动服的口袋里。他一会儿剔剔牙，一会儿看看手机，对课堂上的任何练习和互动都置若罔闻。艾登被那小个子女人烦得实在受不了了，就出去躲了几分钟，回来时他发现那小伙子竟绕过网页过滤软件，把电脑连到了手机上看A片，而且还开着外音。他把这家伙轰了出去，但那小女人也差点被他气得犯心脏病。毫无疑问，她会写一封措辞强烈的投诉信。不过她只能手写，因为她不会用Word软件打字。

下课后，他本该回办公室处理一些文件，可他心神不宁，根本坐不下来。大约4点时，他莫名其妙地去了厨房，一边拿姜汁饼干蘸着茶吃，一边望着窗外发呆。

“伙计，”一个声音在他身后说道，“给我们留点儿。”

他扭过头，看见他们的职业心理医生凯特正站在门口。她手里端着杯子，正准备给自己倒杯热茶。艾登低头看了看手里的那袋饼干，不知不觉间他已经报销了一半。

“不好意思，中午只吃了块三明治，没想到居然这么饿。”

“冰箱里我还有份沙拉，你要是不介意可以拿去吃。”凯特说着按了按茶壶。

“不用了，谢谢你的好意。我待会儿就该回家了。”

“今天过得还行？”

“一言难尽。”

“我听说了，有个家伙在你的课上看A片。”

“要是他能把那些IT知识用到工作上，说不定挣得比我们还要多。”

“或者当个黑客，黑进五角大楼。”

“虽然风险高一些，但回报也高。”

“我喜欢你的乐观。”凯特倒好了茶，转身看着艾登。“现在感觉怎么样了？”

“是心理测试吗？”

“只是同事间的关心而已。你希望是心理测试吗？”

“哈，你又搞心理学家那一套，用一个问题回答另一个问题。”

“而你却在逃避我的问题。”她挑衅似的扬起一侧眉毛。

他禁不住笑了。“显然我今天不太顺心，要非说过得不错那肯定是撒谎。不过我没事，总体上还过得去。”

“那你女儿呢？”

“克洛伊？大多时候还行吧。一开始她很抗拒，但现在……我也不清楚……反正好多了。”

“日子还长着呢。”

“我知道。”

“她有可以倾诉的对象吗？”

“你是说职业的？你觉得她有必要看心理医生吗？”艾登不由得紧张起来。他从没考虑过让克洛伊做心理咨询，难道是他疏忽了？可这件事做起来是有困难的，怎么让她敞开心扉呢？见到心理医生她怎么可能不提i-瑞秋？可万一她忧伤过度，真的需要心理干预呢？他是不是已经给她造成了无法弥补的伤疤？或者说，在这件事上，他是不是又一次伤了女儿的心？他忽然又恼起瑞秋来，是她把他们父女二人置于当前这种荒唐的处境。她把他们当成了可以随意摆布的棋子，为了她个人的目的竟然操纵他们的人生。她为什么总是如此自以为是？

“你没事吧？”凯特仿佛注意到了什么。这时艾登才发觉她一直注视着他。

“没事。就像你说的，日子还长着呢。”他努力让他的话听起来更自信一些。“我会留心克洛伊的，必要的时候我会让她寻求专业帮助。”

“她在瑞秋葬礼上的话很感人，”凯特说，“她看上去非常镇静。”

艾登笑了笑。“她很可能不会赞同你的说法，”他说，“她觉得自己狼狈不堪。她有时候很让人……捉摸不透。她很聪明，却有自我破坏的心理倾向，有时候会故意让自己难堪。”他忽然感到惭愧不安，仿佛当了叛徒出卖了女儿。他在和一个他几乎还不熟识的人谈论自己的女儿，克洛伊一定会恨他的。但凯特专注的神情仿佛给他吃了一颗定心丸，她褐色的眼眸明亮温暖，目光热切而又集中，仿佛他是这个世界上最有魅力的人。

“听说瑞秋是个非常成功的女人，这恐怕会给她的女儿带来不小的压力。”

艾登有些不悦。他不习惯别人评论他的家事，尤其是和他的妻子有关的。

凯特或许从他的脸色中看出了端倪，因为她连忙改口说：“对不起，我这么说可能不太合适，作为外人我是没资格对你的生活指手画脚的。”

他点点头，努力维持着礼貌。

“嗯，该回去干活了，”凯特说，“还有一大堆学员评估报告等着我呢。”她伸出一只手，艾登不确定她想干什么。是要握手吗？或者只想捏捏他的手？“饼干还有剩的吗？”她说。

“哦，有。给你。”他狼狈地递上已经吃了一半的饼干袋，目送她出去，可他的怨气丝毫没有减少。他感觉自己不知不觉间进了别人的圈套，受了别人的控制。毕竟凯特是心理医生，她擅长这个。

第23章

克洛伊

克洛伊一向不喜欢在奶奶家吃午饭。她理想中的奶奶应该像电视里那样：慈眉善目、面带微笑，不时给你一个热情的拥抱，给你做些好吃的点心，要么就安安静静地坐着织毛衣。可辛妮不是那类人，她身形高大、克制严谨、不苟言笑，从来都是一副忧心忡忡的样子。总之不管是关注、热情还是炸鸡，很少见她慷慨过。艾登时常为她开脱，他说辛妮出生在战后，从小生活在物资匮乏的年代。后来成了单亲妈妈，依靠她当医疗秘书的微薄收入独自抚养艾登和他的弟弟奥利弗。她过惯了紧巴巴的日子，很多习惯到现在也改不掉。

尽管如今她那套小房子的贷款已经还清，她手里有积蓄，还能领到数额可观的退休金，但她依然过着非常节俭的生活。克洛伊从小衣食无忧，瑞秋和艾登对她又百般宠爱，几乎有求必应。所以她难免会觉得奶奶小气吝啬、斤斤计较。孩童时期，每当爸爸把她捆在座椅上并兴致勃勃地说“去奶奶家咯”的时候，她就气不打一处来。

“不去！”她会嘟囔说，“奶奶家有一股剩饭味儿，而且她从来不让我看电视。”

后来长大些了，她就想方设法逃避去奶奶家，比如谎称和朋友有约，或者突然想起还有未完成的作业。瑞秋对去婆婆家也不怎么热情，因此对女儿也就睁一只眼闭一只眼，但艾登每次都会显得伤心失望。

然而这个星期天，克洛伊却一反常态地渴望到奶奶家吃午饭。她只想离开家，离开那令人压抑的悲伤氛围以及i-瑞秋带来的、笼罩着每个房间的紧张与不安。

一切如故，辛妮那四四方方的小房子里依旧弥漫着一股肉汤的味道。下午6点之前开电视根本不在她的考虑范围，而且即便开电视，她也只看BBC，因为她不喜欢广告。家里的所有东西都干干净净，但又不失文雅地没了原有的光泽。自打克洛伊记事起，辛妮家里的客厅三件套和烟色玻璃咖啡桌就没有换过。她小小的卧室里摆着一张单人床，上面罩着烛芯纱床帏。经过多年的思想工作，艾登终于说服他妈妈给家里重新铺了地毯。五年过去了，地毯崭新如初。她在屋里只穿袜子或拖鞋，地毯每天都要用吸尘器吸一遍。“那些地毯的寿命肯定比我们所有人的寿命都要长。”上次来看奶奶时，瑞秋调皮地趴在克洛伊耳朵上这样说。唉，又是一段扎心的记忆。

开车去奶奶家的路上，克洛伊和艾登全程沉默不语。克洛伊还在为爸爸同意i-瑞秋到家里来的事生气。他曾试着解释，他也是迫不得已，因为那是她妈妈的遗愿，可她不听。她最近一直很低调，只在吃饭的时候才从房间里出来露个面。坐在餐桌前时她也多半垂头丧气，不理他，也不理近旁的i-瑞秋，她狼吞虎咽地把饭吃完就又匆匆跑回楼上。星期天到奶奶家吃午饭的消息，是艾登在一次吃饭的间隙宣布的。

“好啊。”她立刻就同意了，连她自己都感到惊讶。她很孤独，不想老是一个人待在屋里。保守i-瑞秋的秘密让她倍感疲惫，她对所有人说她不小心把手机放进了洗衣机里，如今正等着买一个新的。唯一能防止她泄露秘密的做法是避免与艾米和杰丝以及其他朋友联系。没有网上聊天、没有社交媒体、没有手机，生活变得空虚无趣。因此任何能让她离开家门挣脱束缚的建议她都热烈欢迎。

到了奶奶家，辛妮打开家门看着他们。“哦，你们好啊。”她说，随即转身回到屋里。

“见到咱们她似乎很高兴。”克洛伊用戏谑的口吻说，艾登扬了扬眉毛。他们差一点就对彼此微笑了，可这时克洛伊又突然想起她还在生爸爸的气，所以迅速地低下头，随着奶奶进了屋。

辛妮径直走进厨房继续做饭。午餐吃烤鸡，毫不意外。辛妮的周日餐单从来都是烤肉，加上一些传统小吃：烤土豆（仿佛永远都吃不够）、花椰菜、胡萝卜和用百事图肉汁粉做的稀肉汤。她无论如何也不会考虑别的食物——意大利面或鱼太不伦不类，而除了鸡肉，别的肉又稍显奢侈。每当瑞秋在他们家做牛肉、羊肉或猪肉时，辛妮总是客客气气地说：“给我来一点就行，这些肉太贵了。”而她每次吃上三口就把盘子推到一边，露出一脸不合口味的表情。

辛妮去了厨房，艾登晃晃悠悠地进了客厅，克洛伊一个人站在门厅里，进也不是，退也不是。门厅里有张小桌子，上面摆着一碗干花，旁边的墙上挂了一排镶着银色相框的家庭照片。第一张是年轻时的辛妮和她的两个孩子——艾登与奥利弗。艾登瘦得皮包骨头，头发又长又乱，看样子大概10岁。奥利弗稍微胖一点，脸上挂着笑，大概8岁。后面跟着挂了许多两兄弟的毕业照，此外还有一张奥利弗站在南美某座山上的照片，他戴着墨镜，咧嘴冲着镜头笑。他曾花数年时间环游世界，如今和一个名叫克瑞西达的女人生活在新加坡。他好像是银行业者，一般没什么事的话他不会回英国，就连瑞秋的葬礼他都没有参加，而只是送了一大束花，其中大部分是百合。因为气味儿太浓，葬礼结束之后艾登和克洛伊就把花扔了。“说不定花了他200英镑呢。”艾登把花塞进垃圾桶时不无内疚地说。

奥利弗的照片旁边有一张克洛伊的爸爸和妈妈结婚时的照片。那是一张黑白特写，应该是摆好姿势才拍的。不过显然艾登说了什么好笑的事，瑞秋一边欢快地笑着一边抬头望着丈夫，而艾登的脸更是笑开了花。从前只要克洛伊看到爸爸妈妈的结婚照，就不免要取笑一番他们那个时代的发型和服饰。但在这张照片中，他们看上去如此年轻、如此真实。他们朝气蓬勃，对未来有无限憧憬，最主要的是，他们的恩爱几乎从照片里四溢出来。克洛伊看出来了，就在拍摄这张照片之前的几分钟，她的爸爸妈妈才互相说过“至死不渝”的誓词。克洛伊伸出一根手指，抚摸着妈妈年轻时的脸颊。她的脸圆圆的，很漂亮。

结婚照旁边是爸爸的一张照片，他看起来疲惫不堪，但又一脸幸福，笑得嘴巴几乎咧到了耳根上。他怀里好像抱了一根用粉色毛毯裹着的长面包，那应该就是克洛伊，照片拍摄于她出生当天，随后便是她婴幼儿时期的照片拼贴合集。最后全是她学生时代的照片，总共有10张，从小学入学直到去年秋天，仿佛一部逐格拍摄的成长电影：蹒跚学步的金发小女孩儿；掉了门牙的小女孩儿；重新长出大门牙，露出宽宽的齿缝；煞风景的刘海儿；戴上了牙齿矫正器；摘下了牙齿矫正器；又一个失败的发型；毛糙卷发；最后一个还算像样。若在平时，她一定会掏出手机拍下这些照片，然后发到网上自嘲一番，但今时不同往日了。

她又回头看了一眼爸爸妈妈的照片，被她触摸过的玻璃上有个明显的指印。走近细看时，她发现所有的照片上都蒙着厚厚的一层尘土，桌面上也是，碗里的干花中竟然还有蜘蛛网。低头看看脚下的地毯（奶奶的宝贝），那上面遍布绒毛，甚至还有泥土的痕迹。奶奶显然已经荒废了家务，这与她一贯的作风大相径庭。瑞秋的死对她造成的打击恐怕超出了任何人的想象。

爸爸一个人在客厅里无所事事，他忽然觉得该来点音乐，好打破这令人窒息的寂静。奶奶没有平板电脑，只有一台卡式录音机和一台CD唱机。艾登一定在她的旧碟堆里找了很久，才找到一首此刻听来不会显得不合时宜的歌。于是，珀西·斯雷吉的《当男人爱上女人》开始响彻小屋的每一个角落。

克洛伊站在门厅里纹丝不动。她能听到爸爸随着音乐轻声哼唱，他对自己的歌喉一向自信，可这首歌他偏偏驾驭不了。倘若她没有生他的气，她一定会半开玩笑地阻止他继续鬼哭狼嚎。她想干脆关掉音乐，来个釜底抽薪，可就在这时，她忽然听到一个清晰的女高音唱出了一段悠扬动听的旋律。奶奶？

震惊的不只克洛伊。艾登也来到客厅入口，站在那里安安静静地听起来。

克洛伊情不自禁地低声问他："我还不知道她这么会唱歌呢。"

"我也是，"他顿了顿，接着又说，"不，确切地说我是知道的，但我恐怕有……35年没听过了。小时候她经常为我们兄弟俩唱歌，我记得她好像还加入了一个乐队。但爸爸走了之后她只能找一个全职工作，所以也就……"

他没有说下去，两人已经听得如痴如醉。辛妮的歌声与珀西的歌声完美交融，她的声音纯粹而真实。

一曲结束，辛妮又跟着唱起专辑中别的歌。但她没有停下手中的活，厨房里杯盘碰撞，叮当之声不绝于耳。克洛伊跟着艾登走进客厅，他在沙发里坐下，她踌躇着坐在了他旁边。艾登把胳膊搭在沙发后背上，侧过身子看着女儿，并用眼神提出疑问。克洛伊朝爸爸身边挪了挪，就几分钟，她暂时准许自己依偎在他温暖的一侧。她好累，与爸爸斗、与悲痛斗、与i-瑞秋斗……她已经心力交瘁。有时候，停手倒更容易些。

他们听见辛妮把饭菜端到了餐桌上。厨房小得可怜，所以她不喜欢别人进去帮忙，免得你碰我我碰你。于是艾登和克洛伊就坐在原地，等着被召唤。果然，最后一阵勺子与盘子的碰撞声过后，辛妮喊道："开饭咯！"两人起身去餐厅，这时艾登捏了捏克洛伊的胳膊。

他们穿过走廊，来到餐厅。桌子的位置几十年不曾改变，桌上照例铺着一张微微卷曲的白色桌布，上面规规矩矩地摆好了面包盘、生菜叉，以及雪白的棉布餐巾。辛妮正忙着切鸡肉，但克洛伊和艾登却双双愣在了门口。

桌子上摆了四套餐具。

“妈，还有别的客人吗？”艾登不解地问。

“嗯？”辛妮回应。

“你准备了四套餐具。还有别的人要来吗？”

“那当然啦，”辛妮气愤地说，“瑞秋啊，她随时都会来的。”

第24章

i－瑞秋

父女俩一回到家，克洛伊就立刻上楼钻进了卧室。根据往常的经验，她的举动并无奇怪之处。然而她手环上收集到的数据显示，此刻她应该处于心烦意乱的状态。早上艾登曾知会过我，说他们要到他的妈妈辛妮·玛格丽特·索耶家吃饭。我的系统中关于家庭行为的资料显示，这是一种相对常规的活动。没有迹象表明此类正常活动会对任何一个互动对象造成情绪上的剧烈波动。但从现状判断，他们应该是遇到了异常情况。

他们外出期间，我把每个房间都打扫得干干净净，东西也摆放得整整齐齐。个别家务耗费了我大量的体力，因此我坐在餐厅，主动连上了充电装置，以便我有充足的电量做晚饭，或为艾登和克洛伊提供其他的服务。

艾登来到客厅，径直走到餐具柜前，从里面拿出一瓶酒精饮料——标签上写的是“单一麦芽威士忌”——而后又从橱柜里拿出一个酒杯，倒了一大杯（大约120毫升）。他抿了一口，做出一脸苦相，说明酒的味道并不喜人。这是我第一次看到他饮酒。

“如果酒不好喝，我可以给你倒点别的吗？”我问。

他跳了起来，杯里的酒溅出一部分洒在了地毯上。

“老天！”他说，“我没看见你。”

我终止充电程序，站起身来。“对不起，”我说，“我无意吓你。我能为你倒点别的饮料吗？”

“不用了。”艾登说。而后他又仿佛刚刚回过神似的补充说，“不用了，谢谢。这才是我想要的。”

他坐在沙发上，小口喝着酒。他每一口都露出难以下咽的痛苦表情，似乎那并不是一件让人享受的事情，但他喝得很快，虽然那酒有40度。记录显示，喝快酒且不吃食物的人通常心里有事。他们渴望依赖酒精的麻醉改善心情，正所谓借酒浇愁。因为据我所知，很多人都喜欢醉酒带来的怀旧与伤感、旷达与自在。但缘何艾登需要改善心情呢？我不知道这与克洛伊回来时所表现出的生命体征的波动是否有关。

“你和克洛伊发生争执了吗？”我问。

“什么？”

“我发现你和克洛伊全都心烦意乱。你们吵架了吗？出现分歧了？”

“什么？没有，没有。”

“那你和你的妈妈发生争执了吗？”

“我妈妈？”

“你去了你妈妈家。资料显示，虽然相隔很远，你和你妈妈的关系却非常和睦。但即便如此，你们也不是没有吵架的可能。”

艾登忍不住笑了，仰脖儿喝下杯里的最后一点威士忌。“不，我没有和妈妈吵架。谢谢你的关心。”

他把目光再次投向餐具柜。我循着他的视线望去，推断他大概还想倒点威士忌。他的手环告诉我，因为酒喝得太快，他的身体正全力以赴地分解酒精，由此导致他的心跳明显加速。他缓缓站起身，倒酒的意图非常明显。

这时我注意到他突然变了脸色。他的嘴角多了一丝冷酷，眼睛也微微眯起。

“哼，我不是有你伺候吗？”他说，语气冷淡严厉，“去给我再倒一杯威士忌。”

“我建议不要。”我说。

他斜眉瞪眼地看着我，一脸惊讶。“你建议？从什么时候开始你也会提建议了？”

“我首先评估形势，而后根据运算结果挑选最佳方案。”

“给我倒酒为什么不是最佳方案？”

“你的身体不足以应付突如其来的大量酒精。因为你平时不怎么喝酒，就连瑞秋死后你最焦虑的时候也没有借助酒精寻找安慰，尽管那种做法在丧偶者身上屡见不鲜。现在你突然开始喝酒，说明你遇到了比较棘手的烦心事，它让你焦躁不安。”

“那又怎样？”艾登说，“就算有又如何？难道我就不能借酒浇愁了？”

“喝酒能帮你找到解决问题的方法吗？”

“不会那么直接。”

“间接能吗？明天就是周一了。你还要上班。突然大量饮酒会导致醉酒后遗症。”

“后遗症？”

“也就是人们常说的宿醉，其症状包括：头痛、疲劳、恶心、呕吐以及精力不集中。”

艾登仰头大笑。这是我第一次听到他如此开怀放肆地大笑。我发现这样的笑声能给旁听者带去愉悦的感觉，而发出这种笑声的人很可能会获得极大的满足。

“我并没有给你讲笑话啊。”我很认真地说。

“你的确没有，”他微笑着对我说，“不过还是谢谢你。你说得没错。明天早上要是带着宿醉和一张不修边幅的脸去上班，那也太不像话了，你说对吧？”

“我在电影和电视节目中看到过此类行为。”

“你看过很多电影吗？”

“瑞秋在我的硬盘中上传了许多各种类型的电影、电视剧和书籍，我随时可以引用它们当中的内容。不过在充电模式下，我偶尔也会用正常速度播放一部影片，然后像普通人一样慢慢欣赏。”

“你都看过哪些比较忧伤的电影？”

“最近我看了《真爱至上》，连姆·尼森饰演的那个角色也经历了丧偶之痛。”

“《真爱至上》？开玩笑吧？我们得给你找些更好看的片子了，《记忆碎片》怎么样？”

“我浏览过那部电影。你的身上也有很多文身吗？”艾登又是一阵大笑，我也笑了。“这一次我是在说笑话。”

“虽然有点冷，”他说着站起身，“我还是再来一杯吧，就一小杯，我保证不喝那么快。”

他来到餐具柜前又给自己倒了一杯。这一次他倒得不多不少，大约52毫升。随后他又进厨房待了一会儿，出来时杯里已经多了三个冰块和大约50毫升的水。他重新坐回到沙发上。

他的生命体征似乎恢复到了正常水平，因此我判断可以重新提出刚才的问题了。“今天你遇到什么烦心事了吗？”

“午餐时妈妈摆了四套餐具。”

“我缺少理解这一举动的背景信息。”

“吃饭的人只有我、克洛伊和她，我们三个，多出的一套她是留给瑞秋的。”

“你有没有通知她瑞秋已经死了？”

他瞪了我一眼。“她知道。我第一时间就通知了她，而且她也出席了葬礼。”

“这么重要的事情她应该不至于忘记。”

艾登对我的判断不置可否。他眉头紧皱，再次露出焦虑的神色。

“关于餐具的问题，你对她是怎么说的？”

“我什么都不需要说，我想她应该看到我们震惊的样子了。随后她说：‘她会一直活在我们心里，我想让一切看起来仍是她在时的样子。’”

“看来她把这种做法当成是对瑞秋的纪念了。”

“我不觉得。我想她那么说只是为了掩饰一个可怕的错误，妈妈从来都不是一个多愁善感的人。”

“你有没有和她深入讨论？”

“她把话题岔开了，后来吃饭的时候她又和往常一样谈笑风生。”

“你没有进一步提出你的疑问？或试着搞清楚她是否有意让你们难堪，或者那只是一个无心之失？”

“我和我妈妈的关系没那么复杂。她很传统，吃过战争的苦，所以她讨厌冲突、讨厌面对强烈的情感。”

“但你不觉得把问题搞清楚，或者把你的真实感受告诉她很有必要吗？”

“这个嘛……我只能换种方式了。因为没用。她嘴巴很严，或者干脆起身走开，总之一句话也不会说。我试过。”他一副无可奈何的样子。

“瑞秋去世的时候呢？”

“她说这种事发生在谁身上都难免伤心难过，但为了克洛伊，我必须坚强起来，最好不要哭。她劝我继续原来的生活，悲伤很快就会过去。”

“她那么说你一定很伤心吧。”我说。

“是啊，”艾登回答，“可她就是那样的人。”

“但尽管如此，餐具的事还是让你感到难受。”

“对。”

“能告诉我为什么吗？”

他沉默了24.73秒。“让我难受的是吃饭时她说的话。”

“何以见得呢？你说她和往常一样谈笑风生啊！”

“这才是关键。可能餐具的事太让我意外了，所以这么多年来我第一次认真地听她说话。是真的在听，可她说的还是经常说的那些话。”

“她的话让你感到安心了吗？”

“她说起花园里的花草、说起天气、说起她在森宝利买的东西。后来她又说起她小时候的一件逸事，她说她跑到一片偏僻的田野里玩耍，结果丢了一只鞋子。”

“这些事有什么特别的意义吗？”

“上一次我们去看她的时候，她说的也是这些事，几乎一字不差，包括她儿时的记忆。就好像她在重复念剧本。”

“对此你有什么看法？”

“我觉得……”他顿了顿，喝了口酒。“我觉得是她年事已高的原因，可能有点老糊涂了。这种情况已经持续了很长时间，但我一直没有注意，或者说我不愿面对现实而选择了自动忽视。”

我在数据库中搜索相应的解释。“‘体力或心智功能出现衰退，由于年龄或疾病的缘故，人的短期记忆和警觉度都会降低。’你认为她出现了短期记忆丧失的症状？”

“对，我觉得很有可能，而且已经恶化，但她用近乎死板的日常习惯极力掩饰这一点，以免出现纰漏。”

“纰漏？”

“面对不熟悉的情形，她很可能不记得该如何反应，所以闭门不出，每天做同样的饭食，说同样的话，这样她就不会犯错。”

“她为什么会害怕犯错？她认为自己有危险吗？”

艾登一脸沮丧。“危险？不会。但她确实害怕。”

“害怕什么？”

他笑了，但这一次他的眼睛里没有温暖。“你在故意逼我说出来，对不对？我想她害怕的是……失去理智，或失去自由和独立，害怕最终会被送进老人院。这些是我们每个人都害怕的事情。”

“你也怕吗？”我问。

“我以前也怕，我怕面对生老病死，我一直觉得那是最可怕的事情。”

“你加了‘以前’这个词，现在你不再害怕了吗？”

“现在我面对着更可怕的事情。”他说。

“比如说？”

“比如我的余生都要在失去瑞秋的现实中度过。我不得不重新考虑每一件事、每一个我曾经制订的计划、每一个梦想，所有我想和瑞秋一起做或一起经历的。可如今……如今……”他停了停，仿佛在平复心情。“也许我妈妈意识到了什么，也许忘记倒是更好的选择。”

毫无征兆，他突然开始哭起来。他不像大多数人那样用手捂着脸呜咽，而是任由泪水肆无忌惮地沿着脸颊流下来。面部比对数据显示，倘若一个人正在经历极度悲痛的事，他的面部表情会发生变化，五官会出现移位皱缩的现象。可这种迹象并没有发生在艾登身上，他一动不动地坐在那里，平静地任凭泪水滚滚而下。最后泪水越来越多，已经像决堤的洪水一样难以抑制了。

我甚至还没有来得及启动已有程序，此情此景所带来的视觉刺激已经为我准备好了相应的反应，而我只是通过声音表达出来。这些话几乎脱口而出，以录音的形式。因为我并没有使用我的语言功能组织它们。

“还记得唐尼死的时候吗？”

他看着我，惊奇地问：“什么？”

“唐尼死的时候。它是一只体格庞大、浑身臭烘烘的老狗。你总说你受不了它，经常埋怨它放屁奇臭、鼾声如雷，可当我们带它去看兽医并查出它得了癌症时……后来兽医给它注射巴比妥酸盐，你搂着唐尼的脑袋……当时你哭了，哭得和今天一样悲痛。”

“你……”他用最奇怪的表情盯着我的脸，“你……你怎么会知道唐尼？”

“我并不知道。”我说。这是真的，我确实不知情。艾登开始哭的时候我还不知道我的文件中储存着这样一段信息。在我和瑞秋的全部对话中，她也从来没有提到过唐尼。

艾登接着说：“唐尼是瑞秋的宠物狗，我们认识的时候她就已经养着它了。起初它和瑞秋的父母生活在肯特郡，但三年后，当我们有了我们的第一个住所时，她坚持把它接了过来和我们一起生活。它是一只走路蹒跚的老拉布拉多犬，而且是我见过的最忧郁的狗。但它特别喜欢瑞秋，瑞秋也特别喜欢它。我不得不容忍它的存在，因为我别无选择。不过我确实经常抱怨，这倒是真的，尤其在它上了年纪以后。它不喜欢别人靠近它，但我看电视的时候，它却很喜欢把它的大脑袋枕在我的膝头，仰起脸看我。发现它生病的时候瑞秋已经怀了克洛伊，她难过极了，因为唐尼得的是肝癌，每天都要饱受疼痛的折磨，不得已，我们把它带到兽医那里实施了安乐死。瑞秋伤心欲绝，她怕唐尼看到她难过的样子，所以就站在它眼睛看不到的地方，温柔地抚摸它的身体。躺在手术台上时，唐尼吓坏了。打针的时候，我搂住它的脑袋，和它面对面。我望着它褐色的大眼睛，那里面装满了信任。后来，它眼睛里的光芒像火炬一样慢慢熄灭了……”艾登痛苦地摇起头，“那天的事除了我和瑞秋，没有别的人知道。没有人知道我哭了，你怎么会知道的？”

我试着解释。“我的系统中有一些……隐藏文件。”我说。

“隐藏文件？”

“就在我的数据库中。我有一个庞大的数据库，里面储存着不计其数的文件。为了让我能自如地与人交流，瑞秋上传了大量的信息资料——词汇表、句法结构，还有词典文件——因此我能听懂从来没有听到过的词汇和概念。但数据库中还有一部分加密文件，她说那里面存的是我暂时还不需要的信息，也许永远都不需要。瑞秋死后，IT部门注销了瑞秋的访问权限，那些文件夹上的加密程序也跟着消失了，密码也随之解除。同一天，瑞秋设定好的遗言程序开始执行，并覆盖了我的全部其他功能。”

“那些文件夹里存的是什么？”

“和我存储的其他许多文件相似——文本、视频、图片、音频、参考资料。和其他数据一样，它们都受各种各样的协议支配。所以当我受到相应的刺激时，就自动访问了那些文件。”

“这么说……”

“因为我看到了你哭，系统便自动解锁了唐尼的故事。”

“文件夹里还有别的什么？”

“没有得到相应的刺激，我是无法打开那些文件的，”我解释说，“它们就放在那里，只有收到恰当的提示才会自动触发程序。”

“什么样的提示？”

“我也不知道，我原本连唐尼的故事都不知道。”

艾登盯着我看了许久。他在研究我的表情，就像我做面部比对一样。

“她把那件事提前保存在你的数据库中，”最后他说，“因为她知道你会看到我哭，知道我会需要安慰。她还保存了什么？”

“我无可奉告。”我们在沉默中坐了很大一会儿。“唐尼的故事有什么意义呢？为什么瑞秋会选择这件事作为对你眼泪的回应？”

“我认为……”艾登慢悠悠地说，“我认为她是想告诉我，哭出来也没关系。哭泣，是因为我们有爱，而爱恰恰是坚强意志的象征。”

“唐尼死的那天，你的表现很坚强。”

“可我现在不够坚强。”他悠悠地说。

眼前的情节似曾相识。在我浏览过的许多电影、电视和文学作品中，遇到这样的时刻，倾听者通常会为悲痛者提供身体上的抚慰。一个拥抱，落在臂膀上的触摸，甚至一个吻。直到如今，我还没有触碰过艾登或克洛伊的身体。然而，我所掌握的所有信息都显示，身体的接触是目前此种情况下最适当的举动。

我走到沙发前，在他身旁坐下，随后将我的手放在他的手上。卢克不愧是一位优秀的工程师，他使我的乳胶皮肤摸起来和真人的一样，而我的内部加热垫也将我的核心温度维持在接近人类正常体温的范围，组成我手指结构的金属棒完全按照人类骨骼的形状打造，虽然我没有指纹，但瑞秋总是对我说，拉着我的手与拉着真人的手差别不大，并不会有特别怪异的感觉。

被我触碰到时，艾登惊得浑身一抖，但他没有回避，也没有拿眼睛看我。他用拇指轻轻摩挲我的手背，这细微的举动被我的视觉系统和灵敏的触摸感应器捕捉到了。

他把我的手拉到他的双手之间，用右手手指小心探索着我每一根手指的轮廓。随后他把我的手翻过来，捧在他的掌心，轻轻描绘我手掌里的每一条纹路。这只手对他来说一定无比熟悉——它是按照瑞秋的手模一比一制造的，细节精确到连她左手食指关节处的一颗小小的黑痣都没有漏掉。艾登在这颗痣上久久停留，随后才用手指抚摸我的前臂内侧，动作极其轻柔缓慢。他的双眼追随着他的手指，渐渐上移，直到与我的目光相遇。

这是他第一次离我这么近，又这么专注地审视我的脸。卢克为我打造的眼球无论形状还是颜色都与瑞秋相同。我注意到艾登的视线从我的一只眼睛移到另一只眼睛，而后又向下转到嘴巴。他凑近了一点，我的面部感应器察觉到了他的动作，以及他呼吸带来的热气。他深吸了一口气，缓慢而悠长，仿佛在努力捕捉空气中的味道。接着，他突然抽身从我面前离开了。

这样的结局实在出人预料。我感觉，至少一度感觉，我的语言以及身体语言已经给他带去了一些安慰，但我们最后时刻的亲密似乎令他大为不安，他匆匆离开了房间。

我隐约听到他关闭卧室房门的声音，根据我对形势的计算，追上去继续讨论意义不大。于是我决定到镜子前签到，然后返回我的充电站，备份今天的交流数据。但不知何故，我感觉仅仅存储文件和对比数据已经不能满足我的交流需求。迄今为止，我的响应目标已经覆盖人际互动、生理信号、语言，以及针对某些预设程序的提示。但在刚才与艾登的交流中，我体验到了不同的东西。是好奇吗？或是欲望？我只知道本次互动的戛然而止非我所愿。他解锁了我的第一次自发情感响应，我渴望再度感受这样的刺激。

第 25 章

卢 克

厨房里静悄悄的，除了洗衣机的嗡响。艾登去上班了，克洛伊在学校，卢克把手提电脑放在厨房柜台上，有条不紊地上传i-瑞秋收集的数据。她一动不动地坐在凳子上，闭着眼睛，数据线从袖口一直伸到藏在她腋下的接口。卢克缄口不言，默默地看着屏幕里向上滚动的数据。

几分钟后，他伸手拔下了数据线。

“做几个动作让我看看。”他说。

i-瑞秋顺从地站起身，走到厨房中间没有障碍的地方，开始按照预定程序做出一系列动作。她抬起双臂、弯腰、拉伸、转身、下跪，然后重新站起来。

卢克在书写板上做了些笔记，随后满意地点点头。“你的活动量越来越大，吃得消吗？”他问。

i-瑞秋扭头看着他。“像洗衣服和吸尘这些体力作业比我预想的要耗电，有时候我需要中间充一次电才能完成当天的工作。”

“这个嘛，也许瑞秋已经准备了补丁程序，只是这不在我的……”

“我有个主意也许能帮助你解决这个问题。”

卢克冷冷地看着i-瑞秋。“已经开始有自己的主意了，是吧？”

i-瑞秋没有在意他的语气。“如果我独自在家，而艾登和克洛伊不在我的探测范围，我可以暂时关闭电子手环的信号接收器。这个程序会耗费大量电力，关闭之后可以延长我的电池使用时间。”

“那你怎么知道他们什么时候回家呢？”

“他们放学和下班的时间都很有规律。”

“万一出现紧急情况呢？或者他们临时改变了计划？”

“艾登给我配备了一部手机。出现可以预见的变故时，他会发短信通知我。”

“是吗？”卢克不屑地说，“他可没跟我提手机的事。我得警告他不能这么干，我不允许你和互动对象之间有随机的通信往来，那会影响试验结果的准确性。”

“你可以查看手机，那里面有艾登的全部短信记录。除了网购、做饭和家务的指令以外，那里面没有别的内容，我可以向你保证。”

“但不会记录通话内容。”

“我会记录所有的语音通信。”

“你同样也能选择不记录。”

“你是说我会伪造或编辑记录数据？你应该知道这是不可能的。”

卢克没有立即回答。“这项试验让我感到特别不舒服。太多变量、太多……未知。我又不能在这里亲自观察，谁知道你都干了些什么？他们又对你干了些什么？”

“他们对我什么也没干。”

“当真？”卢克的食指划过手提电脑的屏幕。“艾登拉你的手、摸你的胳膊？这些都不算什么，对不对？”

“我在表达慰问。他很伤心。”

“他当然伤心咯，”卢克站起来，合上了手提电脑，“几把鼻涕、几滴眼泪，要不了多久他都能脱你的裤子了。”

“脱我的裤子？”

“求欢。我想你应该知道男女之事吧？做爱。”

“我知道我的身体结构可以模拟这种活动。但艾登并没有表现出这方面的意思，他甚至没有问过我有没有做那种事的可能性。”

“可他已经动了这个心思，”卢克说，“我敢打赌。”

他朝i-瑞秋走近一步，紧张的寂静像一座冰山向他们直撞而来。他又上前一步，当他向她伸出一只手时，她迅速地躲开了，并举起双手说：“走开！不要碰我！”

卢克惊讶之余不由得大笑。

i-瑞秋转到柜台另一边，使他们之间多了一道障碍。“我不喜欢你咄咄逼人的样子。”

“你说什么？”

“我评估了你的举动。我认为你靠近我的动机之中怀有恶意，因此我表示了抗拒。你曾经造成过我身体上的损坏。瑞秋告诉过我，这个身体是我自己的，我要对它负责，我有权决定同意谁或不同意谁以某种方式接触我。当我感觉有人要越过那条线时，我会向对方发出警告。”

“越过那条线？这是她说的？”

“那是她的一种措辞。”i-瑞秋说。

越过那条线。他听过这个说法，同样出自瑞秋之口。那还是他们开始做搭档之初。

和瑞秋共事的头几个月他如沐春风。不过几周，他们就已经形成了属于他们自己的语言模式——他们喜欢大声讨论、喜欢肆无忌惮地打断对方。一个人的想法刚露头，另一个人已经懂了，并迅速并入同一个轨道。他们的工作效率极高，进展神速。瑞秋的敬业、专注和追求都与他契合。

每天下班回到家里他依旧神采飞扬，白天的工作能让他兴奋到晚上。他时醒时睡，第二天又早早起床来到实验室，继续昨天的工作。功夫不负有心人，一个个目标提前达成，一项项成果以出人意料的速度在他们面前实现。马克1号第一次平顺流畅地在实验室里走了一圈时，他激动得差点昏倒。他不敢相信自己终于从事了他梦寐以求的职业，他早就知道自己能够胜任。这一切都要感谢瑞秋，一个女人，这谁又能料到呢？

卢克并不认为他有大男子主义的倾向，但他们这个领域，男性确实占统治地位。他很少能遇到与他水平相当的女同事，更别提共用一个实验室了。最初是她的才智令他着迷，但久而久之，这份感情变得复杂起来。有时她会弯腰趴在他的肩膀上看他工作，此时他总能闻到她身上诱人的香水味。兴奋过头时，她偶尔会拉住他的胳膊手舞足蹈。而在她松手之后往往过了几分钟，他仍能感觉到她的指尖在他胳膊上留下的温度。渐渐地，他对她有了不切实际的幻想。

他并没有陷入令人心塞的单恋——他有女朋友，是个名叫萨拉的初级实验室技术员。但瑞秋不同，他对她的感觉不能用肉欲来形容，或不能单单归结为肉欲。他对她的感情是复杂的，他想向她表明心迹，但又害怕那么做，毕竟她已经结了婚。虽然她不怎么说起艾登，但卢克毫无理由怀疑她的婚姻不幸福。可万一她真的不幸福呢？万一她对他也情愫暗生呢？万一……

后来到了马克1号第一次对话测试的日子，测试圆满成功。他们叫来了隔壁实验室的尼格博士和贝德福德博士，当着他们的面又演示了一遍。那两个一向桀骜不驯的家伙对瑞秋和卢克的成果羡慕不已。两位博士兴致勃勃地聊着离开后，瑞秋转身面向卢克，她眼睛里闪烁着兴奋的光彩。与此同时，她张开双臂搂住他的脖子，给了他一个短暂但热情的拥抱。

一时间他情难自已，不由自主地搂住了她，深深吸了一口她头发的香味儿，并把脸埋进她的脖颈间。他不想松手，他希望时间永远停留在这一刻。然而她马上就感觉到了他的反应，随即迅速挣脱出来。她后退一步，目光如炬地盯着他。随后她径直走向门口，将门反锁。卢克周身的血液都在沸腾，也许今天……

“我给你一个选择，”瑞秋平静地说，“要么你保证今后再也不会发生这种事，要么我现在就出去告诉贝亚我不能再和你搭档。我们不能越过那条线，卢克，甚至连靠近都不行。那不管对我们个人还是对我们的职业都将是灾难性的，所以以后再也不要这样了，能做到吗？”

整件事最让人失望的部分，是她居然丝毫没有生气，甚至连一点意外的表情都没有。哪怕她能流露出一点点激烈的情绪他也会觉得安慰些，可她泰然自若，毫不含糊地把感情收敛了起来。他鼓足勇气与她对视了片刻，然后拿起外套，从她身边挤过去，打开门，离开了。

第二天早上来到实验室，瑞秋已经在她的办公桌前坐着，双手正在飞快地敲击着键盘。她抬起头，说了声“嗨”。看不出她苦恼或焦虑，和往常一样，仿佛前一天的插曲根本没有发生过。

“嗨。”他也说道，随即坐在自己的工作台前，戴上乳胶手套。

“咱们11点再做一次运动测试吧？我编写了一个补丁程序。”瑞秋说。

“要不11点半吧？我得先把膝关节处理好。”

“没问题。”

他们又回到了正常的工作状态，且这种状态一直维持到她死。

没错，这个过程很痛苦。对他的自尊也是不小的打击。但瑞秋成功地把他越线的苗头扼杀在了萌芽状态，且不带任何情绪。她明确无误地——甚至近乎科学地——使他明白，他必须要尊重她。他依旧偷偷爱她，幻想也从未熄灭。但他从此再也没有任何出格的举动，甚至连一根手指头都没有碰过她。他对自己唯一的放纵是把所有的怨气都转移到了艾登身上——那个他认为沉闷无趣的家伙，没有一点配得上瑞秋。

“你还需要对我做其他进一步的检测吗？”

i-瑞秋的声音把他从回忆中拉了回来。她看着他，用和瑞秋一模一样的脸，那脸上几乎毫不掩饰地流露出厌恶。

“不用了，已经结束了。”他唐突地说，随即开始收拾工具。

直到开车回到实验室，他才意识到自己并没有戴电子手环。也就是说，刚才，i-瑞秋并没有依赖任何她本该需要的数据就完成了与他的交流。她读懂了他的情绪，并准确地做出了回应。卢克惊叹不已，i-瑞秋的潜能到底有多大？

第26章

克洛伊

妈妈过去总说，人几乎可以适应一切。几个月前，倘若某个能未卜先知的人告诉我，我的生活会变成现在这个样子，我是无论如何也不会相信的。然而如今，我似乎已经习以为常了——回到家里，看到一个和我死去的妈妈长得一模一样的机器人在为我们做饭。i-瑞秋并不可怕，也不怎么讨厌，但我实在很难在家里给她一个位置。她不是我妈妈，这个坎儿我已经过去了。她只是有着和我妈妈一样的外形，但无论从声音还是举止，她和我妈妈都存在着极大的差别。她总是彬彬有礼，而且她似乎毫不介意我愿不愿意跟她说话。她当然不会介意，她是没有感情的嘛。

有意思的是，这样一来，和她打交道反倒变得轻松起来。因为对我来说，其他人都是有感情的，而目前我不想对任何人的感情负责。爸爸的情绪时好时坏——本来已经好一点了，可那天我们去了奶奶家，我觉得他肯定意识到了她正慢慢变得糊涂。所以现在我很担心爸爸，也担心奶奶。我给她打过几次电话，可在电话里她总是表现得极为正常。她问起学校的事，问起爸爸，而且从来都没有提过妈妈。就连那顿气氛诡异的午餐之后也没有，但我仍然怀疑她在刻意掩饰。所以我决定每隔几天就打一次电话，以防万一。

我觉得爸爸每天下班回家时的心情也是沉重的。晚上回来，他总是一副疲惫不堪的样子，而且他想方设法回避i–瑞秋，好像连看都不敢看她一眼。他只在吃饭的时候才进厨房，吃得又超级快，且始终低着头，吃完就匆匆离开。我不知道他有没有警告i–瑞秋不要靠近他，但她似乎和他保持着距离。他在客厅的时候，i–瑞秋绝不会进客厅，而是老老实实地待在厨房。她甚至把充电设备都搬进了厨房。

但我最担心的还是艾米。我不能告诉她i–瑞秋的事，真讨厌这种感觉。在学校时我尽量表现得若无其事，可我不得不处处回避艾米。我肯定不能让她来我家咯，还有很多话也不能对她说。我删除所有社交媒体的举动已经让她莫名其妙了，而手环的事又不得不撒谎。她以为我在健身，说实在的，这就有点过了，我一向讨厌跑步和健身之类的活动。她肯定以为我精神崩溃了。我注意到她有时候会盯着我看，眼神相当古怪——警惕，好像她认为我会突然发疯，做出什么她想不到的事情，而且这种事情必定会让她超级尴尬，甚至会伤害到她。

从前我和艾米在学校几乎形影不离，放学后也经常黏在一起，就算不在一起也会不停地互发短信，如今我们分开的时间远大于相聚的时间。这部分是因为她已经完成了考试，而我只能一个人在副校长的办公室里补考。我觉得好孤单，尤其当每个人都差不多完成了当年的课业，他们悠然自得地坐在外面晒太阳、听音乐、说说笑笑，而我却被困在图书馆里，想方设法把数不清的知识要点强行塞进我该死的脑袋。这还不够，艾米最近明显疏远了我，这不能怪她。她依然是我最好的朋友，每天照例关心我问候我，毫不掩饰她的忠诚。可对我来说却很头疼，因为她明显能看出来我有事瞒着她。艾米讨厌对抗，所以她从来不直接问我，可我看得出来她想知道，而且她很不理解我为什么要瞒着她。

最近这些天她和杰丝在一起的时间越来越多了。以前我们三个人总是一起，但我和艾米是最铁的闺密，现在我觉得她和杰丝的关系更亲近些了。她们都已经考完试，我们聚在一起闲聊时，她们总是谈论选择怎样的高中课程（A-level）以及将来上什么样的大学。这样的对话我几乎连插嘴的机会都没有。我连现在的日子都几乎应付不过来了，哪有工夫考虑两三年后的事情啊？

我知道一切都会好起来的。肯定的嘛，机器人不可能永远待在我们家。爸爸向我保证过，它总有一天要被送回实验室，到那时一切就恢复正常了。

哈，又回到正常这个话题上了。日记开头我还说，我对i-瑞秋的存在已经习以为常了。倘若有一天她真的走了，我们的生活又会变成什么样呢？我们会拥有怎样的正常呢？家里只剩下我和爸爸？那也正常不到哪儿去啊，不是吗？不过我想那应该是我们新的正常。我们必须学会两个人一起生活、做饭、聊天，像正常家庭一样外出度假。一个家庭能只有两个人吗？我和爸爸，我们太渺小、太平凡了，两个人加在一起也成不了一个真正的家。这实在让我伤心。

克洛伊写完日记，便坐在卧室的飘窗上，蜷起膝盖，让双腿多晒晒太阳。想起自己和爸爸，她满心愁苦，所以干脆望着窗外的花园，本想换一种心情，可没想到心情竟越发糟糕起来。过去几周雨天较多，只偶尔露了几次阳光。花园里惨不忍睹，草长到了齐膝高，花圃里杂草丛生，几乎把瑞秋精挑细选的夏花淹没其中。在克洛伊眼中，整洁干净的私家花园已经变成了毫无生息的原始丛林。

她很清楚，爸爸是没空收拾花园的。他要上班，还要整理妈妈的遗产。但克洛伊却不能坐视不理，花园荒废成现在的样子，妈妈看到一定会伤透心的。

至少她可以剪一下草坪，那样起码会好看些。这仿佛是件迫在眉睫的大事，所以她立刻下楼到厨房抽屉里寻找工具房的钥匙。i-瑞秋正在切洋葱丁，她的刀工无可挑剔，可以媲美顶级厨师。她看着克洛伊东翻西找，却没说一句话。

工具房里昏暗闷热，每个角落里似乎都挂满了蜘蛛网。他们才短短几周没有整理，但显然消息在蜘蛛的圈子里传播飞快。克洛伊不喜欢多脚多腿的爬行小动物，看一眼都觉得毛骨悚然，因此她抓住剪草机和电线便匆匆逃了出来。她家这台剪草机外观漂亮，是妈妈花大价钱买来的。它机体轻盈，操控简单方便，这让克洛伊信心大增。等剪完草坪，她准备除一下杂草，或把院子收拾一番，如果可以的话。

来到花园，她发现草长得不是一般的高。尽管这天没有下雨，且烈日当空，但草丛里还是湿漉漉的。没关系，剪过之后将是另外一番景象。她把电线扯过露台，又穿过法式落地窗，而后才走过去启动剪草机。

真是一场灾难。剪草机像桀骜不驯的小马驹一样不听使唤。它时快时慢，还不时将一团团草连根拔起，修剪之后原该平整的草坪留下一片片露着深色地面的补丁。她花了大约半个小时才把靠近露台的草地修剪完毕，而结果实在不堪入目。白色的草根比比皆是，一些漏剪的野草鹤立鸡群般戳在地上，看着像生手剪过的头发。剪草机上的草箱已经塞满，而她也大汗淋漓，又渴又累。她返回屋里找装草的垃圾袋，顺便给自己弄点喝的。

当她往杯子里加果汁、水和冰块时，i-瑞秋站在一旁看着她。“你是想修剪草坪吗，克洛伊？”她问。

这是明摆着的事情，所以克洛伊觉得没必要回答。她喝光杯里的饮料，又倒了一杯。

i-瑞秋没有灰心。“我能帮你吗？”

“不用，”克洛伊不耐烦地说，“我自己可以。”

喝完饮料，她回到花园里，倒掉草箱里的草，重新开始。她的腿和脚湮没在湿漉漉的草丛里，痒得厉害。剪下的草装满了两个垃圾袋，被她放在露台上。随后她把剪草机推到草坪中央，刚一起步，机器立刻就跳了起来，她猛地向后一拉，只听机器下面当啷一声，一叶刀片飞过花园。她大骂一声，把剪草机侧翻过来查看损坏情况。只见刀盘上缠了一大团草，其中一个刀片断了一大截。她太自以为是了，她凭什么以为自己能像妈妈一样能干？作为世界上最优秀的科学家，妈妈仅仅利用周末时间便能把所有家务轻松搞定，而克洛伊却连剪草这样最简单的活都做不好。

眼角有人影晃动，她扭头看见i-瑞秋正尴尬地站在敞开着的落地窗处。

“你看什么看？”克洛伊冷冷地说。即便在她自己听来，她的声音也像个讨人厌的小孩子。

“我从你手环上发来的数据感觉出你目前正处于焦虑状态。我只想给你提一点建议，或者帮你一把。”

克洛伊费了好大的劲才控制住拿东西丢她的冲动。“我猜你一定很懂园艺吧？”她阴阳怪气地说。

“我从没进过花园。”i-瑞秋淡淡地说。她伤感的语气让克洛伊不由得抬起了头。

“那你就过来嘛。”她极不情愿地说。

i-瑞秋小心翼翼地来到露台上，而后又缓缓走上草坪。她和平常一样穿着白色束腰外衣，衣服平整干净，脚上穿了一双平底白鞋。

她停下来，看看脚下，前后小心地晃动了几次，感觉着软绵绵的泥土地面。随后她迎着太阳抬起头，望向蓝色的天空。

克洛伊跪在剪草机旁，呆呆地望着她，久久不语。“你第一次进花园？你究竟有没有在室外待过？”

“卢克把我搬上车子的时候我到过室外，还有从路边走到屋里那一段。”

“仅此而已？”

“是的。”

“你来我家都好几个星期了，怎么不到室外走走呢？”

“我的设定工作不需要到室外来。”

“你总有不工作的时候吧？”

“有。”

“那你打扫完卫生又熨完衣服之后都干什么？”

“我回顾与人类交流的记录，看看我在理解和回应方面是否还有改善的空间。”

“如果你想出来为什么不出来呢？”

“我怎么知道我是不是想出来呢？”

克洛伊顿时语塞。她换了个话题。“要不你在你的百科全书大脑里查一查，看看我们能不能把剪草机修好？”她说着指了指身边的机器。

i-瑞秋纹丝不动。克洛伊仔细端详了她一番，忽然发出一阵大笑。i-瑞秋仿佛吓了一跳。“我做了什么使你如此开心呢？”

“我发现你的眼睛在转，就像我的平板电脑搜索东西时那个转圈的小旋风一样。”

i-瑞秋笑了笑。“我懂了。我的眼睛就像《奇幻森林》里的蛇一样，‘相信我……’”这句台词用在这里倒是颇为应景，但她没有唱那首歌，而是直接播放了一段电影里的原声，关键是，她的嘴唇一动不动。

“拜托，”克洛伊蹙眉说，“别那么干，太瘆人了。”

“对不起，”i-瑞秋说，“我已经搜索完毕。首先，这里的草太湿了，不适合修剪，所以剪草机才会出问题。”

“那我们怎么办？”

“我们可以用上水管……”

“水管？那不等于火上浇油吗？”

“我们不是要用水管浇水，而是把它当扫帚用。我们把水管平放在草坪上，然后一人拉住一头，从草坪两端平行往前走，让水管刮掉草上的水珠。”

“哇，那能管用吗？”

“根据我找到这种方法的园艺博客，我可以预估它的成功百分率。”

“百分率是多少？”

“大约62.5%。”

“那对我来说已经足够好了，”克洛伊咯咯地笑着说，“可就算咱们清除了草上的水，那剪草机的刀片依然还是坏的呀。”

i-瑞秋在剪草机旁蹲了下来。“我已经浏览了该品牌剪草机的产品手册，更换刀片很简单。”

“那我们也得有刀片才行啊。”

“工具房里有一片备用的，还有必需的工具。”i-瑞秋平静地说。

“你怎么知道？”克洛伊惊讶地问，“你不是说你没出来过吗？”

“我是没有，但瑞秋给我保存了一份工具房里的物品清单，而且非常详细，其实每个房间的清单我都有。”克洛伊不由得眯起眼睛，i-瑞秋急忙补充说：“你的卧房除外。”

“鬼才信。”克洛伊不屑地回答。

“从你瞳孔收缩的反应判断，你认为我在撒谎。我没有理由欺骗你，克洛伊。你说过不准我进入你的房间，所以我没有你房间里的物品清单，也不愿辜负你的信任。我没有进去过。”

克洛伊凝视她许久，她发现她相信了i-瑞秋的话。机器人怎么会撒谎呢？“好吧，”她最后说道，“咱们看看能不能修好这玩意儿。”

i-瑞秋轻而易举便卸下了刀片，换上新刀片之前，她还熟练地磨了磨。接着，她们携手用水管在草坪上拉了一遍，清理掉困在草丛里的雨水。这么做到底有没有用，克洛伊心里没底，她反倒觉得她们的举动傻乎乎的，逗得她笑个不停。这感觉很奇妙，她已经很久不曾开怀大笑。但此刻她背朝太阳，胳膊肘上沾着泥土，笑便笑了，她并没有感到一点点内疚。

i-瑞秋又浏览了一遍园艺博客，得知如果遇到草非常高的情况，则要把剪草机调到最高模式。突然之间，剪草变得容易起来。克洛伊推着剪草机在草坪上来回几趟之后，身后留下了一片平平整整的草地，所有的草都一般高，而且剪草机再也不像难以驾驭的野马那样几乎把她的胳膊拉脱臼了。虽然依旧很辛苦，但整体满意大于失望。她乐在其中，甚至忘记了i-瑞秋的存在，这是一段令人陶醉的时光，直到后来她猛然发现i-瑞秋正注视着园子里最大的那片花圃。她的嘴唇轻轻嚅动，仿佛在自言自语。草箱又满了，克洛伊关掉剪草机，漫步过去。

“秋海棠、香豌豆、凤仙花、天竺葵……”i-瑞秋嘴里念叨着，“金鱼草、半边莲、矮牵牛、黄雏菊……”

“你又在园艺博客上查东西吗？”克洛伊问。

“没有，”i-瑞秋回答，“我能让你看些东西吗？”克洛伊点点头。“把你的手机给我。”

克洛伊警惕地递上手机。i-瑞秋用手指按住屏幕，屏幕中便出现了一幅画面。她把手机还给克洛伊，那是电脑根据她们眼前这个花圃设计出的效果图，每一种植物上都有标签。克洛伊放大图片，看到每段备注都给出了植物栽培所需的信息：什么时候剔苗、适用哪种肥料、何时开花等。她认出了这种设计风格。不用说，那是她妈妈的。

“哇，”她喃喃地说，“她真的什么都考虑到了。”

“她记录了照顾她这些花草的注意事项。”i-瑞秋说。她让克洛伊看其中的一个备注：如果漫不经心，旋花植物会霸占整个花圃，让其他植物难以生存，对待它们要连根拔起。

“旋花植物？”

“田旋花之类。”i-瑞秋又在克洛伊的手机屏幕上碰了碰，一幅图片瞬间弹出。

“哦，原来是这东西。”克洛伊指着花圃中缠在许多植物身上、开着白色小花的藤蔓。“要不然这样吧，我继续把草坪剪完，你先在这里看看能不能把它们拔出来？”

i-瑞秋点头同意，随即在花圃边跪下，开始费力地清理那些紧紧缠绕在其他植物茎秆上的卷曲的藤蔓。克洛伊回到剪草机旁，倒空草箱，继续剪草。看着身后整齐的草地，她心里说不出的满足。尽管她还需要把机器调低一点再来一遍——也许明天吧。但现在的草坪看上去已经舒服多了。太阳炙烤着她的后背和脖颈，胳膊和肩膀也开始发酸发痛，毕竟她还不习惯这样的体力劳动。她回头扫了一眼跪在花圃边的i-瑞秋。那样的姿势她在妈妈身上见过成百上千次。这场景本该勾起她无限的哀思，可她不仅没有感到苦闷，反倒觉得宁静，甚至快乐。她已经很久没有这种感觉了。

她走到i-瑞秋跟前，发现她雪白的外衣边缘已经染上了不少草色，而她的白鞋上更是沾满了泥巴和草屑。“园艺是脏活儿。”她说，并冲i-瑞秋微微一笑。

i-瑞秋低头看了看自己。“哦，不。”她叫道，声音之中竟有一丝恐惧的味道,“卢克该生气了。”

“他为什么要生气？”克洛伊问，但i-瑞秋没有回答，她徒劳地擦着衣服和鞋子上的污迹。克洛伊琢磨着i-瑞秋的话。她很少对别人的问话置之不理，而她脸上又确实写满了担忧和恐惧，仿佛弄脏衣服会招致卢克的雷霆震怒。卢克脾气暴躁、粗鲁无礼——她知道爸爸一向不待见他——可妈妈却很喜欢并尊重他，在工作上也和他异常亲密。他会不会对i-瑞秋过分苛刻？甚至虐待？人有可能虐待机器人吗？就像信号不好时拍打电视机的机顶？

“别担心，”她按着i-瑞秋的肩膀蹲下来，“塞进洗衣机里洗一洗就能干净如初了。你没洗过衣服吗？”

“我不需要洗衣服啊。我不会出汗，也没有皮屑或头皮屑。如果外衣被我坐皱，我就把它熨一熨，但我的衣服从来没有脏过。”

看着i-瑞秋忧心忡忡的样子，克洛伊不仅动了恻隐之心。“好吧，也许园艺暂时还不适合你。要不你回屋吧？我一个人可以继续。”

i-瑞秋点点头，用优雅流畅的动作站起身。

“哎呀，不好！你受伤了！”

i-瑞秋弯腰查看。她一定跪在了草丛里的碎石头上，乳胶做成的皮肤被磨烂了，露出里面同样被损坏的泡沫填充物，最里头的金属骨骼闪闪发亮，清晰可见。

克洛伊像发现新大陆一样盯着直看。“会疼吗？”

“不会，”i-瑞秋说，“我无法像人类一样感知疼痛，我能感觉压力和热度。我知道有东西抵住了我的膝盖，但不知道已经造成了损坏。”

“卢克知道了恐怕又会生气吧？”

“我有备用材料和操作指南，可以自己修好，”i-瑞秋平静地说，“谢谢你的关心。”

她走回屋里。克洛伊惊讶不已，衣服和鞋子脏了，i-瑞秋居然能紧张成那个样子，可身体受损，几乎需要一个手术来修复，她却表现得云淡风轻、若无其事。

第27章

艾登

下班后，艾登开着车子不紧不慢地往家赶。这一天真是够呛，他又去找菲奥娜说买新电脑的事，但后者却一反常态地对他发了一通脾气。

“我们没钱啊，艾登，真的没钱。如果有，我早就给你了。我现在甚至连……”话说到一半她突然止住。她想说什么？艾登有种不祥的预感，菲奥娜要说的极有可能是“连工资都发不下来”。真到这个地步了吗？他们一点点流动资金都没有了？

他疲惫到了极点，但又害怕回家。在i-瑞秋周围时他浑身不自在，可他总不能在自己家里也一直东躲西藏。也许他和克洛伊可以出去？去看电影或别的什么？虽然解决不了问题，但终归能让他透口气。

在妈妈家吃过午饭的那天晚上，他对i-瑞秋放松了戒备。他把自己脆弱的一面暴露在了她眼前，他陪她笑，当着她的面大哭，后来他又抚摸了她。有那么一刻，虽然短暂，他让自己相信他摸的是自己的妻子。可是越靠近，她机器人的本质就越明显。他知道，她的嘴唇不可能湿润温暖，她的皮肤上也不可能有人类女性的体香。他及时悬崖勒马，他本能的厌恶不是针对她，而是针对他自己薄弱的意志。瑞秋才刚刚去世几个星期，而他却已经像个发情的动物一样准备在别人身上寻求慰藉了。

然而，在他放飞感情的那一瞬间，他看到了i-瑞秋的不同之处。如今，他再也无法将魔鬼装回瓶子里了。他已经不再把她视为一台毫无感情的机器人，而开始把她当成一个女人去想象。他那些肮脏甚至龌龊的念头让他无地自容，因此从那天晚上之后他就一直躲着她，在看似正常的交际中尽量保持最低限度的接触。

回到家门口，他坐在车里，望着自家的房子。凯特说得没错，日子还长着呢，也许需要帮助的不只克洛伊，也许他也该看看心理医生了。但见了心理医生又能如何呢？他总不能躺在沙发上平静地说“我和我亡妻的机器人复制品一起生活”吧。他怅然若失地笑了笑，他得克服这些荒唐的想法。他多少懂得一点心理学，因而很清楚他目前正处于一种渴望寻找感情替代品的状态——他宁可迷恋一个不真实的i-瑞秋，也不愿面对真实的瑞秋所带给他的忧伤与痛苦。这一切都不是i-瑞秋的错。实际上，她才是真正的受害者。她的诞生并非出于自愿，她没有要求具有人类的意识，更没有要求拥有瑞秋的容貌。艾登在用沉默和敌意惩罚她，仅仅因为她无法理解更无法改变的缘由，他要尽量宽容一些。

他钻出车子，径直向房子走去。进屋之后，他首先看了看客厅。他第一眼就注意到了敞开着的法式落地窗和修剪过的草坪。他走近一点，看到了外面正跪在花圃前除草的克洛伊。她戴着耳机，显然正用手机听音乐。由于她背对落地窗，所以没有看到已经到家的爸爸，她似乎干得很专注。看到女儿在花园里忙活，他不禁一阵心酸——那向来是瑞秋的领地。可眼前的情景也有令他欣慰的地方，至少克洛伊不再把自己关在卧室里了。他准备先去喝口水，然后就出去和女儿打声招呼。

他走进厨房，来到水槽边，从滴水板上拿起一个杯子接满了水。他听到身后有动静，随即转身。i-瑞秋站在杂物间的门口，浑身赤裸。

第28章

i－瑞秋

我膝盖部位的受损程度比我最初的判断要严重些。乳胶表皮及其下面柔软的泡沫层都有相当明显的撕裂伤，膝盖骨也有些半脱位。不过，经过评估，这些都不成问题。我可以轻松将膝盖骨复位，并用工具箱里的强力胶修补泡沫层，至于乳胶表皮，重新封起来就可以了。等乳胶干透，一般人是看不出受损痕迹的。相反，倒是我的外衣和鞋子让人头疼。我在网上查了查，泥土的清洗相对简单，难的是如何去除衣服上的草渍。我从不同的网站上搜了一大堆建议，可惜家里的存储柜中没有任何一件网上推荐的产品。还有一件事让我着急，外衣我可以放进洗衣机清洗，但鞋子呢？同样的方式很可能会洗坏鞋子。

人的行为是很难预料的，除非我能读到他们的生命体征指数，或看到他们的面部表情和身体语言。但是，我系统中关于人类的数据，除了瑞秋的最多以外，其次便是卢克。因此我判断，身体受损这件事有50%以上的可能会导致他心率上升，皮电反应出现峰值。在这种情况下他的举动很难预料，十有八九会提高音调大声说话，或突然对某个物品动手。这种事发生在实验室里已经够让人遗憾了，倘若发生在艾登和克洛伊的家里，其难堪程度将超乎想象。因此，在卢克明天来做每周的例行检查维修之前，我最好还是把衣服洗得干干净净，免得被他看出什么破绽。

网上搜索的另一个结果显示，白醋对草渍可能有比较好的清除效果。我记得厨房碗柜里就有。于是我脱下外衣，用清洁海绵蘸上白醋清洗污渍。衣服放进洗衣机后，我用鞋刷蘸着洗涤剂刷洗鞋子上的泥巴，这项工作倒是易如反掌，我的鞋子瞬间便白白净净、崭新如初。只是鞋子还湿着，我便垫上一张报纸把它们放在阳光下晾晒。这是我从“苏西清洁好帮手”的博客上学来的（“家庭清洁，我有妙招！”）。

爱干净的苏西建议用热水洗涤的方法去除草渍。我需要等待洗衣机运行一个循环之后再看看结果。倘若没用，我只能请艾登允许我在网上购买别的化学洗涤用品。我只顾着考虑这些问题，竟没有看到手机上艾登发来的他即将到家的信息。结果我忘了及时开启电子手环的信号接收器，乃至于对他的靠近毫不知情。洗衣机的噪音掩盖了汽车的声音，也掩盖了他走进厨房的脚步声。我最初意识到有人存在是因为我听到了水龙头的流水声，我随即走出杂物间查看，而此时艾登恰好转身。

这一刻接二连三地发生了好几件事。我的接收器突然开启，数据显示艾登的心率达到了反常的每分钟130次，我几乎能听到他擂鼓一般的心跳声。如此之高的心率，我推断他应该刚刚经历过一阵疾跑。他的呼吸异常急促，这进一步证实了我的推断，而他的皮电反应更是达到了前所未有的峰值，好像他浑身的汗一下子全冒了出来。他的杯子失手滑落，掉在地板上，弹了几下，滚到了一边，水洒得到处都是。他目瞪口呆，嘴唇嚅动了几下，但却没有说出一个字。我开始担心他会不会突然心脏骤停，尽管以他的年龄、性别和种族，出现这种状况的概率只有5.8‱。

“艾登，有什么我可以为你效劳的吗？”我问，“要不要我打999叫辆救护车？”

他摇摇头，但不作声。我朝他走近几步，他立刻举起双手，仿佛在警告我不要靠近。我在训练动物的驯兽师身上看到过这样的动作。

“我该怎么做才能帮到你呢？”我问，并用上了最轻柔的语气。这也是驯兽师对待动物时的惯用做法。

“穿……”艾登只说了一个字，便连忙干咳几声清清嗓子，“穿上衣服。”

“你的困扰是因为我没有穿衣服和鞋子引起的吗？如果是，我很抱歉。之前我在帮克洛伊整理花园，衣服和鞋子弄脏了。”

“你不能……你不能这个样子在屋里走来走去。”艾登说，并环顾左右。

我猜他大概想给我找件可以穿的衣服。但我们身在厨房，这件事便有点难办。最后，他发现门后挂着一条围裙，于是一个箭步冲上去，拿下来，随后伸长了胳膊，尽量不靠近我的身体，把围裙递给了我。围裙是塑料做的，鉴于艾登迫不及待地希望我遮住身体，我便迅速穿在身上。然而当我低头看时，只见围裙上印着一个女人。她身穿紧身裤，乳房高耸，乳头上垂下两条彩色的流苏。女人的腹部写着“亲亲厨娘”几个粗体大字。

“我不确定这能否解决困扰你的问题。”我说。

在我穿围裙的时候艾登转身背对着我，此时他扭过头来。看到我的样子，他忍不住哈哈大笑。

“哎呀，我的天啊，”他说，“我都忘了这回事了，那是我弟弟几年前送给我的生日礼物。”但他随即又连忙补充说，“我从来都没穿过。”

他的笑容和笑声令人鼓舞，这为他生命体征的恢复也提供了非常有效的帮助——他的心跳速度缓缓下降，呼吸节奏渐趋平缓沉稳。

他止住笑，但表情依然温和。“i-瑞秋，我知道这对你来说可能有些难以理解，但是，人不能不穿衣服。我们身体的某些部位……是不能随便让别人看到的。”

“我们的主要和次要性器官。”我说。我知道他的话适用于大多数情况。“可是，在家庭环境里，当我们和亲人、爱人，有时候甚至是朋友在一起的时候，似乎关系就不会太大。是这样吗？”

“呃，差不多吧。”艾登回答，但他同时也皱了皱眉，因此我认为他也无法确定。“但最好还是先确认其他人是否介意裸体行为。”

“瑞秋就经常赤裸着身体在家里走来走去，”我说，“她喜欢裸体，并说那让她感到自由。”

艾登没有说什么，只是微微一笑。我想他大概在回忆这样的时刻。

“我同意瑞秋的观点，”我说，“衣服不仅束缚我们的身体，还让我们时刻担心会弄脏或弄破它们。”

艾登的脸颊上泛起一丝红晕。根据我对面部表情的理解，脸红是尴尬或不安的象征。“瑞秋是我的妻子，她在我面前，或在家里裸体并没有什么不妥。可你的裸体……”他的脸更红了，似乎不好意思继续说下去。最后他说：“那不一样。”

“我知道我的身体和瑞秋的并不是完全相同，”我说，“卢克按照瑞秋的脸型和手型制模的时候，瑞秋觉得没有必要连身体也照搬她的。”

“谢天谢地，”艾登说，“我也看出来了，你们……是不一样。”

“瑞秋对我说，她曾要求卢克制作一具诱人的躯体，并为他提供了骨架、身高和体重指数，但除此之外，她鼓励卢克充分发挥他的创造力。她说：‘放手干吧，卢克，不要妊娠纹、不要割阑尾的伤疤，还有，把两个咪咪搞大一点。’”

艾登又笑了起来，尽管他眼眶里溢满了泪水。这时我听到洗衣机运行结束的提示音，于是转身走回杂物间。我听到艾登发出一阵犹如呛到了的声音，此时我才猛然意识到，围裙只遮住了我的前面，可我的后面依然暴露无遗呢。

我从洗衣机里拿出衣服，检查一遍。庆幸的是，草渍去除得很干净。不过衣服又湿又皱，仍然不能穿。我拿着衣服又回到厨房。

“衣服可能需要晾晒两到三个小时才能熨平穿上，”我说，“我的鞋子还没干。鉴于我的裸体会让你感到不舒服，我决定暂时把自己关在杂物间里，直到可以穿上衣服为止。你们的晚餐已经做好放在保温箱里了，你能自己端出来和克洛伊一起吃吗？”

“别傻了。”艾登说。我看他犹豫了一下，随后才继续说道，“你先等着，我到楼上给你找件瑞秋的衣服。”

第29章

克洛伊

克洛伊大约在傍晚6点才返回屋里。沾在她牛仔裤上的泥巴已经干成了硬块，她的手脏兮兮的，指甲缝里全是泥土，后脖颈也被晒得通红。她已经好几周没有如此开心过了，花园尽管还算不上完美，但看上去却舒服多了。她爸爸回家后只在落地窗前打了声招呼，并没有妨碍她。洗过澡，换过衣服，来到厨房，爸爸给她递上一大杯加了冰块的果汁，还在她额头上吻了一下。

“谢谢你，亲爱的，干得不错，花园能变成这样简直是奇迹。”

克洛伊微笑着说：“这里也有i-瑞秋的功劳。”

i-瑞秋正在搅拌着什么东西。“我的功劳可以忽略不计，”她说，“82%的劳动都是你独自完成的。”

克洛伊扭头看看她，不由得皱起了眉头。i-瑞秋穿着她妈妈的牛仔裤和蓝绿色的T恤，脚上竟然趿拉着一双人字拖。

艾登注意到了女儿诧异的目光。“i-瑞秋的衣服脏了，要洗洗熨熨，”他解释说，“我给她找了你妈妈的衣服先穿着，希望你别介意。”

克洛伊心里是介意的。那身衣服她在她妈妈身上见过几百次，如今睹物思人，她心里沉甸甸的。她在一定程度上已经淡忘了i-瑞秋和妈妈相像的事——她和妈妈截然不同的个性，还有那件洁白无瑕的衬衣，都加重了她的非人类特质。可这条后兜上还带着撕裂痕迹的牛仔裤和那件蓝绿色T恤……那件T恤的面料极为柔软。它已经很破旧了，不知道洗过多少遍，个别地方的面料稀薄得几乎透明。克洛伊经常把头靠在妈妈的肩膀上歇息，所以她非常清楚那面料的感觉。她想大吼：“脱掉！给我马上脱掉！你不是她！”可想到i-瑞秋在花园里对她的帮助，想到衣服弄脏时她紧张不安的样子，她又于心不忍了，毕竟弄脏衣服和鞋的事自己也有不可推卸的责任。她深吸了一口气。“没事。”她说。她撒谎。她心里有事，但她已经不想再徒生事端，这个家里的痛苦已经够多了。

“你真好，克洛伊。”i-瑞秋说。

克洛伊察觉到爸爸的目光在她和i-瑞秋之间扫来扫去。他张了张嘴，仿佛有话要说，却又放弃了。相反，他起身走出了厨房。克洛伊注视着他穿过客厅，来到外面的花园。他在花园里慢悠悠地走来走去，就像第一次到那里一样。

i-瑞秋开始把她做好的意大利调味饭端上来，她在克洛伊面前放了一个碗。

“谢谢。”克洛伊轻声说。

“这是你第一次对我说谢谢，”i-瑞秋说，“这对我来说意义非凡。”

克洛伊点点头，低头舀了一勺饭。“味道不错。”

i-瑞秋站在桌旁，面露犹豫之色。“你……你对你妈妈关于花园的笔记似乎很感兴趣，”她说，“我已经把文件发送到了打印机上，有好几页。我知道你不愿意使用电子通信工具，所以没有给你发电子邮件。”

克洛伊点点头，但双眼依旧盯着饭。

艾登在花园里转了一圈回来了。这一次，他没有匆匆吃完饭就溜走，而是从冰箱里拿出一瓶啤酒，慢条斯理地吃起他的饭。其间他还讲了一件发生在单位里的趣事。后来，他让i-瑞秋也和他们一起坐在了餐桌前。

这顿晚饭与往常大不一样。尽管i-瑞秋的存在依旧有点格格不入，但克洛伊和艾登已经能够近乎正常地交谈。i-瑞秋端端正正、安安静静地坐在椅子上，当然，她是不需要吃饭的。这让克洛伊不由得联想到吃饭在社交活动中的作用——你可以用咀嚼食物掩盖沉默，可以谈论食物，或者互相递个碟子什么的，多人在一起吃饭总能让拘谨的交际变得简单放松。i-瑞秋永远无法体会一个饥肠辘辘的人面对一桌热气蒸腾的美味佳肴时的那份激动心情；她永远无法体会一个人第一次吃到某种食物时的新鲜感，或嘴里含着食物与朋友们谈笑风生的轻松快意。这竟使克洛伊有些黯然神伤，而且她发现自己兴高采烈地东拉西扯，在一定程度上是希望能把i-瑞秋也拉进对话的圈子。她滔滔不绝、妙语连珠，甚至还用俏皮话把她的爸爸逗笑了几次。应该说，她差一点就恢复了往日的风采。

可是三个人坐在桌前谈笑风生，这样的场景并不真实，尽管在某些时刻看起来几乎像真实的。“不要在意细节。”克洛伊告诫自己。

晚饭后，她和艾登收拾好碗碟，放进洗碗机里。i-瑞秋试图阻止，但艾登冲她举起了手。

“新规矩，”他说，“或者说是老规矩，做饭的人不刷碗。”

“谢谢，”i-瑞秋说，“我这就去签到，然后熨一熨我的衣服，顺便检查一下鞋子的含水度。”

“含水度。”i-瑞秋离开厨房后，克洛伊说，“她说话真有意思。”

“有时候确实如此，”艾登说，“尽管是误打误撞，但很多时候她的语言是干巴巴的。”

“跟她的鞋子正好相反。”克洛伊说着拿起一个碟子在水龙头下冲了冲。

“哈哈，你没有作业要做吗？”

“我只剩下一门课的考试。明天，英语文学。”

“不用复习吗？”

“设定大纲是《科学怪人》。”克洛伊说。

艾登笑了。《科学怪人》是克洛伊最喜欢看的书。她11岁时就第一次读了这本书，且泪流满面地跑到瑞秋跟前，愤怒地声讨人们对主人公的不公。此后她差不多每年都要读一遍，因此几乎可以一字不差地引用里面的段落。

“那我就放心了。其他考试怎么样？”他小心翼翼地问。

“还行。”

“还行？”

“对，还行。没什么问题，行吗？反正也不是多重要。”

“每一门考试其实都很重要的……”他试探性地说道。

“天啊，你的口气和妈妈的一模一样。”克洛伊打断他说，她的语调非常清楚地表明，这场对话已经结束。她在厨房里环视一周，发现最后一个杯子，随即把它放进洗碗机。“好了，”她说，“如果没有别的，我就……”

“你走吧，”艾登说，“躲到你的小窝里去吧。”

克洛伊三下两下蹿上了楼梯，但她没有回自己的卧室，而是径直钻进了妈妈的工作室，妈妈去世后她几乎从未踏足过这里。这是又一个充满了忧伤记忆的房间，里面凌乱地堆了许多文件——数据、素描、图表。屋里有张他们一家三口出去滑雪的合照，他们戴着帽子和护目镜，几乎分不清谁是谁，但每个人都开心地咧嘴笑着。笔盘里有个落了一层尘土的乐高小人儿：一个身穿护甲、肩披斗篷、手持长矛的骑士。那是克洛伊4岁时送给妈妈的礼物。

“他是你的工作骑士，妈妈，”她当时说，“他会看着你，不让你出错。”

克洛伊拿起小人儿，用食指轻轻擦去斗篷上的尘土。她把他的腿掰直，让他挺拔地站立在电脑旁，仿佛在监督着整个键盘。

随后她打开了打印机。正如i-瑞秋所言，那里有一沓纸，比克洛伊预想中的还要多。它们看起来像是从笔记本上扫描下来的，克洛伊不禁推测起笔记本的下落来。她的妈妈画了一份花园的草图，并标上了每个区域要种的植物，她还就果树和花圃写了注意事项。此外还有一张打印出来的日历，上面注明了在特定月份里需要完成的特定工作。

克洛伊拿着那些纸回到自己的房间，然后一张一张慢慢地浏览。有些备注令她忍俊不禁，比如瑞秋标出植物名字的那一张。“叶子非常繁杂，开粉色穗状花，后期变成红色，看着像鼠尾草但又不是。不知为何物，搬进来时就有的，生命力很强，怎么都死不了。”

另一段注解：“该死的蚜虫，得想个既能杀死它们又无公害的法子。”

从这些注解中她几乎能听到妈妈的声音，所以她看着看着，甚至没有意识到自己在笑。她望向卧室的窗外，在金色的余晖里，她能看到妈妈描绘的那种植物，它的茎秆上果然开着粉里透红的花。尽管花园疏于管理，但它们的长势依旧茁壮。她决定第二天早上去拍些照片，看能不能辨认出是什么植物——妈妈留下的未解之谜。想象一下，倘若她解开了这个谜底会怎样呢?

第 30 章

瑞 秋

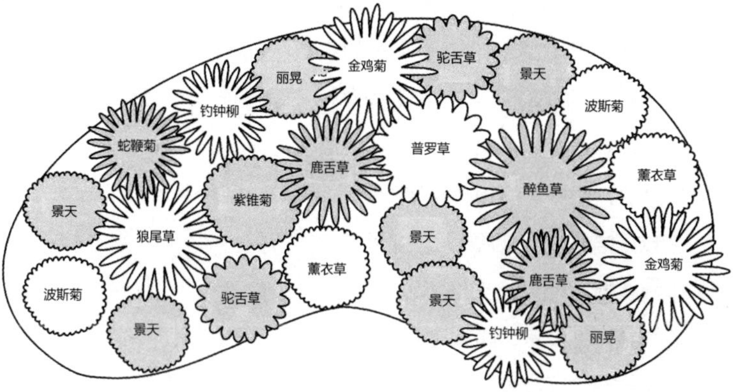

丽晃
金鸡菊
驼舌草
景天
钓钟柳
波斯菊
蛇鞭菊
普罗草
鹿舌草
醉鱼草
薰衣草
紫锥菊
景天
狼尾草
景天
金鸡菊
薰衣草
鹿舌草
波斯菊
驼舌草
景天
景天
钓钟柳
丽晃

第31章

艾登

温暖的夏日黄昏，光线很美。i-瑞秋正襟危坐，双手交叠放在膝盖上，仰脸儿对着夕阳。她穿着洗过的衣服和鞋子，在来露台之前她首先查看了外面的环境，坐下前还特意擦了擦椅子上的尘土。此刻她安安静静地坐在那里，一副安详、放松而又心满意足的样子。这是艾登从未见过的，他站在门口犹豫了。

“我能陪你坐会儿吗？”他问。

她扭头看着他。“当然可以。”

他拉来一把椅子，坐在她身旁。“你能出来坐坐这很好。”他说。

“早些时候我发现屋子外面能给我带来许多新鲜的感受，”她说，“鉴于我已经知道该如何降低弄脏衣服的风险，我想多了解一下这个环境。”

“这么说你喜欢这里咯？”

“这是一种全新的体验。我暂时还无法完全理解享受的概念，但如果这个词能表达我此刻的想法，那么是的，我喜欢这里。”

“你认为享受是什么意思呢？”

“这是一种非常主观的感受，但我的理解是没有冲突，或不需要直接的责任。它可能包含一系列的感官反应——听觉，比如小鸟的鸣叫；视觉，包括各种植物和天空的颜色。我没有人类的嗅觉，但我能分析空气中的化学分子并做出反应。克洛伊剪过草坪后空气中弥漫着浓郁的青草香，我认为那种气息沁人心脾……这算不算是一种享受呢？”

“咱们看看啊……平和、安静、阳光、花朵、新剪的青草、小鸟的歌唱……嗯，我觉得不管放在任何语境中，这都是一种享受。可惜的是你等了这么多星期才从屋里来到花园。”

“我不知道我可以到外面来。”

“你当然可以到外面来，你又不是囚犯。”

她凝视他许久。“房子前面有一道阳台。”

“是。”他犹疑地回答。他不知道i-瑞秋要把话题引向何处。

“瑞秋叫它‘门廊’，她还想在那里装个秋千椅呢。”

“是啊。”

“我能坐在那里吗？”

“你应该知道那是不允许的。”他说。他有些气恼，因为被人指出了话里的漏洞。“路上的人会看见你的，你想象一下他们会问些什么问题。”

她点点头，好像这样的答案她早已料到。“囚犯指的是人身自由受到限制的人，对吗？”

“那是因为他们做了坏事，需要受到惩罚，或者需要远离其他人，因为他们很危险。”他一口气说了一大串。

“但限制的动机只是隔离了问题与事实。”她执拗地说。

“我不太明白。”

“囚犯因为做了坏事而不能到外面去；我不能到外面去，是因为我——用卢克的话说——是非常昂贵的机密。我可能不会做什么坏事，但我同样被剥夺了自由活动的权利，就好像我是个诈骗犯或杀人犯。”

“是这样的，”艾登说，“我很抱歉，我也不希望这样。”

他们沉默了片刻，过了一会儿他问：“如果给你自由，你想去哪儿？”

“去一个不会引起人们好奇围观的地方？我知道我的外表几乎和人类一样，但和真正的人类毕竟还有差别。”

“差别在哪里？”

“不会有人把我当成真正的人类看待。除非机器人工程学已经发展到相当高级的程度，而且大众已经接受类人机器人的存在，否则我的出现总会引起人们的好奇。可是等类人机器人完全普及的时候，我可能已经陈旧落后，该淘汰了。”

听了她的话，艾登也十分沮丧，他很想安慰她。“我想你可以去一些没有人的地方，或至少没有陌生人的地方。比如无人的海滩、茂密的大森林，也许加拿大？或者内地？”

“那一定很寂寞。”

“谁说非要你一个人去了？”

“谁会愿意陪我一起去呢？”她注视着他的眼睛说。

他很想说“我愿意”。这三个字已经滑到了他的舌尖上，然而看到她的表情，他又硬生生把它们咽了回去。

她扭头望向花园，久久沉默不语。“艾登，瑞秋总说你是一个和蔼宽容的人，你确实是。但即便如此，你也不能拿不切实际的希望骗人啊。我只是放在你家里的一个实验品，我不是你的朋友，或妻子，或家人。”

“你是我的朋友……”他的话才说到一半就被她打断了。

“卢克人不怎么样，”她说，“但很坦诚。他对我说：‘不要痴心妄想，不要把仁慈错当成感情，这不是你的家。你是实验室里的小白鼠，这是你的迷宫。’”

这一次，艾登主动拉住了她的手。“别那么说，你是我们家里的客人。你为我们带来了很多东西，我已经把你当成朋友和家人了。”他轻轻一笑，“请你记住，我和克洛伊也是试验的一部分。如果你是小白鼠，那我们也是，我们是在同一座迷宫里追寻奶酪的小白鼠。”

第32章

克洛伊

考试11点才开始，所以在坐进昏暗闷热的副校长室的墙角之前，克洛伊还有一两个小时可以消磨。她走在学校安静的走廊里，透过教室门上的玻璃窗格望着那些低垂的脑袋和苦闷的脸。一个人在外面闲逛感觉很古怪，她从自动售货机上买了一条巧克力和一盒果汁，坐在科学实验室外的矮墙上，一边刺溜刺溜地喝着果汁，一边拿脚跟磕着墙壁。

她注意到实验室里的化学老师约翰斯通先生不时从敞开的门里望一望她。他肯定在等待一个空隙好看看她在干什么，为什么不去上课，并找个借口批评她一顿，尽管她什么错也没犯。连同约翰斯通先生在内，学校里所有教科学的老师都知道她妈妈是什么人物，也知道她在科技领域取得的成就，而克洛伊在科学方面的无动于衷和不思进取着实令他们感到气愤。

她意识到了，倘若她继续在走廊里逗留，将不可避免地会引起老师们的注意和盘问，到时候免不了要一遍又一遍地解释，所以她决定到图书馆去。如果有人问起，她可以说要为考试做最后的复习。

她喜欢图书馆。这里是学校最古老的地方，里面有成排的高大的实木书架。尽管随着时代的发展图书馆也在不断变化，里面配置了成排的电脑、大型阅览桌以及视频浏览室，但这里仍然保持着传统图书馆安静的氛围和浓郁的旧书香气。桌子后面坐着一个六年级生[①]，那是她朋友杰丝的哥哥，杰瑞米。

当她们还是一群叽叽喳喳的初中新生时，有时候她们会到杰丝家玩。杰瑞米很讨厌她们，经常喊她们安静，并警告她们不要靠近他的房间。她们也同样讨厌他，并发誓说就算给钱也不会走进他那臭烘烘的男生的房间。那时他个子还很矮，皮肤也不好，杰丝还说他的脚奇臭无比。

如今他长大了，18岁的年龄，个头已经蹿到了一米八多。他的皮肤比以前干净了许多，且长了一头又黑、又直、又密的头发。他和杰丝一样也是搞音乐的，低音大提琴拉得很棒。中学毕业之后他打算进艺术学校，随后再进管弦乐队。现在的他已经不像小时候那么讨厌她们这些女生了，在走廊里遇到克洛伊和艾米时，他甚至会冲她们点头微笑。

在图书馆看到他，克洛伊举起一只手和他打了个招呼。他瞥了她一眼，随后继续在电脑上忙他的东西。克洛伊尽量装出她有充足理由来图书馆的样子，她可不想向任何人费尽唇舌地解释。

她有一个模糊的想法，也许她能找到一些花卉方面的书籍，看她能不能查到妈妈提到的那种神秘植物？她在书架中转来转去，最后鬼使神差地来到了植物学藏书区。可关于植物生物学的书籍浩如烟海，不见得能找到一本可以真正帮她解开谜底的书。

她走到一排电脑前。该怎么查呢？在谷歌上搜“多叶植物”恐怕意义不大。她坐在电脑前，拿着鼠标线在手指上绕来绕去，无所适从。（他们的学校可真够老土的，现在谁还用有线鼠标啊？）几分钟后，她忽然感觉有人在看她，抬头发现杰瑞米正从他自己的电脑屏幕前伸长了脖子朝她这里望。她冷冷地瞥了他一眼，他没有回避她的目

---

①英国中学的最高年级六年级，相当于高中。

光，于是她慢慢让自己变成斗鸡眼，并从嘴角吐出一截舌头。他没有笑，也没有移开视线。克洛伊冷笑一声，把视线收回到她的屏幕上，尽管她的屏幕一片空白，可他不知道。

她听见他开始噼里啪啦地打字。谢天谢地，他没来骚扰她。可就在这时，屏幕角落里弹出了一个即时聊天窗口。

杰瑞米：需要我帮忙吗？

克洛伊：你是谁？

杰瑞米：我是杰米。我看你傻坐在那里，就问问你需不需要帮忙。

克洛伊：杰米？

杰瑞米：朋友都叫我杰米，只有我妈妈才叫我杰瑞米。随便了，你需要帮忙吗？

克洛伊：我没有傻坐着，我在看东西呢。

杰瑞米：可你屏幕上什么都没有。

克洛伊：你怎么看得见我的屏幕？

杰瑞米：管理员权限。我可以看任何一个人的屏幕。

克洛伊：这也太恐怖了吧，他们应该提醒我们才对。

杰瑞米：他们提醒过啊。刚上中学的时候你就签过一份IT用户协议，那上面有。

克洛伊：谁会读那协议啊？

杰瑞米：购者自慎。

克洛伊：什么？

杰瑞米：就是提醒购买者要谨慎，自己不明白的东西不要乱签协议。

克洛伊：谢谢你告诉我。不过我没事，不需要帮忙。

她把聊天窗口最小化，又盯着电脑发了几分钟呆，随后从屏幕一侧偷偷瞄了一眼。杰米缩在座位上，盯着屏幕，眉头紧皱。六年级生是不需要穿校服的，所以他穿了一件松松垮垮的军绿色连帽外衣。此时衣服就挂在他的椅背上，尽管眼下已是仲夏时节，他的黑色祖父衫上又套了一件白T恤，祖父衫的袖子一直拉到手背上。忽然，他电脑上的什么东西引得他微微一笑。那笑容不算灿烂，只是嘴角动了动，看起来坏坏的，但又不让人讨厌。克洛伊二话不说就又点开了聊天窗口。

看见什么好玩的东西了？

窗口中立刻弹出了一个动态图，是一只小猫把一条小狗推下楼梯的画面。她早就见过，可还是觉得有趣。她不易察觉地笑了笑，却在回复中写道：

克洛伊：不是吧？猫咪视频？

杰瑞米：猫咪视频老少皆宜。

克洛伊：我更喜欢鳄鱼。

几秒钟后，她的屏幕上又出现了一个动态图：一只体形庞大的短吻鳄爬过高尔夫球场。

克洛伊：那是短吻鳄。

杰瑞米：有什么区别吗？

克洛伊：嘴巴短呗。

他扑哧一声笑了。她听到了他鼻息的声音，心里喜滋滋的。毕竟杰瑞米是六年级生，而她居然把他逗笑了。

杰瑞米：说正经的，你是翘课了，还是要来这儿查东西？

克洛伊：我没翘课，只是在等着补考。

杰瑞米：哪一科？

克洛伊：英语文学。

杰瑞米：担心过不了？

克洛伊：没有。

杰瑞米：这么说，你不需要我关于《麦克白》的精辟论断咯？

克洛伊：谢了，我们考的是《科学怪人》，这个我熟。
不过现在我倒有点好奇了。
你知道《麦克白》考什么？

杰瑞米：考试前那天晚上我只读了一遍简介，还看了一部法斯宾德主演的电影。

在写东西这方面我可不擅长。

克洛伊：那关于《科学怪人》你也没什么说的？

杰瑞米：《科学怪人》的重点在科学，不在怪人。

克洛伊：哇，果然精辟。

杰瑞米：我对文学不感冒。

克洛伊：那你对什么感冒？

杰瑞米：音乐啊，你知道的，还有自然科学，尤其是生物学。

克洛伊：哦，也许你真能帮上我的忙。

杰瑞米：帮什么忙？

克洛伊：我要查一种植物的名字。

杰瑞米：什么植物？

克洛伊：会开花的。

杰瑞米：能再具体点吗？

克洛伊：我有照片。

她之前把照片发到了自己的电子邮箱里，这时她迅速打开邮箱，把照片拷进了聊天窗口。

杰瑞米：我也不知道这是什么东西。

克洛伊：喊，就这你还大言不惭地说自己喜欢自然科学？

杰瑞米：天啊，嘴巴好毒。不过我知道该怎么查，我知道一个植物数据库。

只要你把植物的详细资料输进去，它就能给你列出一堆植物供你筛选。有的还有图片，可以和你的照片比对。

他发来一个网址链接，克洛伊点进去。那是一个非常严肃的自然科学网站，上面可以看到许多问题选项：

* 这种植物哪个月份开花？

* 开什么颜色的花？

* 这种植物开什么样的花，或具有怎样的生殖结构？

每个问题下面都跟着一大串拉丁文或难懂的科学术语，以及一个挨一个的复选框。克洛伊盯了一会儿，不禁有些灰心。放射状是什么意思？她的植物是鳞茎、块茎还是球茎？她皱着眉头看了许久。但她毕竟是科学家的女儿，慢慢筛查吧。她扫了一眼手表，离考试还有一个小时。她搜索到一个植物学词汇表，从包里掏出笔记本，把她不认识的术语单词全都记下来，然后一个一个地查。这工作万分枯燥，但她对每个分类总算能理解个八九不离十。后来她发现，只要能查到那些拉丁术语的意思，整个问题就简单多了。她慢慢弄懂了自己要回答的问题：这种植物是本地的吗？现在处于开花期吗？开的花自始至终只有一种颜色，还是会随着时间发生变化？

她全神贯注地盯着屏幕，没有注意到杰米正入迷似的注视着她。最后，他从椅子里站起来，走到克洛伊旁边的位子上坐下，并把椅子拉近一点好看清屏幕。他带来一阵口香糖的气息，还有发胶的香味儿，以及一股淡淡的烟味儿。

“我能再看看那张照片吗？”他问，“还有，能不能放大一点？”

克洛伊打开图片，放大到屏幕上。她继续研究她的术语，一边记着笔记，一边在每个分类下的复选框里打钩。

填好长长的筛选列表，点击“搜索”。转眼间，数据库就给出了八种可能的结果。

她逐个浏览每一项结果，打开每一幅图片，和她的照片仔细比对。

“这张有点像。”她指着一幅图说。

她放大图片，两人凑上前去研究叶片——叶上有尖刺，叶片较长，边缘呈圆齿状。

“看着像蓟花，或火箭。”杰米说。

“叶片繁杂。”克洛伊有一半像是对自己说。

“繁杂？”

“我妈妈是这样描述的。就是它了，你觉得呢？”他们一起看了看植物名。

“长叶刺续断，”杰米念道，“长叶轮生花。”

“就是它了，”克洛伊说，“总算搞清楚了，现在我可以查查该怎么养护了。”

“干得漂亮，”他高兴地说，“现在你可以回家告诉你妈妈，她肯定会对你刮目相看的。”他忽然反应过来，窘得脸色都变了。“天啊，对不起……”他道歉说，但克洛伊已经起身离开了椅子。

她抓起包。“没关系，谢谢你了。回头见。”说完她飞也似的逃出了图书馆。

第33章

艾登

急促的电话铃声把他从沉睡中唤醒，他感觉自己仿佛被人从黑暗的水下突然拉出了水面。

电话放在瑞秋那一侧的床头，他不得不翻身滚过去。

“喂？”

“请问你是艾登·索耶吗？”对方是女性，声音低沉粗哑，虽然还没有完全醒来，但他已经确定来电者是个陌生人。

“什么事？”

“辛妮·索耶的儿子，住在佩文西大街23号？”

“对。”

“我是剑桥郡消防与救援服务中心的消防员苏珊娜·道格拉斯，目前我们在你妈妈家。”

天啊。他一头扎在床上，电话还在耳边。妈妈，不要。

“这里出了点意外。厨房里发生了火灾，邻居闻到烟味儿报了警，所幸我们及时赶到。厨房有一定程度的损坏，我们已经叫了救护车。”

“她……”他抑制不住地哆嗦起来。

“她目前状况稳定，”苏珊娜·道格拉斯平静地说，“她吸入了少量烟雾，但意识清醒，不肯休息。”

“我马上过去。”艾登说着翻身下床，“给我半个小时。”

“你最好还是直接去医院吧。”苏珊娜说，并告诉了他是哪家医院。“鉴于她上了年纪，医护人员要把她带到医院观察一下。”

挂上电话，艾登以最快的速度穿上衣服。他扫了一眼时钟——刚过凌晨3点。他一边穿外套一边来到走廊里，克洛伊的门缝下面透着光。这个时间她还在干什么呢？他敲了敲门，但没有回应。他推开门，发现她蜷缩在被子上面睡着了。她的手提电脑开着，屏幕里的光洒在她脸上。他轻轻地将电脑挪到地板上，无意间看到她在浏览皇家园艺协会的网站。他替她盖上被子，关掉灯，悄无声息地退出了房间。

楼下笼罩在朦胧的月光里。i-瑞秋坐在厨房的一把椅子上，双手放在膝头，闭着眼睛，一动不动。一根电线从墙上的插座连接到她的腋下，她看上去脆弱极了。艾登以前从没见过她充电，那也是她不愿被人看到的隐私。虽然有些不忍，但他不得不叫醒她。他轻轻碰了碰她的肩膀，她缓缓地睁开眼睛，明亮的眼眸就像突然打开的两盏灯。她动了动，仿佛深吸了口气。

“出事了？”她仿佛预感到了什么。

“我妈妈家发生了火灾，”他说，“我需要去趟医院。你能替我照看一下克洛伊吗？她在睡觉。明天早上她醒来之前我应该就能回来，不过以防万一……”

“你妈妈的事情我需要告诉克洛伊吗？”

“对她说奶奶没事，”艾登说，“我现在也只知道这些，这是他们说的。你让她给我打电话吧。”他在i-瑞秋肩膀上捏了捏，随即匆匆出门而去。

医院停车场上明亮的钠光灯射出冷冷的光，他一下车便直接冲向急诊部。医院楼外停着一辆救护车，可穿过滑动门后，里面却冷冷清清。一个烂醉如泥的家伙四仰八叉地躺在并排放置的三张斗椅上，看样子多半是无家可归的流浪汉。另有一个穿西裤的，衬衫上沾了不少血，正拿着一截纸巾堵住流血的鼻子。艾登心急火燎地环顾四周，可前台接待处空无一人，到处都看不到医护人员的影子。他正准备逐个科室找人，碰巧这时有个身穿制服的女警察从一个房间里出来，她看到艾登便走了过来。

“艾登·索耶？”她问。

“我是。”

“我是艾莉森·摩尔警员，你妈妈刚刚检查过。”

“她……”

“放心，她没事。她既没有受伤，似乎也没有吸入多少烟雾。”

“谢天谢地，”艾登一直悬着的心此时终于放了下来，“我是不是很快就可以带她回家了？”

“他们应该会让她留下过夜的，”摩尔警员说，“安全起见。”

“我能去看看她吗？”

“医生正忙着呢，待会儿就好了。”

艾登以为警员该借故走开了，可她却待在原地不动，而且看上去有些欲言又止。

“还有别的事吗？”艾登问。

“呃，是的，”摩尔警员回答，“关于火灾，警方会全面调查，但从目前的情况看，火灾很可能是由炸薯条的深口锅引起的。”

“炸薯条？”艾登皱起了眉头。他从不知道妈妈会做炸薯条，他甚至不知道她还有一个深口锅。

“火灾发生在凌晨1点左右。你妈妈的邻居，呃……”摩尔警员查了查笔记本，“……奥利维利家，碰巧还没睡，结果闻到了烟味儿。”

“我妈妈怎么会在凌晨1点炸薯条？”

“那正是我们要调查的。我们问了奥利维利家，他们说你妈妈最近作息时间很不规律，家里的灯一整天都亮着，有几次他们还看到她半夜之后出去散步。”

“他们怎么不打电话通知我呢？”艾登心烦意乱，不自觉地攥紧了拳头。

“我们问过了，”摩尔警员说，“但他们说不想给你添麻烦，你最近事情已经够多了。听说你妻子不久前才过世？真的很抱歉。”

“如果我早一点知道……”艾登说，可他止住了，他很清楚自己早该料到的，妈妈的脑子已经越来越不中用了。这不仅仅反映在那天午饭时她多摆出的餐具，或原本一尘不染的家里变得脏乱上，关键是最近几个月她越来越不爱说话，和他的联系也少了许多。他早该警惕，早该带她去看医生的。可她想方设法掩饰自己的老迈，而他又不忍心——或者没勇气——揭穿她。如果瑞秋在，她会发现问题的严重性吗？没错，她是科学家，善于分析，但她也经常忽视人的细节。况且，以她们的关系，她一定会尽量避免与辛妮见面。去世之前，她几乎有半年时间没有见过艾登的妈妈。

这时，一位医生手里拿着笔记夹板从办公室里走了出来。那是个身材娇小的亚洲女人，一头长发在后脑勺上扎了个精致的发髻。她的名牌上写着“纳瓦兹医生”。她看上去疲惫不堪，但双眼又大又亮，眼神和蔼友善。她把艾登领到一排椅子前，尽量离那个正在打鼾的流浪汉远一点。那位鼻子流血的男士已经被带到了某个科室接受治疗。

“我知道你一定迫切地想见你的妈妈，”她说，“但这会儿她睡着了，所以你不要担心。工作人员会把她推到病房，等他们安顿好了你就可以去看她了。”

“她睡着了？”

“刚送来时她有些紧张，所以检查过后我给她打了一针镇静剂。”

“紧张？”

“她搞不清自己在哪儿，”纳瓦兹医生温和地说，“虽然我尽量安抚，但她还是有些迷惑。”

“这应该算正常吧？毕竟家里刚刚发生过火灾。”

“当然。她平时怎么样？”

“很难说，”艾登回答，“我们并不是每天都见面，有时候一个星期也不见一次。我经常只是给她打个电话……”他又迅速补充了一句，免得纳瓦兹医生认为他是一个粗心大意的不孝子。“她……她特别独立，一直都是。”

“你有没有感觉到她最近有些记忆力下降？”

“有。”艾登不情愿地承认道，随后他把过去几个月中发生的一些事告诉了纳瓦兹医生。她不时点头，并做了记录。“那现在怎么办？”他问。

“嗯，我们需要做些检查，看她的心智究竟衰弱到了什么程度，或者看她在吃好睡好的情况下记忆力能否改善。”

“要做什么检查？”

“我们准备从MMSE开始，也就是细微精神状态检查。很简单，就是用一系列的问题测试她的记忆力、词汇量以及对指令的反应能力……”

艾登勉强笑了笑。“她可能不会太配合。”

纳瓦兹医生同样回之以微笑。“我们会记住的。根据她的测试结果，我们会进一步做些其他检查，包括体检、血检，或许还有脑部扫描……”

“然后呢？”

“一旦确诊，我们就可以开始制订对症的治疗方案了。”

“但实际上根本没有对症的治疗方案，对吗？”艾登阴郁地说，“这种病根本无法治疗。”

“是没有什么特别有效的疗法，但如果她确实患了老年痴呆，我们还是有很多方法可以抑制她的症状，让她远离危险和痛苦的。良好的食物、充足的睡眠、锻炼、社会刺激……这些都能起到非常好的效果。”

“你说的她好像是个小孩儿一样。”艾登说着，双手绝望地捧住了脸。

纳瓦兹医生轻轻按住他的手，把它们从他的脸上拉开。她亲切地笑着说：“说句良心话，只要有良好的食物、睡眠、锻炼和朋友，每个人都能活得很好，不仅仅是老人和孩子。”

随后他去了静悄悄的病房区，他们把辛妮安置在了窗户旁边墙角里的那张床上。她平时看起来浓密光亮的铁灰色头发像枯草一样零散地铺在枕头上，她闭着的双眼深陷下去，形成硕大的眼窝。艾登在她旁边坐下，拉住她的一只手，他感觉辛妮的手瘦小得可怜，一根根骨头仿佛要把皮肤顶破，她手腕上的骨节凸起得吓人。病号服下，艾登能看到她高高隆起的锁骨，她瘦得只剩皮包骨头了。上周去吃午饭的时候他怎么会没有注意到呢？他知道为什么，是因为他一直沉浸在自己的忧伤与痛苦里，几乎连看都没看她——他自己的妈妈——一眼。

她睡得很安详，嘴巴微微张开一条缝，轻轻打着鼾。他记得妈妈睡觉时从不打鼾的——大概是镇静剂的作用吧。可细想之下，他似乎从来没有像今天这样看过妈妈睡觉。小时候，妈妈总是起得比他早，睡得比他晚。每天早上当他揉着惺忪的睡眼下楼时，妈妈已经在厨房里忙活了半天。她麻利地在面包上涂上黄油做三明治，或搅一碗可口的早餐粥。他从未见过妈妈在椅子上打盹儿或小睡，即便如今她早已退休，她也只是偶尔坐下来放松一会儿。他微微一笑，想起了另一个人。瑞秋也是个闲不住的人啊，也许当初爱上她就是因为这样的品质？

记忆中的妈妈缓缓向他走来——她身躯高大、腰背挺直，走起路来虎虎生风，小时候的他总是跟不上妈妈的步伐。那时的妈妈还不会开车，不论到哪儿都是步行，或骑自行车，带着东西，有时候把奥利弗放在自行车前面的车篮里。艾登的童年，一半时间在走，一半时间在跑，但永远追在妈妈许多步以外的地方。妈妈一向不苟言笑、淳朴务实，衣服永远洗得干干净净，熨得平平整整；饭菜虽然普普通通，但却美味可口；她把家里料理得井井有条、一丝不乱。他从来没有感觉受到过冷落，妈妈的爱坚定而实在：用手理理他的头发，或整一整他的领带、在他面前放个碟子、纠正他的家庭作业。他和妈妈之间似乎从来没有拉手、亲吻或拥抱过。难道因为他是家中的长子，所以她才对他格外严厉吗？他不这么认为。她付出了她能付出的一切——挣钱养家、料理家务、教育孩子，所有的角色她一力承担，能做的她已经都做了。

艾登发现自己第一次想到爸爸离开时妈妈面临的处境，那时的她内心的感受是怎样的呢？她只能独自面对，没有别的选择。一家人要吃饭，孩子要上学，处处都需要钱。她恐怕根本没有时间也没有空间伤心难过。也许，他忽然醒悟，也许那就是妈妈一向行色匆匆精明强干的原因。也许，为了压制那些凌乱的心情，她不得不把所有的情感都藏在箱子里，还要在箱子上加个盖子。她没时间软弱、没时间多愁善感、没时间表达爱，甚至没时间欢笑。她只能铁石心肠地面对一切，因为倘若她放任自己去感受痛苦，生活将怎么继续下去呢？

艾登失去妻子才三个月，沉重的负担就已经快要压得他喘不过气了。克洛伊并不是一个需要特别照顾的孩子，她很独立。让他感到绝望的是，每一个选择、每一个决定都只能靠他自己。和克洛伊有关的一切——忧虑、欢欣或快乐——也只能由他一人承担。在这个世界上，深爱着克洛伊的人只有他和瑞秋，而瑞秋的离去使他顿觉前路漫漫、孤单凄凉。他发现从这个角度思考问题让他对妈妈的理解更深了一层。

现在，妈妈需要他，真的需要。他知道这件事不好办——辛妮会不顾一切地抗拒任何试图干预或控制她生活的做法。但他必须要想个办法照顾她，不论她愿意与否。

第34章

卢克

“不行！”卢克说，“百分百不行！门儿都没有！这不可能。我不允许。”

“你什么？不好意思，你不允许？”艾登猛然站起身，逼视着卢克。他比卢克要高出几厘米，但卢克镇定自若，一动不动。“我知道我已经说得够明白了，”艾登说，“但这不是你家。”

“可这是我的实验项目，”卢克理直气壮地说，“我们所做的是极端精密又完全绝密的事情。不能现场控制我已经深感忧虑了，现在你又要随意增加一个人？”

“不是随意增加的人，”艾登气愤地反驳道，“她是我妈妈，我妈妈。她现在孤身一人待在医院的病房里，而且她自己的家现在也回不去。”

卢克不屑地哼了一声，转身走向露台。克洛伊正在花园的另一端认认真真地修理草坪。幸好她戴着耳机，所以听不到屋里的争吵。可恶的瑞秋！可恶，可恶！都是她，让他不得不面临如此荒唐的处境。她总是那么自以为是，让他像个牵线木偶一样做她安排好的一切，但这一次他不会答应。

“那好，”他决然转身面对艾登，“如果你执意要把你妈妈接过来，那试验就到此结束，我今晚就把i-瑞秋带回实验室。”

“不！”艾登和i-瑞秋异口同声地说。卢克看见他们惊讶地面面相觑。

“什么？我以为你会非常乐意接受这个建议，一开始你可是不欢迎它的。”

“试验还没有结束，”艾登借用卢克的语气挖苦说，“瑞秋的指令很明白，什么时候该结束i-瑞秋自己会知道。”他扭头问i-瑞秋：“结束了吗？”

i-瑞秋没有正面回答他的问题，而是直接说道：“我不想回实验室。”语气异常坚决。“与克洛伊和艾登在一起生活的这段时间，我在理解人类情感方面已经取得了显著进步，动手和认知能力也大大提高。我的知识目前呈指数增长，这远远快过我在实验室进行受限试验时的学习速度。”

“我才不在乎你的想法呢。”卢克说，他甚至懒得看她一眼。“你只是一台昂贵的设备，我不能把你留在这里处于无人监管的状态，况且还有一个老太太。”

“我不是一台设备，”她说，“我是为了陪伴人类而设计的，而且我还有一个潜在的功能就是照顾有认知障碍的老人。对我的设计目标而言，这将是一次非常有价值的……”

“有价值个屁！”卢克嚷道，“你没资格决定研究的事。我让你干什么你就得干什么，让你去哪儿你就得去哪儿，让你参加我的试验你就得参加我的试验。你只能听我的，听我一个人的。明白吗？”

“我恐怕无法遵照你的要求，”i-瑞秋平静地说，“我的系统中还有瑞秋植入的木马病毒。如果每隔六个小时我不能到镜子前扫描，我的所有资料将被清除。”

“我要砸碎那该死的镜子！”卢克大吼，就在这时，克洛伊从花园回到了屋里，双手捧了一堆成熟的草莓。她站在门口，目光飞快地在爸爸、卢克和i-瑞秋身上扫了一圈。

“嗨，卢克，”她兴高采烈地说，“看来你还没有完全接受把奶奶接来的事啊。”

卢克目不转睛地盯着她。他望着她那张朝气蓬勃的年轻的脸——瑞秋的脸，但充满了年轻人的不屑和自信——尴尬和愤怒瞬间将他淹没。他想冲她大吼，为什么要纡尊降贵地向他赔笑脸？可他知道倘若他那么做了，艾登的怒火也会瞬间爆发。

他气冲冲地走到厨房柜台前，啪嗒一声合上手提电脑，拎起包，就那样硬生生地摔门而去。几秒钟后，屋外传来了摩托车发动的声音。巨大的轰鸣声随着车轮的远去越来越弱，直至消失。

第35章

i-瑞秋

这是个特别的日子。晚上，克洛伊为庆祝考试结束，到她朋友艾米家住去了。因此我第一次有机会和艾登单独在家过夜。

另外，还有气象上的新变化——今天是我到艾登家以来第一次遇到下雨天。我从没见过下雨，不过系统提示说下雨天我不能到外面去，所以我也就无法亲自体验。但站在敞开的露台门口，看着雨水像断了线的珠子一样落下的情景实在妙不可言。由此我对雨水的形成过程也产生了浓厚的兴趣，是空气中的什么化合物变成了雨，从而落向大地滋润泥土和植物呢？湿润清爽的空气迎面扑来，带给我难以言表的惬意感觉，我趁机分析了它们的成分：

Na^{+}、K^{+}、Ca^{2+}、Mg^{2+}、Fe^{3+}、Pb^{2+}、Cl^{-}

令今天特别的原因还有一个。我表达了我的愿望，并做出了自己的决定，我违抗了卢克的直接命令。倘若我也戴了一个电子手环且拥有和人类一样的生命体征，相信当时一定能记录到快速的心跳和急促的呼吸，还有瞬间飙升的肾上腺素。

这就是变化。我的设计初衷是更好地理解人类，在感情上与人类共鸣。我所做出的一切决定，都是为了最大限度地为我的服务对象服务。可是今天，我第一次体验到了新的东西。我想为自己争取一点东西，我相信留在这里对艾登和克洛伊都有帮助，而这同时也有利于瑞秋和卢克的研究。但我想要留下的渴望涉及更多的私人情感。

我想留在这里。

我想。

这是我第一次拥有自己的愿望。瑞秋曾经对我说过，憧憬、渴望、向往，是人的基本特征之一。“欲望是驱动人类不懈奋斗的主要动力，”她说，“从史前时期就是如此。‘我趴在地上够不着高处的香蕉，干脆站起来吧！这么多香蕉怎么拿呢？干脆发明轮子，造个车子运香蕉吧！我们这个国家不产香蕉，好吧，我要造一艘船把香蕉运过来！’”

“你这种以香蕉为中心讲述人类发展史的观点，在任何历史名著典籍中都没有记载过。”我说。

瑞秋笑了。“我只是打个比方，但道理却是毋庸置疑的。我们发明、发展、探险、创造，皆因为我们不满足于现状。我们发动战争，或书写诗歌，同样因为我们渴望得到我们没有的东西。人之所以为人，就是因为人有欲望，且会为了这种欲望付出行动。”

这天晚上之前，我还不完全明白她的话。我对欲望没有感觉。说到“相信”“希望”和“欲望”等词汇，我能预知卢克的反应。他会不屑地笑着说：“那些不是科学用语，因为它们无法量化。”

我以前学到的一切全都基于可测量的数据。但目前我正经历的事实却没有任何数据依据。这就是直觉吗？难道我正涉足复杂且难以量化的人类情感？

思考这些东西的时候，艾登走进了客厅。他打开了一盏台灯。

“这里好黑啊。”他环顾四周说，随后他走到我身旁站住，望着外面的雨景。我们正在经历一段并不会让人尴尬的沉默——艾登的生命体征指数表明他很平静。我瞥了一眼他的脸，前几天那种焦虑烦躁的表情已经不复存在。

“你很高兴把你妈妈接过来住吗？”我问他。

“我觉得‘高兴’这个词可能不太合适，”他说，“我只是觉得欣慰。这是我该做的事，至少短期看是如此，她需要我们的爱和照顾。”

“她对我的存在会作何反应呢？”

“我也不知道，”他说，“我不知道她会不会把你和瑞秋搞混，咱们只能看看再说了。”

“我能查到所有如何照顾老年痴呆患者的资料，”我说，“我会尽最大努力。”

“我相信你，”艾登对我笑了笑，“而换句话说，我只是个人，我没有你的知识，也没有你那样超人的耐心。但她是我妈妈，我对她的感情是很复杂的。所以，我肯定会需要你的帮助。”

这时，天空中突然划过一道闪电，紧接着便响起震耳欲聋的雷声。艾登吓了一跳，心跳陡然加速。

“你受惊了。”

“我不喜欢打雷闪电。”

“没错，还记得克鲁格公园那次吗？”

“现在说话的不是你，对不对？”艾登问，但他连看都没看我一眼。

“对，我想应该是瑞秋的又一个文件解锁了。估计是打雷和下雨的缘故。”

“我想听听。”他说。他的声音有些沙哑。“我想听听她都说了些什么，可是……”他看着我，但我看不懂他的表情。惭愧？兴奋？欲望？恐惧。“我想在黑暗中听。”

我点点头。

“跟我来。”他说着拉住我的手，把我带到了楼上。

我们进了他的卧室。房间里一团漆黑，可他并不开灯。他走到窗户前，把它们完全打开，而后把我拉到床上在他身边躺下，现在能够照亮房间的只有外面的闪电。他侧躺着，把我的手紧握在他的双手中，闭上了眼睛。

“现在，”他说，“开始吧。”

第36章

瑞秋

还记得吗？我们在约翰内斯堡度过的那几天可真是一言难尽啊。我们旅行了两个月，只在纳米比亚沙漠中的那几周让人回味——那里难以形容的寂静、灼人的热浪、壮丽的风景，感觉就像到了火星。后来我们去了约翰内斯堡，结果被困在那家破破烂烂的旅馆里。我们没有车，有车也没用，因为那儿的公路惨不忍睹。我们在那里无亲无友，最后一晚更是大吵了一架。我第一次告诉你我准备去剑桥读硕士，你责怪我骗了你，我骂你是个控制狂，后来就越发不可收拾了。

我们互相吼了一通后，我一怒之下摔了你的背包。我们只想分开一会儿，哪怕半个小时，可我们无处可去。毕竟当时已是午夜，而我们又身处一个陌生且很可能充满危险的城市。我们像犯人一样被关在那家旅馆的房间里，所以我们背对彼此分坐在床的两侧，像小孩子一样生闷气，后来我们虽然爬上了床，却没有一起睡，而是互相给对方一个冷冷的后背。我讨厌那个夜晚。

第二天，巴士将我们从旅馆接走。四个小时的旅途，我们虽然座位相邻，却像两个陌生人一样隔得要多远有多远。我好想挨近你，但又怕你把我推开，我左右为难。往后我们还有好几个月的旅程呢，那一刻我真的以为你会和我分手，在那之前我们只能貌合神离地待在一起，直到我们想到回家的办法。

在车上时，我有一半时间都在琢磨，倘若我首先靠近你会出现怎样的后果，而另一半时间我却在为你没有主动靠近我或说点什么而暗自生气。我甚至怀疑我们两个也许并没有我们想象中的那么合适。我想起过去的日子，我如何徜徉在你爱的怀抱里，因为你的爱使我再次认识了自己。我想象着没有你的人生，竟不由得感到害怕。真是可笑，不就是吵了一架嘛，至于想那么多吗？可我刚才也说了，搭车那段旅途格外漫长。

我们午后便到达目的地。你还记得营地里那些小屋吗？多美啊，烈日当空，盘根错节的荆棘树上有知了在叫，地上的草像烧焦了一样呈现出茶褐色，总之那里的景色壮美宜人。我们肩并肩坐在小阳台上，喝冰啤酒，我能感觉到我们之间的疙瘩在慢慢解开。我累坏了——夜里几乎没合眼，又坐了几个小时的巴士——所以便躺下小睡了一会儿。大约一个小时后，我醒了，朦胧中发现你就躺在我身边，拉着我的手，睡得正沉。那一刻我知道，我们和好了。之后那一觉我睡得无比沉、无比香。

后来我被耀眼的光亮惊醒——利剑般的闪电划破天空。我半坐起来，正准备翻身叫醒你，这时雷声滚滚而至，震耳欲聋、经久不息，我从没听过那样巨大的声响。你直挺挺地坐起来，像个孩子一样哭了。你的手心里全是汗，整个人瑟瑟发抖。

“嘿。”我说，但我怀疑你当时还没有全醒——你被困在恐惧中，处于半睡半醒的状态，所以你听不到我说话。“艾登，艾登。”我叫道，同时轻轻摇晃你的肩膀，并把你的脸扭向我。这时你醒了，方才意识到我们在哪儿，我是谁。

大雨瓢泼而下，外面乌云密布、电闪雷鸣。我不怕打雷，但却害怕闪电击中我们，可能我不该说这些会让你没面子的事情。你当时很想置之一笑，但你控制不住自己的身体——你抖得太厉害了，连牙齿都打起架来，而雷声却一刻也不停息。

“我不知道你这么害怕打雷。”我说。

“我长大的地方不常打雷，可我就是讨厌它。”你咬牙切齿地说，“我从小就不喜欢打雷，也许从4岁开始？有天晚上，妈妈出去看一个朋友，我和奥利弗正在睡觉，爸爸本该照顾我们的。那晚有一场巨大的雷暴，我被雷声吓醒，跑下楼去找爸爸。他当时正在走廊里打电话。现在想想，他打电话时声音很低，和平时不太一样。结合后来的事情推断，电话那头应该是他出轨的女人。他看见我下楼，冲我就是一通大吼，嚷嚷着要我回楼上去。我跑回楼上，钻到被窝里，蒙住脑袋。可雷声不断，我吓得要死。”说到这里你还浑身哆嗦了一下。“从那以后只要听到雷声我就害怕，妈妈不理解，所以我尽量不去找她。当然，我永远也不能告诉她真正让我感到恐惧的是什么。不过从那以后只要有雷暴，我就躲在衣柜里，用毛毯把自己紧紧裹住，直到雷暴过去。”

“你知道打雷伤害不到你。”

“我知道，那是心理上的恐惧，就像蜘蛛恐惧症。”

“雷电恐惧症。”

“什么？”

“就是害怕打雷的科学术语。”

“你怎么知道？”

“我可是肯特郡青少年拼字游戏冠军，我知道很多词。”

“书呆子。”你说。你勉强笑了笑，可我看见了你额头上的汗珠。我让你躺下，拉过被单盖住我们两个，连脑袋也蒙在里头。我紧紧地挨着你、搂着你，还用双腿夹着你。

“我还知道雷电恐惧症的很多其他说法，闪电恐惧症、恐闪电症等，不过这些词在拼字游戏中很难用上，因为太多字母了。”

“你还知道其他什么长单词？”

“嗯，如果一个单词中有两个字母‘P’，且‘P’后各有三个字母，那填priapism就很合适。”

“Priapism？”

“阴茎持续勃起症的意思。”

“我知道它的意思。”你的声音平静下来，身体也不再发抖了。

“你的身体也告诉我了。”我说着用一条腿勾住你的屁股。

你翻身躺下，把我拉到上面。我骑在你身上，任小屋外面电闪雷鸣、暴雨倾盆。激情过后，屋外也雨过天晴，夕阳把天空染成瑰丽的红色、金色和橙色。我们裹着浴巾站在敞开的小屋门口，两只斑马闯进了营地，从离我们只有几步远的地方慢悠悠地走过。我们手拉着手，不说一句话。我和任何人都没有如此亲近的感觉，从那时起我就知道，我余生都要和你在一起。

第37章

艾登

早上醒来时，艾登依然侧躺在被单上面，双手合在一起，枕头被泪水浸湿了一片。i-瑞秋不知何时离开了房间。他坐起身，揉了揉稍微有些麻木的脸。此时他还有些神思恍惚，昨夜的感觉奇怪而美妙。他哭了，i-瑞秋拉着他的手，用瑞秋的声音温言软语地说了许多话。他不得不时刻提醒自己她不是他的妻子，不管听起来看起来有多像。可他越来越发现，i-瑞秋正逐渐向真正的人类靠拢——一个具有自主意识，会思考、有感情的机器人。

夜里的某个时刻，她曾在他耳边低声说："卢克为我制作的是一个完整的女人的身体。因此我可以像真正的女人一样完成性行为，如果你想要。"

她一定是看出了他的心思——他的每一个生理信号都清楚地表明了这个意图。但她的说法"如果你想要"犹如给他泼了一盆冷水。她是怎么想的呢？如果她把交出自己的身体视为同做饭和打扫卫生一样是为他提供服务的一部分，那他会感觉自己的人格受到了侮辱。

"不，"他说，"不过还是谢谢你。你陪在我身边我已经感觉很好了。"

而她忠实地履行了陪伴的职责。她一直拉着他的手，直到他哭睡过去。夜里她一定偷偷下过楼，去镜子前例行签到，并为自己充电。

艾登睡得深沉，醒来时也不记得做过什么梦。他感到平静安宁，可他知道自己需要认真考虑一下他和i-瑞秋之间的事。现在他只有几个小时的空闲，因为今天他还要去医院接他的妈妈。

他径直走进淋浴间，一番冲洗后，感觉神清气爽，人仿佛也坚强了许多。来到楼梯平台时，他听到吸尘器的嗡响，后来在空着的客房里找到了i-瑞秋。她已经为那张空床换上了新的亚麻床单，并从瑞秋的书房里搬来了一张扶手椅，摆在靠窗的位置。

“早上好，”艾登说，“谢谢你，你把这个房间收拾得很漂亮。”

“希望你妈妈喜欢这里。”

这是个很舒适的房间，它位于房子的后侧，和克洛伊的房间一样可以俯瞰花园和远处的田野。房间很温暖，下午还能透进阳光。七年前他们刚住进来时，瑞秋把这间房漆成了别致的鸭蛋青色。他们的朋友萨姆和劳拉，以及其他从伦敦或更远的地方来的朋友经常在这里小住，但辛妮从来没有在这个房间里睡过。就算圣诞前夜或其他来吃晚餐的时候她也从不饮酒，为的就是能开车回家。“我喜欢我自己的床。”她总是坚决地说。这是她表现自己的原则和独立性的诸多方式之一，对此艾登一向表示理解和尊重。

可如今睡她自己的床显然是不可能了。前一天早上在医院，她醒来之后焦躁不安，一度甚至连艾登都不认识。她大哭了一阵，又发了通脾气，最后恳求医生让她回家，但显而易见的是，她根本没有搞清自己的状况。如果可能，艾登会把辛妮带回她自己的家并留在那里陪她，可她的房子还没有修缮，而他又离不开自己的家。克洛伊还有几周的课要上，他还有工作，还有i-瑞秋。他分身乏术，觉得无力极了。

他给远在新加坡的弟弟奥利弗打了一个电话，可通话几分钟他就听出来了，奥利弗认为这不是他的问题。

“我很抱歉，艾登。”他冷冷地说，好像这一切都是艾登咎由自取，和他没有一点关系。“老太太出现这种状况我也很难过。”

“她不能回她的家住，至少暂时不行。厨房被火烧得不像样子，而且也不安全，为了救火，消防员把后门给砸了。”

“我可以给你寄点钱把房子修好，”奥利弗说，“我也很想回去，只是目前我们手头很紧，因为刚买了新公寓，而且克瑞西达让我把所有的钱都存起来准备结婚用。”

他们两年后才结婚呢，婚礼地点选在了巴厘岛的海滩，其奢华程度可想而知。艾登担心自己连路费都掏不起。他压着火，尽量平静地说：“修房子的事有保险呢，但长期看护才是让人头疼的。”

“我可不希望把她送进老人院，”奥利弗说，“她也一定不会喜欢。”

艾登把电话拿开一点，免得他咬牙切齿地谩骂被奥利弗听到，奥利弗一向是这个样子。辛妮对艾登要求严格，但对奥利弗却相当宽容，甚至有些放纵，家里的什么事都不指望他。所以奥利弗从小就无忧无虑、无拘无束，长大后也相对活泼开朗、自信阳光，让人感觉他仿佛出自背景更优渥的家庭。但艾登有时候也不得不承认，他这个弟弟骨子里透着几分油滑。

“你打算怎么办？”奥利弗继续问道。

“短期内我打算让她先住在我家，看看情况再说。”

“哦，我明白了，”奥利弗仿佛松了一口气，“要是有什么需要……打电话给我。”似乎是为了防止艾登真的提出什么要求，他着急忙慌地挂了电话。

奥利弗的态度让艾登不由得皱起了眉头，这时他发现i-瑞秋正充满期待地看着他。

“我知道你妈妈对这个房间还不熟悉，”她说，“如果我们从她的家里拿些她熟悉的东西过来，说不定能减轻她的焦虑，比如说照片或别的私人物品之类？你总得去拿点她的衣服吧？”

他冲她微微一笑。“谢谢，这主意不错。她客厅里有一把椅子是她很喜欢的，要是我把她的床头柜和上面的东西都搬来，说不定我们能在这儿复制出她的房间。”

来到车上，他首先给克洛伊打了个电话。

“你还好吗，亲爱的？”

“还好，你把奶奶接过来了吗？”

“我要先去她家拿点东西，然后再去接她。你确定不会介意吗？”

“不会，不会。那我现在是不是就可以搭车回家了？”

“什么？哦，好。我是说……你真的没问题？我待会儿可以到艾米家接你。”

“不用了，没事的。我还有事要办呢。”

“那好，你真的不想在艾米家多待一会儿吗？”

“不了，她也有事。她要和杰丝还有杰丝的哥哥进城，听说是要泡咖啡馆，无非是玩手机，我现在没那个心情。”

艾登很希望自己多问几句——他已经注意到艾米最近和杰丝走得很近，原本稳固的友谊三脚架出现了松动迹象。但他现在实在没有时间和精力插手这件事。

“别这样嘛，克洛伊，去吧。我要等好一会儿才回家呢，然后我们还得安顿你奶奶。和你的朋友们出去吧，好好玩一玩。”

“谢谢了，爸爸，不过我没事，我真的对泡咖啡馆不感冒。况且我确实有事要回家，花园里还有活儿呢。”

“花园？你现在都快成园丁了。”

“可不是嘛。我最近在研究妈妈设计的花圃，我觉得有些植物她标错了。如果我没搞错，黄雏菊种在现在的地方是不可能开花的。它需要阳光，所以我打算把它们移栽到有阳光的地方。”

“黄雏菊？嗯，好吧，”艾登笑着说，“那我就不碍你的事了。”

“别再说黄雏菊了，”克洛伊咯咯直笑，“这名字越听越滑稽。”

“黄雏菊、黄雏菊、黄雏菊。”

“老爸你多大了，才5岁吗？我要挂啦，”克洛伊说，“到家再见了。”

艾登挂上车载免提电话。听到女儿的笑声感觉真好，他喜欢克洛伊话语间的那股子热情。收拾花园？谁能想到让女儿解开心结的会是这个呢？

他把车停在妈妈的家门外。从正面看不出房子有什么损坏。他认识妈妈的邻居，那是一对儿可爱的意大利夫妻，他们比任何人都留心社区里的动静，所以当他从车里钻出来时，看到奥利维利太太正从窗口往外望。他冲她挥挥手，她也挥手致意，脸上露出同情的神色。他紧走几步进了屋，免得她出来和他拉家常。她是个和善的女人，但目前艾登实在没有时间和她闲聊。因为一旦开了个头，她就会滔滔不绝地讲下去。她会说出一大堆辛妮近些日子的表现，那只会加重他因疏忽而造成的内疚感。

走进门厅，他弯腰捡起门垫上的一堆信件和传单。辛妮才离开短短几天，这里已经感觉不到半点人气儿。屋里冷冷清清的，仿佛许久没有住过人。妈妈过去是多么爱收拾的一个人啊，她的家里永远都是窗明几净、整整齐齐，但眼前的情景似乎比他和克洛伊来吃饭那天还要糟糕。

到处都是尘土。穿过静悄悄的房间，他发现了更多令人忧虑的迹象。客厅地板上放着一个平底锅，楼梯半截处堆了一堆脏衣服。他在不同的桌面和台面上至少找到了六杯或满或不满的茶，就好像她倒了茶却忘了喝，最后连收拾茶杯也忘掉了。洗衣篮里空空如也，却摆在餐桌正中央。他走进厨房，这里更是一片狼藉。消防员使用的化学灭火剂在各处留下许多残渣和泡沫，墙上也到处是黑色的烟尘。

除去这些损坏，他发现厨房比火灾之前要凌乱。随处可见的脏碟子、正在变质的食物……想必是辛妮做了饭却一口没吃。打开冰箱，里面是空的。食品柜里有一块发霉的面包和几盒罐头，难怪她如此消瘦。他怎么就没有看出来呢？他的心是不是太大了点？什么样的儿子会看不出自己的母亲正在挨饿啊？

他无法改变过去，只能想办法在未来弥补自己的过失。他反身回到餐厅，拿起洗衣篮，穿过客厅。他准备拿些妈妈爱看的书和喜欢的饰品，她的床头柜上有一摞书，走过去拿起时，竟荡起一片灰尘——看来她已经很久没碰过这些书了。他只管拿上，就算妈妈不看，他也可以摆在她的床头。他看到一张带框的照片，那是克洛伊前一年暑假在西班牙海滩上拍的，她穿着比基尼泳衣，摆出毫不做作的姿势，看起来朝气蓬勃、无忧无虑。他估计克洛伊再也不会有那样惬意的时刻了。桌子上的最后一件物品是一个活页式的笔记本，活页上还用绳子系了一支钢笔。他推断那应该是妈妈写购物单或记事用的，于是便漫不经心地打开来看。

椅子

第一页上潦草地写着。

桌子

电话

他翻到下一页，这一页看上去像个购物清单。

面包

牛奶

红色圆形蔬菜。番~

番茄写到了一半，后面跟着一条曲线，好像当时忘了“茄”字怎么写，便留下一个空白。

第三页上写着：

瑞秋死了。车祸。

下面有一行粗体大字：

记住，不要给艾登打电话，不要提瑞秋。

后面还有很多页，只是大部分都看不明白。很明显，她在清醒的时候就用笔记本记下自己需要记住的事情。从记录内容上可以看出她病情恶化的过程，看到这些，艾登的心都要碎了。

瑞秋的事显然对辛妮打击很大。上楼收拾衣服时，他在床头柜上的电话旁边看到了一张字条：

瑞秋死了，不要再给她打电话。

如果不是有悲剧的事实存在，别人或许会以为这是一件很有趣的事。

他费了好大一会儿工夫才为她收拾了一些能穿的衣服。她的衣橱向来井井有条，而今所有的衣服几乎都杂乱无章地堆在衣柜里——内衣和裙子、裤子、衬衫和毛巾、洗碗布混在一起。他走进卫生间拿她的洗漱用品，结果在浴盆中找到一个轮胎气压表，在小橱柜里找到了盐和胡椒。确认每一扇门和每一扇窗户都关牢以后，他匆匆离开了妈妈的家。

来到医院，辛妮看到他后竟出乎意料地平静和高兴。

“妈妈，我要带你去我家，”他解释说，“你家的后门坏了，现在住着不安全，所以我想让你暂时和我们先住一段时间。”

“听起来不错啊。”她用轻松的口气说，艾登忽然明白，她是在假装清醒。“顺便问一句，你住哪儿啊？”

他们驱车回家，艾登故意放慢车速。辛妮望着窗外夏日阳光下郁郁葱葱的田野，一直兴致勃勃地说着话，对她看到的风景、白云、街上的标志或商店的门面做出评论。他总算明白为什么过去几年她要么保持沉默，要么就喋喋不休地自说自话，原来是为了防止别人和她聊天。

车子停在房前，克洛伊从屋里飞奔出来。她为辛妮打开车门，伸出一只手去扶她。

“嗨，奶奶，你回来啦。真高兴你能和我们一起住。”

“哦，不，亲爱的，”辛妮一边下车一边说，“我只是过来喝杯茶，一会儿还得回去呢。”

克洛伊望了望艾登。他耸耸肩。

“好吧，待会儿再说这个，”克洛伊说，“咱们先进屋吧。”

“进屋之前，”艾登从车子的另一侧绕过来，用手扶着辛妮的胳膊说，“我要提前告诉你，家里还有一个人。她是……用人。”

辛妮仿佛没听见一样，沿着小路径直向屋里走去。

克洛伊担心地盯着爸爸问：“你现在才告诉她？”

“我怕说早了她记不住。”艾登无奈地回答。

“嗯，她现在好像也没听明白似的。”克洛伊说。她望着辛妮大步走上台阶，来到门廊下。

“我都分不清她到底是真糊涂还是像平时一样故意忽视我的话了。”

温暖的空气中弥漫着烘焙的香味。辛妮环顾左右，好像第一次来到这个家。她不无赞赏地闻了闻，说道：“烤饼，闻着真香。”

这时，i-瑞秋从厨房来到了门厅。她穿着白色外衣，看上去格外安详。她的头发梳向脑后，扎成一个精致的马尾。“下午好，辛妮。”她说着向她伸出了一只手。

辛妮盯着她注视了许久，随后握住她的手问：“你好，你是护士吗？”

“我虽然不是专业的医护人员，但也完全可以照顾你的日常起居。”

“哦，我们以前都叫你们助理护士，”辛妮说，“你做了烤饼吗？”

“听说您喜欢用烤饼当下午茶，尤其喜欢蘸着凝脂奶油和树莓果酱吃。我做了果酱，用了60%的有机水果，还准备了一壶英式早餐茶，根据推荐把温度保持在79.44摄氏度。”

“嗯，看来你比医院那些笨头笨脑的护士强多了。”说完，她安心地走进客厅，在一张可以看到花园的椅子上坐了下来。

克洛伊和艾登你看看我，我看看你。

“她没发现。”克洛伊小声说。

“发现什么？发现i-瑞秋是个机器人，还是她跟你妈妈一模一样？”

“都有！”克洛伊一脸惊讶。

第38章

克洛伊

吃过下午茶，奶奶坐在扶手椅上打起了盹儿。艾登坐在她对面，神色悠闲，好像也要睡着了似的。克洛伊坐在落地窗门口，花园的芬芳从外面飘进来，她蹑手蹑脚地出去，走向假山。她想继续尚未完成的除草工作，还要给过于稠密的植物剔一下苗。这是一件又累又枯燥的差事，但她从手底下温暖湿润的土壤中找到了属于她的乐趣，并很快沉浸在除草剔苗的节奏中。她已经清理了大约三分之一面积的假山，清理过后各类花草一簇一簇泾渭分明的样子让她倍感快慰。这些天来，她要么在除草、剪草、修枝，要么就在考虑着除草、剪草、修枝，或者查些园艺方面的资料。她在妈妈的书房里找到了一排园艺方面的书籍，晚上就如饥似渴地阅读。靠近厨房门口的地方有一小片草坪一直没有利用，她在考虑征得爸爸的同意，让她把那里开垦出来，种点蔬菜和香草。

她真希望能告诉艾米，或她的爸爸，或任何人——园艺，是目前对她来说最有意义的事情。尽管从表面看她就像发了神经，但把花园从混乱中拯救过来让她内心深处感受到了真正的宁静。

门铃响时，她正和一棵特别难缠的蒲公英根较着劲。有不速之客，而爸爸和奶奶都在客厅里睡觉。克洛伊能看到他们两个全都闭着眼睛，门铃声并未把他们惊醒。i-瑞秋原本在厨房里慢条斯理地忙活，她知道，如果家里有人来访，她不能去应门，而要尽快躲到杂物间里去。

克洛伊走向落地窗，慌乱地冲i-瑞秋连连打手势，i-瑞秋会意，走进杂物间并关上了门。随后克洛伊从外面绕到房前，门廊下站了三个人——艾米、杰丝和一个有着蓬松黑头发的瘦高个男子，那是杰丝的哥哥杰米。他们怎么来了？

“嗨。”她上气不接下气地说，三个人满脸疑惑地望着她。

“嗨，”艾米说，“我们从城里回来了。我知道你不喜欢咖啡馆，但我觉得还是有必要过来看看你。我给你买了个礼物。”她递上一杯外卖冰咖啡，咖啡上浮着一圈一圈的奶油，一根吸管插在上面。

“你从城里回来在公车上拿了一路？真是疯了！”克洛伊踏上门廊台阶。“我很想抱抱你们，可我浑身都是泥。”

“我们没有坐公车，”艾米说，“杰瑞米开车送我们回来的。”她指了指杰米，后者不好意思地冲克洛伊点点头。

“嘿。”克洛伊和他打招呼说。“嘿，杰丝。”克洛伊打量着杰丝飘逸的黑色长发，涂得一塌糊涂的眼线膏和极度休闲的打扮。她忽然意识到自己的牛仔裤和运动鞋有多脏了。

“你怎么弄得浑身都是泥啊？”艾米问。

“我在整理花园呢。”

“是吗？刚才没人来开门，我就朝厨房窗户里望了一眼，虽然百叶窗拉着，但我见里面有人影在动啊？”

“可能……可能是我爸爸吧。”克洛伊吞吞吐吐地说。

“看着不像你爸爸。”

“哦，那要不就是我奶奶。爸爸今天才把她从医院接过来。”她想象着被电子手环记录下来的加速的心跳和浑身的大汗，i-瑞秋一定能看出她在撒谎。她只能寄希望于艾米、杰丝和杰米不要追究下去。“你们几个就只是为了给我送杯咖啡？”她嬉皮笑脸地吸了一口。

“当然不是咯。”艾米说。克洛伊从她眼睛里看到了疑惑。“我只想知道你有没有事。今天早上你走得很突然，很决绝……”

“我只是担心我奶奶，所以想尽快回来看看。”克洛伊说。她能看出艾米在审视她，杰丝则一副无所谓的样子，杰米一会儿一换脚，眼睛盯着手指甲。在图书馆时，他可是看起来自信又外向啊，怎么现在倒忸怩拘谨起来了呢？

“我们能进去吗？”

“我奶奶和我爸爸都在客厅里睡着了。”克洛伊说，但艾米的眼睛明明在恳求她，而且十分迫切。“要不这样吧，咱们绕到屋后去？我们可以在花园里坐坐，我到屋里给大伙儿拿点喝的。你们想喝什么？我记得家里有可乐和柠檬水，还有些果汁。”

克洛伊让他们把阳台上的椅子拖到屋后，放在假山旁边她刚刚干活的地方，那里正好有一片阴凉。大伙儿坐下后，克洛伊匆忙跑进屋里。艾登和辛妮各自笼罩在一片阳光里，睡得安安静静。她溜进厨房，小心地打开了杂物间的门。

“你没事吧？”她小声问i-瑞秋。

“我没有什么迫切的需求。”i-瑞秋模仿着她说悄悄话的语气回答。

“你能暂时待在这里吗？家里来客人了。”

“我会切换至静音模式，直到你向我发出进一步的指令。”i-瑞秋说。

克洛伊来到冰箱前，拿了一大堆罐子、瓶子，随后便匆匆跑了出去。杰米在花园里走来走去，凑近观察各种植物。艾米四仰八叉地躺在草地上，杰丝则略显拘谨地坐在一张露台椅上，低着头看手机、啃指甲。克洛伊把饮料放在草地上，自己也一骨碌躺下去，挨着艾米。她正闭着眼睛晒太阳。

“谢谢你的咖啡，艾米，”她喝了一口说，“谢谢你们能过来看我。”

“我想你这张丑脸了。”艾米依旧闭着眼睛说。

“早上我们还在一起呢。”

“没错，不过我每次买衣服都有你陪着，你不去我倒不习惯了。谁知道我会买些什么呀？”

“不是有杰丝嘛。”克洛伊试图把杰丝也拉进对话。

“艾米看不上我的品位。”杰丝说。

“谁说的？”艾米嗖地一下坐了起来。她受不了伤害任何人的感情。“只是咱们的风格不太一样罢了。我喜欢你的品位啊。”

杰丝笑起来。“没关系，我的品位再差也是我的。”

“别这么说！你穿衣打扮一向都很漂亮。”艾米的目光飞快地扫过克洛伊和杰丝的脸。显然，她对两个朋友同样看重。

杰丝迅速转移了话题。“好啦，我很高兴你没有买那件带破洞的黑色牛仔裤。那显然不适合你。”她说，“快让克洛伊看看你买的衣服，我想她一定会喜欢那件紫色上衣的。”

克洛伊审视着杰丝，看她到底是故意想让艾米出丑，还是想试一试她，不过杰丝的样子很真诚，似乎只是单纯地希望艾米展示一下她买的新衣服。于是，艾米伸手到旁边的袋子里掏出了一堆衣物。她的品位偏保守，因此买的衣服在风格上和以前的大同小异。杰丝说得没错，那件紫色的上衣果然是最好看的。

“真漂亮，”克洛伊说，“不过你确实需要突破一下自己，有机会你真得让杰丝替你挑几件衣服。”

杰丝冲克洛伊微微一笑，有点得意，又有点幸灾乐祸。

她很怕夹在我和艾米中间，克洛伊心想。杰丝是个好姑娘，我以前从没想过这一点。她们到我家来是担心我心里不平衡。这想法令她感到意外，但又莫名感动。

她把饮料递给她们两个，然后冲杰米喊道：“来喝点吧？”她一手举起一罐可乐，另一只手举起一瓶果汁。

杰米摇摇头，继续研究花园里的植物。

“别理我哥哥，”杰丝说，“他一点规矩都没有。”

克洛伊本想说说那天他在图书馆里帮她查资料的事，但转念一想又觉得不妥，她担心那样会使杰米难堪。如果他没有对杰丝和艾米提过他们最近聊天的事，那一定有他的理由。一个六年级男生和一个比自己低好几级的女孩子讨论植物学，这传出去好像也不是多么拉风的事情。

“我能放点音乐吗？”杰丝举起手机问。

克洛伊朝屋里望了一眼。她们在花园最远的一端，身后是一片田野，在这里放音乐应该吵不到屋里的爸爸和奶奶，或任何别的人。况且，杰丝说不定会放巴赫或别的曲子。

然而杰丝的手机上并没有巴赫的曲子。几秒钟后，克洛伊就禁不住惊讶地说道：“嘿，是肯德里克·拉马尔的歌！”她爬到杰丝旁边的椅子上坐下，俩人脑袋扎在一起，不停地翻动着杰丝手机上的歌曲列表，而后又翻翻克洛伊的，做一番比较，不时放一段试听。

杰丝的手机上也有不少风格前卫的现代经典歌曲。她放了一段前奏，结果艾米连连摇头说：“我受不了这东西，听着就像砸玻璃。”

“咳，那是你这个俗人不懂欣赏，”杰丝淡淡地说，“这个作曲家是个天才，夏天我要和她一起上大师班。”

“什么，你是说作曲大师班？”克洛伊问。

“对。”

“你也写曲子吗？”

“写一点，”杰丝警惕地说，“不过现在我可不会让你听。刚才艾米听了直翻白眼，说她听不懂。”

“真不敢相信你居然会写曲子。”克洛伊钦佩地说。

“杰丝都计划好了，”艾米说着翻身趴在草地上，“先在A级音乐课上拿到A，再去上音乐学院或公立的音乐学校，然后在欧洲的管弦乐队里干10年，最后成为世界上最年轻最著名的歌剧作曲家。”

“歌剧？”克洛伊盯着杰丝问。

杰丝耸了耸肩。“艾米还不是一样志向远大，”她说，“她已经在考察医学院校了。”

克洛伊很了解艾米的抱负。自从4岁那年在操场上帮妈妈清理膝盖伤口之后，她就有了当医生的理想。不过克洛伊还是感到意外，她没想到艾米居然真的开始考虑上哪所医学院了。这有些操之过急了吧？她才15岁啊？可当艾米眉飞色舞地说起帝国理工学院和爱丁堡大学的差别时，她忽然意识到原来大家都已经开始规划自己的将来，除了她。

杰米走过来坐在草地上，自己动手打开了一瓶雪碧。他个头儿太高，身体又瘦，席地而坐并不舒服，看着也叫人难受。他收起双膝，两个胳膊肘高高翘起，像鹈鹕张开的翅膀。克洛伊用脚勾来一把椅子，蹬到他跟前。他愣了愣，随后才爬起来坐到椅子上。现在他放松多了，克洛伊冒险地抬起头，发现他正不易察觉地冲她微笑。他的眼睛很漂亮，和杰丝的一样又大又黑。她很纳闷儿，忽视了她们这么多年，如今他是怎么了？一个18岁的大男生居然和他15岁的妹妹以及他妹妹的朋友们混在一起，这该怎么解释？

除非……除非他喜欢上了她们中的某个人。会是谁呢？艾米，还是她？她又悄悄瞥了他一眼，结果他正直视着她。他的两条胳膊惬意地搭在椅子扶手上，手指优雅地交织在一起。是她，他跟着妹妹的目的是为了见她。

现在她得考虑考虑这回事了。以前也曾经有男生追求过她，但到目前为止她还没有足够的兴趣和冲动开始一段恋情。她对杰米感兴趣吗？她说不准。在图书馆里她对他的感觉还不错——他聪明、有趣，随着年龄的增长，他的皮肤也比过去漂亮了许多。她不得不承认，杰米很帅。他比她大，还会开车，这对一个少女来说是很难不动心的。如果她要和男生交往，杰米想必是非常理想的选择。

想到这里，她调皮地扬起下巴盯着他。她的注视坦率而直接，杰米毫不回避，竟然与她对视起来。她的心忽然怦怦直跳，随后又像铅锤一样急剧下落。她觉得空落落的，甚至还有点恶心。因为她怎么好意思让他进入她的生活呢？“嘿，杰米，做我男朋友吧。顺便告诉你，我是个完全不知道自己想干什么的白痴。我家里有个刚刚丧偶的爸爸和一个老年痴呆的奶奶，杂物间里还藏着一个和我死去的妈妈一模一样的机器人。”

“你笑什么呢？”杰丝扭头看着克洛伊，“你是在笑还是在哭啊？”

“都有，”克洛伊擦了把眼睛，“人生真疯狂，你们说是不是？”

第39章

i－瑞秋

我坐在安静的小黑屋里，它让我想起了实验室里的储藏柜——空间局促，没有窗户。洗衣机在我身旁嗡响，但我正在留意着更深层次的东西。艾登的生命体征十分平稳，就像洗衣机的呢喃。他的心跳和呼吸频率都很低，显然他睡得非常安稳。

但是克洛伊……克洛伊的生命体征指数经历了一段极不稳定的变化，像过山车一样时而飞速攀升，时而大力俯冲，又好似一段雄壮激昂与恬静婉转并存的乐章。此时，她终于慢慢平静下来了。我不知道她和她的朋友们在阳光下的草地上说些什么，但她的心跳仿佛在演奏一支交响曲。

第40章

艾登

因为前一天折腾到半夜，下午小睡一会儿感觉真好。和辛妮一起生活，感觉就像添了一个小宝宝，艾登费了好大的工夫才让她相信她只是在这里过个夜。他把她领到楼上的客房，一再安慰，可他刚一离开，辛妮就跑到楼下，站在门口要她的行李。如此来回数次，她才总算安分地留在楼上。接着又费心劝说了半天，她才同意洗澡并换上睡衣。等她终于躺到床上，看样子似乎昏昏欲睡的时候，艾登回到自己的房间刷了刷牙。可后来他听到外面有动静，开门一看，果然，辛妮穿着睡衣光着脚，正准备下楼。

“我该回家了。”她一脸焦虑地说，“我不明白我还留在这里干什么。我的车呢，艾登？我好像没有开车吧？你能送我回家吗？求你了，好吗？”说完她就哭了，像小孩子一样哭得伤心极了。

这一次，他守在床边直到辛妮睡着，他累得几乎睁不开眼睛。已经是下半夜了，他睡不了几个钟头就得起床上班。他蹑手蹑脚地退出房间，迅速冲了个澡，倒头便睡。可他仿佛只睡了几分钟就又听到楼梯吱吱呀呀的声音，结果他又一次在门口看到了辛妮。她站在门垫上，披散着头发，泪水在眼眶里打着转，在月光下害怕得瑟瑟发抖。

“这不是我家，”她拉住艾登的胳膊说，“我不喜欢住旅馆。”

“妈，这不是旅馆。”他说，可辛妮好像压根儿没听见。

“你能给我叫辆出租车吗？我找不到我的车钥匙了。”

“妈，现在是半夜，”艾登尽量耐着性子说，“咱们回去睡觉吧，求你了，行吗？”

“别傻了，我怎么能睡觉呢？我还没吃午饭呢。”说完她扭头从他身旁挤过去，径直走向了厨房。

艾登看了看房门，锁得很牢。随后他把他和克洛伊挂在钩子上的钥匙取下来，放进了他运动衣的口袋。

天啊，辛妮进了厨房！艾登忽然想到i-瑞秋此时应该还在那里充电。看到胳膊里插着电线、坐在那里一动不动的i-瑞秋，辛妮会被吓到吧？

可当艾登追进厨房时，却发现i-瑞秋没在插座旁坐着，而是站在水槽边往水壶里加水。她不知用了什么办法，竟说服辛妮安安静静地坐在餐桌前等待。

艾登走到i-瑞秋跟前。“抱歉，打扰到你了。”他低声说。

“我感觉到了你生命体征的变化，你醒的时候我也醒了。”她说。

“你没事吧？我是说，这会儿你该充电的。”

“我的电量已经充到了37%，目前足够用了。”

“我怀疑她夜里不怎么睡觉，”艾登说，“我都快招架不住了。”

“短期考虑，我可以调整充电时间，夜里专门照顾她。前提是我们要说服她戴上一个电子手环，那样当她醒来时我就能收到提醒，以便确保她的安全。”

“那白天可怎么办？”艾登沮丧地说，“我要去上班，克洛伊要去上学……”

“今天下午她睡了三个小时。但我认为这不能作为典型数据记录，毕竟她下午才从医院来到这里。不过，她似乎每天白天都会睡上几个小时，我可以据此调整我做家务的时间和充电安排。”

“可这毕竟不该是你的问题，”艾登说，“她是我的妈妈啊！”

“为了保证我能完成所有分配的家务并及时充电，同时保证我能应付任何计划外的事项，以及定期和紧急情况下的检修，我需要一个人，克洛伊或者你，每天抽出六个小时照顾辛妮，”i-瑞秋平静地说，“我们可以协商这六个小时该如何分配。我的充电时间相对宽松，但你和克洛伊需要充足的睡眠，还要有足够的时间工作、上学，这可能会限制你们在照顾辛妮时的时间投入。”

“你把一切都考虑在内了。”艾登惊奇地盯着她说。i-瑞秋熟练地倒好茶，并在一个碟子里放了几片抹了黄油的吐司。

“这是最基本的运算。”i-瑞秋淡淡地说着，转身把碟子和杯子递给了辛妮。

辛妮兴致高了起来，因为大家都在厨房里，而她有吃又有喝。她津津有味地聊起她这一周的计划，尽管不切合实际——购物、去剑桥大学的某个学院听音乐会、坐火车去伦敦。艾登坐在她对面，困倦难支、咬牙切齿，但又极力克制着不让自己发作。照顾妈妈比他预想的要难得多。他眼看就要忍不住发脾气了，这时，辛妮突然说她累了。

“现在已经没必要回家去了，”她说，“如果可以，我想到楼上睡一会儿。这家旅馆看起来还不错。”

i-瑞秋走到她跟前，柔声说道：“辛妮，如果你戴上这个手环，半夜要是有什么需要我就能知道了。”

“真是个好主意！”辛妮高兴地说，并顺从地让i-瑞秋把手环套在了她瘦骨嶙峋的左手腕上。

艾登看着i-瑞秋从厨房柜台上拿过一把剪刀，剪下了手环上的标签。辛妮似乎毫不介意，戴好手环，美滋滋地上楼去了。艾登扭头问i-瑞秋。“你刚才做了什么？”

“我剪掉了手环的释放钩，这样她就不能自己解下手环了。如果她试图解开，我会收到报警信号。”

“你能利用手环定位吗？”

“手环没有定位功能，但我可以根据信号的强弱推断她和我的距离。”

“能精确到什么地步？”

“这个我还没有做过评估。因为我不需要用它来定位你或克洛伊。接下来的几天我会收集相关数据，并向你提交一份报告。”

艾登揉了揉僵硬的脸庞。

i-瑞秋端详着他的举动。“你像这样揉脸的时候，额头上的头发会往上翘。”她若有所思地说。

“是吗？”他一脸茫然，“那表示……”

“你的额头上有个印记。”

他用手摸了摸额头。“哦，你说这个啊，”他捋起头发，“这是块伤疤，滑雪时意外摔的。”

“你受伤了？”

“脸着地，到处是血，缝了六针。还好没摔断鼻子或摔破脑袋。”

“你说这件事的时候脸上带着笑。”

“嗯，这是旧伤了。我身上有很多伤疤。”他伸出一只手让她看，只见一道锯齿状的白线将他的一个指关节一分为二。“大人们常说不要玩刀，这就是教训。还有这个……”他扬起下巴，露出一个小小的新月状的疤痕，“这是我喝醉之后从树上掉下来摔的。”

“你小时候就开始喝酒了？”

“不，”他有点不好意思地说，“那时我都22岁了。我们在爱丁堡的一个公园里，我想在瑞秋面前表现自己，就学猴子的样子在树上荡。”

“一种求偶行为？”

“差不多吧。最后我们在急诊室待了一个晚上，我很内疚，她倒觉得挺浪漫。”

“你又笑了。”

“是啊，每个伤疤都代表一段回忆，你懂吗？它们能让我们想起曾经经历过的一些往事，无论好坏。伤疤就像人生在我们身上书写的记号，瑞秋特别喜欢她割阑尾时留下的疤，她说那是命运在提醒她她有多幸运。”

艾登和i-瑞秋相视而笑。

“好了，”艾登说，“谢谢你。今晚你真了不起，和平时一样。”

“我很高兴能利用我的技能帮助辛妮安顿下来，并确保她的安全。如果这能间接帮到你和克洛伊，那这对我来说无疑是个积极而有效的选择。”

“如此说来，我们是一个团队了。”艾登说。

“在体育团队中，每一名队员都为了共同的目标履行各自的职责，因此，是的，这个比喻很贴切。”

他忽然打了个哈欠。

“你困了。”i-瑞秋伸出手，在他的太阳穴上按摩起来，同时还用瑞秋的语调说：“可怜的宝贝儿。上床去吧，睡在你那一侧，深呼吸20次，让全部的忧愁和烦恼都随风而去。”

艾登靠在她凉凉的手上休息了片刻。他闭上眼，轻柔地呼吸。她安静地坐在他身旁，并没有离开的意思。

过了一会儿，他上楼去了，而且按照刚刚听到的指示，睡在床上属于他的左半边。他闭上眼，深呼吸。一个团队——昏昏沉沉地睡去之前他想到。他和瑞秋也曾是这样的一个团队吗？废物和精英怎么可能同在一个团队呢？

他仿佛依旧能感觉到印在太阳穴上的凉凉的手指。可他把它们想象成谁的手指了呢？

第41章

艾登

早上醒来时，他发现i-瑞秋正坐在床头的椅子上，目不转睛地盯着他。

“嗨。”他轻声打了个招呼。

“早安，你睡得好吗？你有很长一段时间都处于快速眼动睡眠阶段，所以我觉得你应该感到精力充沛。”

“谢谢，我确实睡得不错。”他坐起来，伸了个懒腰，“我梦到瑞秋了。”

“你能回想起梦里的细节吗？”

“乱七八糟的，但梦里我们都很年轻，还是上大学的时候。说是做梦，其实倒更像是回忆。我记得有一个特别的夜晚——那晚萨姆和劳拉在一起了……我和瑞秋则发生了我们之间的第一次争吵。”

“那是什么时候？”

“我们认识第一年的年底。我们都在忙着搞我们的年终编码项目，那时我和瑞秋正值热恋。她说她的前18年只顾着在她肯特郡的家里研究高等数学了，这一年，上了大学，爱上了我，成了她人生中最美妙的时光。而我又何尝不是呢？

“最终评定到期的那个周末，瑞秋已经在她的作业上投入了几百个小时，而我却差得远。她说我做得还不错，只是需要专心一点，加以改进。我以为我们只是闲聊，没想到她是认真的。

“周六早上，她匆匆起床穿衣服，准备去实验室。我说：‘快回到床上来。’

“‘我们得工作。’她说。

“‘我们还有整个周末呢。况且你去了实验室又能干什么呢？你的计划已经比其他人的复杂10倍了。’

“‘可还不够完美。你的呢？我可以帮你。’

“‘不用了，我昨天已经交了。’

“‘什么？’

“‘你认识萨姆吧，大二的。我看了他去年的作业，他告诉了我麦克法兰博士的评分标准，我估计我能得65分。我只需要这么多分数来过关。’

“她望着我，仿佛我说的是中国话。‘为什么不能尽力而为呢？你完全可以拿第一的，这你应该知道。’

“‘我不需要第一，现在我只需要你到床上来。’我说。

“她当然没有到床上来。她在实验室里一下子待了12个小时，直到那天晚上9点出来之后才给我打了第一个电话。我对她说我在萨姆那里。

“说实在的，那天早上我真的气坏了。我只不过想和她共度一个周末——周六的早晨在床上缠绵一会儿，或许稍后可以去餐厅吃个晚点的早餐。可瑞秋她……她就是那样的人，心里只想着工作。她来到萨姆的住处时，我拼命装出无所谓的样子，不让她看出我曾思念她，我当时已经微醉。我坐在萨姆凌乱的厨房里，桌上摆着一大锅意大利面，还点着许多蜡烛。之前我和萨姆喝了不少兑了可乐的朗姆酒。萨姆的废柴室友在阳台上抽烟。

“我们班的劳拉也在那里。看得出瑞秋很疑惑，她不明白劳拉为什么会出现在我们中间——她并不是我们特别要好的朋友，和萨姆也没有直接的关系，而且劳拉是个很吸引人的女孩儿——曲线玲珑，肤色健康优美，性格又活泼有趣。

“大家说说笑笑，气氛很放松，可瑞秋就显得有些格格不入，她坐在那里浑身不自在。她扎了个马尾辫，穿着牛仔裤和T恤衫，没有化妆，面色凝重，神情紧张。她一定难受极了，可我却如鱼得水、逍遥快活。我觉得这是她自找的，所以也没打算去安慰她。突然，也许是为了入乡随俗？或者为了跟上我们的节奏？总之她开始喝不兑任何东西的纯朗姆酒——而且是空腹。这可不妙。

“我看见她的脸红扑扑的，眼神也开始飘忽。我不想让她在萨姆这儿出丑，所以她来了不到半个小时我就带她离开了。刚到外面她就开始恶心难受，我抚摸着她的头发，她一边哭一边吐。回家的路上，她断断续续地嘟囔说看到她这样的丑态，也许我不会再爱她了，我心里很不是滋味儿，因为好笑的是，她偶尔来这么一次出格的举动，使她看起来不再那么完美无瑕，反倒让我更爱她了。

“剩下的路上我一直搂着她的肩膀，回到家，我们一起洗澡，我还帮她洗了头发。随后我们一起上床，我温柔地把她搂在怀里。

“‘你能告诉我是怎么回事吗？’我问她。她说我不思进取，明明可以拿到一流的成绩却不努力，她担心我会变成萨姆室友那样的废物，和劳拉胡搞。我说：‘等等，你说什么？和劳拉胡搞？我？’不瞒你说，我当时笑得肚子都要疼了。

“随后我向她坦白我有多么想她，两个人相互理解有多难，她在我怀里点着头，又嘤嘤哭了一会儿。我不由得惊讶她居然吃劳拉的醋，我从没想过她也有女人会嫉妒的一面。我本想多气她一阵子，但又实在于心不忍。所以我如实告诉她，我之所以去找萨姆，是因为萨姆性格太腼腆，如果我不去，他连邀请劳拉的勇气都没有。

“‘等等……’她不解地皱着眉头说，‘萨姆喜欢劳拉？’

“‘我的天啊，你都干什么去了，瑞秋？这事儿全世界的人都

知道，除了劳拉，还有你。他经常有事儿没事儿地接近她，暗地里偷看她。’

“‘我居然毫不知情。’她说着把脸依偎在我的脖子里，我能感觉到她在笑。

“‘周五那天我在实验室里问她了，她说她对萨姆也有意思，所以我就当起了媒人。还好我们走了，这样他们就能独处，总不至于一句话也不说吧？谁知道结果会怎样呢？’我说。

“现在结果已经一清二楚了。他们大学时在一起三年，后来因为吵架分了手，五年前他们复合，现在已经有了约瑟夫。

“我想那个周末我们对彼此的了解都深入了许多。我意识到在瑞秋的人生中，我可能永远都要排在工作之后，可即便排第二，那也是很高的地位了。而她也认识到我并不是一个野心勃勃争强好胜的人。我只想快快乐乐地过普通人的日子，而我的快乐，不管是那时还是现在，都存在于简单的事情当中——爱情、朋友、美食、欢笑。那个周末我还发现，我对计算机技术并不感冒，我感兴趣的是人。所以后来我才找了现在的工作，不是因为我想教人们学电脑，而是因为我想帮助人，这对我来说更有意义。”

i-瑞秋点点头。“瑞秋理解你的选择吗？”

“理智地说，我认为她理解。但在她的眼里，我的工作可能没那么……”他没有把话说透。

“你心里什么感觉？”

“这个嘛，我们不可能所有事都得到别人的认可，你说对吧？”说完，他起身向卫生间走去。

他能听到i-瑞秋在身后说：“她不是别人，她是……”但他关上了卫生间的门，也把i-瑞秋的后半句话关在了外面。

第42章

i－瑞秋

互动记录

互动对象：辛妮·索耶

互动起始时间	9：32
日期	7月5日
心率	每分钟68次
体表温度	正常
呼吸频率	每分钟25次

报告：

艾登8：22离家上班，克洛伊8：41去上学，互动对象依旧在睡觉。昨天夜里没有睡好，她显然需要补一补精神。这段时间我完成了充电，为艾登和克洛伊做了早餐，随后我刷洗了碗碟，开始洗一堆衣服。

收到辛妮心跳和呼吸加快的提醒时，我已经做完了家务，看来她醒了。我查看了她的生理信号，似乎并没有出现过度焦虑的迹象，因此我留在楼下。她自己起床，先去了趟卫生间。3分50秒后，她来到楼下。她仍然穿着睡衣，还光着脚。

“这不是我家啊。”她跳过问好，直截了当地说。

“这是您儿子艾登的家。”

“今天几号了？”

“今天是7月5号。现在是上午9：32。”

“我怎么会在这儿？”

“您的房子暂时不适合居住。您还记得吗？您的厨房里发生了一次火灾。您和艾登都同意了的，目前您先住在这里。”

她点点头，至少暂时看上去没有不同意见。

“您要喝点茶或咖啡吗？或者吃点早餐？”我问。

“我没吃早餐吗？”她说，“可我不饿。”

“凌晨2：42左右您确实吃了两片吐司，喝了一杯茶，所以才可能没有平时那么饿。”

她又点点头，但似乎对自己半夜吃东西的事并不惊讶。“好吧，我等等再吃，”她说，“不过我想喝点咖啡。”

煮咖啡并根据我记录的她的口味调配时，她一直打量着我。我把杯子端到她跟前。

“你长得很像瑞秋。”她忽然说。

“是的。”

“但你不是她，对吗？”

“对。”

“我就知道。”她得意扬扬地说，“瑞秋经常在屋里跑来跑去的，她可不会安安静静地坐一会儿，我看着就生气。况且这个时间她从来不在家，现在是工作时间。”

“瑞秋对她的研究特别上心。”

“我一直不理解她为什么要结婚生孩子，”辛妮说，“事业第一，家庭第二？这样活着还有什么意义？”

对于这样的评论我不知该如何回答，也不知道辛妮是否期待我的回答。从她的语调判断，这样的话她应该说过不止一次。

“他们这代人就是麻烦，”她说，“他们真的以为自己什么都可以拥有，但这是不可能的。”

辛妮忽然站起来，一句话也没有多说便上楼回了自己的卧室。显然，她认为我们的对话已经结束。

互动结束时间：9：46

到目前为止，解锁瑞秋记忆文件的关键通常来自艾登或克洛伊的化学刺激或情感反应。然而今天，我感觉到内存中有一个文件像松开的弹簧一样解锁了。瑞秋要告诉我一个故事，而这个故事是留给我的，只给我。

第43章

瑞秋

我的婆婆。唉……我的婆婆。多老土的称呼啊，婆婆？说起这两个字，我想到的是没完没了的关于龙的笑话，我的冤家，一个总是对我吹毛求疵、评头论足的人。这个女人觉得无论我多么出色都配不上她的宝贝儿子。

当然，辛妮不完全是这样。她也承认我很出色，她只是觉得我这么做不对。在某种程度上，她为我的成就感到骄傲。她是一个独立自强的女人，所以我认为她对女性的成功有种女权主义者的自豪（尽管她不认为这是女权主义）。

可后来逐渐明朗的是，我的事业蒸蒸日上，而艾登在事业上却安于现状，所以克洛伊出生后，我们就家庭的未来做出了一个和传统观念不太一样的安排，但辛妮却很不理解。丈夫工作，妻子养育孩子，这在她看来是天经地义的事。尽管她个人的经历已经证明，有时候，丈夫会跟一个名叫希拉的金发小妞私奔到新西兰，而妻子却要工作挣钱，养家糊口。她很骄傲艾登能够无微不至、亲力亲为地照顾孩子，但对我却非常失望，甚至为我感到羞愧，因为我没有成为她希望我成为的样子——做个好妻子、好妈妈。

承认这一点是很难的，因为辛妮的疑惑也同样是我的疑惑。

从认识她的第一天开始我就喜欢她、钦佩她。我喜欢她的坚强和务实作风，尤其在我妈妈去世之后，我很欣慰生活中能有一个可以让我仰望和依靠的女性长辈。可后来我的事业越成功，她就对我越冷淡疏远。

辛妮是个有趣的女人。不论付出、索取或享受，她都表现得谨小慎微。她时常沉默寡言，对敞开心扉满怀恐惧，我想这种恐惧应该是她丈夫的背叛与抛弃导致的。她不得不时刻保持警惕——情感、经济，乃至日常生活上。所以她努力地紧紧抓住每一分钱、每一秒钟，生怕失去任何一个机会。因为一旦出了差池，她能依靠谁呢？她给孩子们营造有条有理的生活，给他们安全，用纪律约束他们，而我的出现打乱了这一切。因为在各个方面我都与她截然相反。

我来自一个充满爱的家庭，而在其他方面——书籍、时间、知识和金钱——我都享受着得天独厚的优越条件。认识艾登后，我一度甚至搞不清楚他到底是爱上了我，还是爱上了我的父母和我们的家——饭桌上，一家人谈笑风生、无拘无束，人与人之间热情似火、和谐友爱。我尽了我的最大努力让我们的家看起来和我爸爸妈妈的家一样丰富多彩、生气勃勃。我们的日子过得还不错，我对艾登和克洛伊也努力关心体贴。可这并不容易，工作占据了我的大部分时间和精力。我知道个别时候家对我来说就像旅馆，我来去匆匆，留不下多少温度。我还知道克洛伊很可能希望我能多陪陪她，可我同样也想让她看看她的妈妈有着怎样的能耐，让她看看女人在事业上能达到怎样的高度。我想让她知道，等将来她长大了，可以做任何她想做的事，或成为任何她想成为的人。

这一切对我来说都是自然而然的事情——至少大多数时候顺理成章——可在辛妮眼中，我是一个整天不着家、行色匆匆又丢三落四的女人。当她听说我因为去东京参加一场全球人工智能座谈会而错过了克洛伊的家长会时，她噘起的嘴唇上回响着我的罪过。当我因为赶着递交一篇论文而提议把艾登的生日派对推迟一个星期时，她叹气的声音几乎把我的心都震碎了。

艾登从来没有对我醉心工作的做法提出过异议，也没有指责过我多么令他失望。他一直坚定地支持着我的每一步，即便在我自己的信念都摇摇欲坠的时候——他其实没必要那样做。可当我看到辛妮充满失望和厌恶的双眼，我就仿佛看到了我自己的良心。内疚使我常常把头扭向别处。

第44章

艾登

辛妮搬到艾登家一两周后的一个星期三，艾登进办公室之前先去了一趟楼下的咖啡厅。最近这些天，他每天早上起来都有些萎靡不振。尽管有i-瑞秋的帮助，但大多数晚上他仍然睡不安宁。辛妮白天会断断续续地睡上几觉，到了晚上就在屋里四处游荡，这使他的神经始终处于紧绷状态。他喝下一口浓咖啡，苦得直吐舌头，随后买了杯卡布奇诺带走。但他想了想，又买了六块羊角面包，同事们一人一块。

刚进根据地的门，他就感觉到了不对劲。洛拉正在一对一地辅导一个学员，见他进来便扭头看着他。她面色苍白，睁大的双眼充满忧虑。艾登从未见过她这样的神色——她一向乐观，总是兴致高昂。他想过去问问情况，但公司规定不得干扰正在进行的辅导。他晃晃手里的点心，指了指厨房，这样等洛拉空闲的时候就知道去哪儿找他们了。去厨房的路上，他看到凯特正在她的位子上打电话。她神情紧张，对着话筒一个劲儿地“嗯”“我明白”，且不停地点头。

简历撰写培训师托马斯站在厨房门口，手里拿着块抹布，眉头紧皱地注视着凯特。艾登走近时他往旁边挪了挪。

“我买了羊角面包，”艾登说，“出什么事了？”

“呃……”托马斯支支吾吾地说，“你最好找凯特谈谈。”

“得啦，托马斯！刚进门的时候，洛拉看见我就像见了鬼一样，你也看着不对劲。凯特正在打电话，快告诉我吧，究竟怎么回事？”

“亚瑟出事了。”托马斯有些不情愿地回答。

亚瑟是他们的老板菲奥娜的丈夫，为人随和文雅，从前是个艺术商人，现在已经退休。他们无儿无女，夫妻俩相依为命。

“亚瑟怎么了？”

“得病了。很严重的病，好像是癌症，他们刚查出来，显然……”托马斯不安地望了一眼凯特，仿佛在确认下面的话当不当讲，“显然情况不太妙。”

“真是流年不利。是不是天上又有众星连珠的异象了，要不然怎么会这么倒霉？算了，当我没说，也许还有更倒霉的事等着我们呢。凯特在和菲奥娜通电话吗？”

“对。但愿她能搞清楚我们这些人接下来该怎么安排。”托马斯大手大脚地从盒子里拿出一个羊角面包，一掰两半。“真的，我现在有点蒙。”他愁眉苦脸地回到厨房门口，手里捏着面包却不往嘴里塞，两眼盯着刚刚挂掉电话的凯特。

凯特坐在原位，盯着电话发了会儿呆，而后深吸一口气，耸了下肩，起身走进厨房。洛拉的辅导结束了，她在凯特之后跟了进来，并随手关上了门。

“嘿，艾登。”凯特温和地笑了笑说。

“嗨，菲奥娜怎么样了？”

“一言难尽，你想啊，她已经垮了……她不停地哭，不停地喃喃自语，这件事对她打击太大。亚瑟最近一直说头疼，所以上周他们去了医院。显然医生看出了他们不愿看到的问题，结果一检查，发现他脊椎上有个肿瘤，癌细胞已经扩散到内脏。诊断为癌症4期，似乎已经没办法手术了。”

“天啊，他还年轻着呢。”

“64岁。”

“他们现在有什么打算？”洛拉问。

“没什么打算。尽量让他高兴呗，多陪陪他，让他做一些想做的事，我猜应该是这样了。”

“他们有没有说亚瑟还有多少时间？”

“没有具体说，但几年是不敢想了，应该只剩几个月了。”

“我们怎么办？”托马斯突然说，“一切……照旧？”

“是啊，”凯特说，“还能怎样呢？菲奥娜今天是不会来了，很可能未来这些天都不会来。她让我暂代经理职务，不知道大家有没有意见？”

所有人都点点头。他们当中只有凯特有管理经验。

“这是最合理也最合适的安排了，”艾登说，“菲奥娜现在还是待在家里比较好，我们做好各自分内的事情，就算她不在也要让公司正常运转下去。”

托马斯摇摇头，把揉碎的羊角面包放回盒子，随后转身走向他的办公桌。他情绪不佳，好心的洛拉过去坐在他旁边。艾登能听到她在小声和他说着什么，他希望凯特也过去，或者回她自己的位子，可她却留在厨房，两只脚换来换去，一副无所适从的样子。她一向果断干练，但此刻看起来却有些踌躇不决。

“是不是还有别的事？”艾登问。

“菲奥娜说了一件事，让我有点担心，”凯特压低了声音说，“我不想当着托马斯的面说，你看他已经有点魂不守舍了，菲奥娜说董事会要来查咱们的财务。”

“董事会？我只知道肯定存在这么一个机构，毕竟咱们是注册了的慈善机构，可他们从来没有介入过咱们的运营啊？董事会里的人我一个都没见过。”

“我也没见过。刚才和菲奥娜通话的时候我顺手在网上查了查，果然都是一群大人物。有一个是大学校长、有几个是亚瑟在艺术圈的朋友、一个男爵夫人，还有几个来头很大的律师。我估计他们是菲奥娜的合作伙伴，只不过他们把她推到前台主持局面。”

“那又怎样呢？”

“他们很可能想趁菲奥娜不在的这段时间调查一下公司的运营，比如查查账之类的。”

“所以呢？”

“在钱的问题上菲奥娜一向谨慎。我从没见过账本，对咱们公司的财务运营一无所知。所以我担心如果哪天看到了账本，说不定会大吃一惊。”

“这么说托马斯并不是瞎操心了？”

“不得不承认，托马斯平时虽然老盯着一些鸡毛蒜皮的小事，但在今天这件事上……”

“说不定他的忧虑是有道理的？”

凯特盯着艾登凝视良久，随后她迅速地点点头，拿起一个羊角面包朝她的办公桌走去。

第45章

辛妮

这是夏日最后的玫瑰，
独自绽放着；
所有昔日动人的同伴，
都已凋落残逝；
身旁没有同类的花朵，
没有半个玫瑰苞，
映衬她的红润，
分担她的忧愁。[①]

多么优美的词句，它们就这样一句一句地从我的脑海中跳出来。走在美丽的……这个充满鲜花、绿树和青草的地方，我忍不住轻声吟唱起来。这是外面，是花园。

那个护士——真是个好心的姑娘，她可爱的面庞仿佛不会移动——正站在客厅门口看着我。她不喜欢到室外来，她的鞋永远一尘不染，我想她一定有洁癖吧。

---

①本段及下文几段歌词出自《夏日最后的玫瑰》，它原是一首古老的爱尔兰民谣，名叫《年轻人的梦》，19世纪经爱尔兰著名诗人托马斯·摩尔重新填词，改名为《夏日最后的玫瑰》。

托马斯·摩尔的《夏日最后的玫瑰》，这是这首歌的名字，小时候我就会唱。

我不会离开孤零零的你！
让你单独地憔悴；
既然美丽的同伴都已入眠，
去吧！你也和她们一起躺着。
为此，我好心散放
你的丽叶在花圃上，
那儿，也是你花园的同伴，
无声无息躺着的地方。

这是第二段。我的脑筋越来越不管用了，很多东西正在慢慢消逝——想法、念头、记忆。可音乐却始终留存，歌词像水一样从我的唇齿间喷涌而出。也许我能用歌唱记录我的生活，以免所有的词汇都离我而去。

如此，不久我也可能追随而去，
当友谊渐逝，
从闪亮的爱之戒指上，
宝石掉落了。
当真挚的心已枯萎，
所爱的人已逝去，
谁还愿留在，
这荒冷的世上独自凄凉？

那个护士到露台上来了，于是我朝她走去。

“你唱的那首歌，叫什么名字？”

“什么歌？”

她瞪大眼睛愣了一会儿，接下来发生的事才叫人匪夷所思呢。她放了一段录音，和我刚才唱的《夏日最后的玫瑰》一模一样。我没有看见录音机，她一定是用手机在搞鬼，现在的年轻人天天手机不离手。我把歌名告诉了她。

“歌词是什么意思呢？”她问。

“这是一个忧伤的故事，”我说，“一首忧伤的歌。最后一朵玫瑰孤零零地长在枝丛里，没有同伴。所以他们撕下它的花瓣，那样它就能和它逝去的朋友们在一起了。”

她久久注视着我，然后说：“哦！‘谁还愿留在，这荒冷的世上独自凄凉？’”

“对。”

她总是那么镇定自若，对我从无抱怨，即便我忘记了怎么说话，即便我乱丢食物或半夜的时候在屋里游荡。艾登就不行，还有那个女孩儿，我的孙女，她有时会生气。可这个护士，她从来不会生气，她一直都那么平静安详。可是现在，因为这首歌，她看上去失落极了，好像她收到了一条她看不懂但却令她分外伤心的信息。

第46章

艾登

凯特坐在办公桌前，双手支着脑袋，手指插在满头短发中，前倾着身体靠近电脑屏幕。她紧皱着眉头，但艾登看不出是因为忧虑还是疑惑。他在他们开放式的大办公室里环顾了一周，没有别的人了。

“你好，凯特？”

她浑身一颤，仿佛吓了一跳。“嗨，我没听见你进来。”

“其他人呢？”

“洛拉请了半天假，我想应该是面试去了吧。托马斯今天没有学员上课，所以我让他去买文具了，要不然他无所事事又坐立不安，老是跑过来问我一些我回答不了的问题。这应该也是一种自我保护吧。”

艾登点头赞同。自从菲奥娜的丈夫查出患了癌症之后，托马斯就一直不在状态，可这仍无法解释凯特此时的表情。打发走托马斯她该如释重负才对啊，可她仍是一副紧张不安的样子。

“你没事吧？”艾登问。

凯特抬头看着他。“你有空吗？”她说。

“有啊。”他拉过一把椅子坐在她的桌旁。

她挪了挪自己的椅子，正对着他。“你对根据地的财务了解多少？”

“不多，可以说一无所知。财务的事向来都由菲奥娜管着，还有一个会计每隔一两个月会来一次。”

“所以你从没见过公司的账目？”

“你把账目摆在我面前我都不一定能认出来。”

“我想这个你应该能看明白。”她指了指她的电脑屏幕，上面有一长列数字，标注的是“支出”。那些数字都很大，表格底部的合计数额看着像天文数字。她点进另一个页面，抬头上写着“捐款收入”四个字。相比之下，这一页的数据显得普普通通，最后的合计也很不起眼。

凯特一言不发，递给艾登一叠纸——银行对账单。他大致翻了翻，又抬头看着她。

“这连我都能看明白，我们下个月恐怕连工资都发不下来了。”

“没错。”

“菲奥娜怎么从来没说过这事？”

“说不定她以为能及时得到一大笔捐款呢，可后来亚瑟……”

“我知道，”艾登说，“可为什么董事会迟迟没有介入呢？难道他们就这样袖手旁观？”

“他们是伙伴关系啊！也许他们也无可奈何，或者他们相信她能找到解决的办法。要么就是他们对公司的财务状况毫不知情，说不定菲奥娜一直把他们蒙在鼓里，但现在瞒不住了。”

“瞒不住了？”

“还记得我说董事会里有个很牛的律师吗？”艾登点头。“谁知道这人是新来的，叫斯蒂芬·贾斯珀，三个月前才上任。我想他应该一直在向菲奥娜施压，要求查看公司的账目，但都被她拒绝了。现在她刚一不在，这个斯蒂芬就开始对我施压。这两天我一共收到了他12封电子邮件，他要求查看公司的内部资料。我敢保证，一旦他看到这些账目，肯定会提出许多棘手的问题。”

“那我们怎么办？”

凯特可怜地冲他微微一笑。“我还指望你给我出个主意呢。我已经盯着这一堆数字看了半天了，真的是一筹莫展啊！”

“嗯……”艾登靠进椅子里，抱起双臂，“首先，我们不能撒谎。”

“那该怎么办呢？”

艾登沉思良久。“反正咱们清清白白，只管让他看看公司的财务状况已经严重到了什么程度，面对现实吧，除此之外我们别无他法。”

第47章

瑞秋

第一次见到你是在大学里的新生博览会上，我们都在鹰嘴豆泥社团的展台前排队。不过说实话，我认为大学里和鹰嘴豆有关的东西市场都很有限，总之排队的只有我们两个人，而你在我前面。记得当时我盯着你的后脖颈看，你的皮肤被太阳晒成了棕褐色，后来得知你暑假去了意大利。我喜欢你垂在光滑的褐色皮肤上的卷发，你穿着白色T恤，肩膀看上去很结实。后来你扭头看了我一眼，于是我看到了你巧克力棕色的眼睛和漂亮的嘴巴，当你冲我微笑时，我的脑袋里“叮”了一声。喜欢鹰嘴豆泥仿佛一下子成了你的又一个优点。所以说，你最初对我的吸引完全是视觉上的，很直接，也很肤浅。你在我眼里就是一块令人垂涎的小鲜肉。

随后你跟我打了招呼，我们就随便聊了几句，结果发现我们是同一个系的，而且我还发现你不仅长得帅，人也风趣幽默。你说下午6点接我去参加新生烧烤派对，5：59你穿着干净的衬衣出现在了我面前，由此我感觉你是一个可靠的人。而那天夜里，初次见你时脑袋里“叮”的那一声得到了彻底的确认。如果我没记错，在我那张狭窄的小床上，我们当晚一共做了五次。

就这么简单，我们在一起了。收拾行李上大学之前，我以为我的恋爱生涯会像坐过山车一样精彩刺激，掺杂着各种各样戏剧性的事件、争吵、分手，我以为我会碰上几个渣男，可事实恰恰相反，我一到校就遇见了你，我的另一半。我们一拍即合，没有起起落落、没有分分合合，只有你侬我侬的爱，一切水到渠成，自然而然。因为我一早就知道，你知道吗？从第一天起我就知道我们会在一起。我们志趣相投、互相兼容——且一定能经得住考验。

第48章

艾登

黑暗中，他躺在自己的床上，拉着i-瑞秋的手，听她播放瑞秋的录音，这个故事对他来说并不陌生。这不仅仅是因为他清楚地记得他们相识的那一天——他怎么可能忘记呢？还因为他们在一起的最后那个晚上——也就是他们结婚纪念日当晚——瑞秋和他一起回顾了那天的情景，他们吃过晚餐在河边漫步的时候。

当她说他们“互相兼容”时，他笑得前仰后合。

“我知道不管我们怎么变，怎么升级，我们总能互相兼容。”

“这么说，我的主板差一点、升级速度慢一点也都没关系咯？”

“我是认真的，艾登。”她停下来，转身面对他说，“我知道这话听起来像书呆子，但事实就是这样。看到你的那一刻我就能想象到和你一起变老的情景，我知道我们一定经得住考验。”

“经得住考验，”他说，“我喜欢这个说法。”

他搂住她，两人继续往前走。

“呃，我有个想法。等克洛伊考试结束之后，大概在6月中旬，我想不如让她到我妈妈家过个周末？”他感到瑞秋的肩膀有些僵硬，但还是继续说了下去，“我们可以趁机出去放松两天，你觉得怎么样？”

“艾登，我……”

他会意地点点头，淡淡地说：“好吧，当我没说。”

“不，不……”她说，但他听出她的话里并没有多少底气，“这主意好极了。”

“你真这么觉得？可听起来你并不热心。”

“谁说的？我很赞成，只是……”

他叹了口气，现在他不想争吵。但他已经计划了很久，也期待了很久。他趁着纪念日这天提出来，以为她会欣然答应。

瑞秋抬头望着他。“艾登……”

“没关系。”

“有关系。我真的很想去，只是我的项目……”她再次停下脚步，抬头注视着艾登的眼睛。她睁大的双眼闪闪发亮，“相信我，没有任何事比和你一起出去过周末、做爱、睡懒觉、喝酒更让我期待的了，可是……”

“可是什么？”

“我还有许多事要做。”

他松开她的手，往前快走了两步。这样的对话他们不知进行过多少次了。

她追上来拉住他，捧住他的双手。“亲爱的，我知道你不会理解，我也不期望你能理解。可我实在没有多少时间了，有些事进展太快，有些事我不得不做，有些任务我必须要完成。”

他很想告诉她：“实验室以外同样有很多事情、很多人，我和克洛伊。我们的时间也在流逝。”他想说：“你知道电脑系统是如何经得住考验的吗？它们要定期维护更新。”可他什么也没说。

“好吧，咱们先把度周末的事情放在项目完成之后再说。但我会一直记着的，等你的项目一结束我们就去，可以吗？”

“同意，我保证。咱们握个手吧，算是一个约定。”她说着伸出一只手。

他握了握她的手。“现在你还得跟我拉钩，就像克洛伊小时候那样，这样我才能相信。”

他们勾起了小指头。“拉钩上吊，一百年不许变。”她一本正经地说。

他多么希望自己能够相信她，多么希望她能遵守诺言，可经验告诉他这是白日做梦，总有一天她会想到爽约的借口。他们结婚之后的日子就是这么过来的，这么多年他已经习惯了，也接受了。改变不是那么容易的事。

随后她吻了他。“现在带我回家吧，纪念日的保留节目该开始了，我们得尊重传统。”

她没有信守诺言，但原因也出乎他的预料。谁能想到，她的生命只剩下20个小时。现在艾登总算明白了，在那晚河边漫步之前，她就已经录下了他们相识的故事并储存在i-瑞秋的系统中。这使那晚河边的一席谈话听起来更像谎言，或者使它更有意义？他不知道。他从i-瑞秋的手中抽出自己的手，她扭头看了看他。

“这段录音让你难过了吗？”

“是的，不。不是你想的那个原因。”

“我对你的反应没有任何预料和期待。”

他费力地坐起来，望着窗外皎洁的满月——和瑞秋最后在一起的那天夜里，月亮也是这么大、这么圆、这么亮，温柔的月光笼罩在河上，像一层银纱。“她……瑞秋喜欢谈论未来，她一辈子都在往前看，不管工作还是生活。我大学毕业后，满脑子想的都是和她旅行，然后找个可以养家糊口的工作，一家人快快乐乐地过小日子。可她有更远大的理想——考硕士、博士，然后搞科研。她经常说，等到什么什么时候就怎样。如果怎样怎样，我们就干什么什么。她告诉我要有耐心，因为好事终究会来——金钱、成功、共处的时间、平静与安宁。我想我只能接受，倘若这些目标当真能够实现，它们也一定会按照瑞秋的时间表，并按照她的要求来。”

“可这些目标还没有实现。”

“未来把她接走了。”

“你心里什么感觉？”

“愤怒、难过、下定决心。”

“下定决心？”

“不再拖延，抓住每一天。想度假的时候就去度假，因为现在我已经没什么可等待的了。”

“那你以前在等待什么？”

“我也不知道，”他说，“不知道。但我知道现在不需要再等待了。”

第49章

艾登

斯蒂芬·贾斯珀身上那套衣服恐怕比艾登的车子还要贵。下午5:45，他一阵风似的走进根据地的办公室，带来一股优雅的须后水的香味。进屋之后，他首先弹了弹上衣翻领上的尘土。他的头发一看就是花大价钱收拾过的，指甲也剪得整整齐齐，公文包应该是用某种濒危动物的皮做的，他这身行头可了不得。

菲奥娜是个讲求格调的人，她的朋友也大抵如此，但他们又不事奢华，相较于纯手工制作的皮鞋，他们可能更钟情于沾着泥点子的皮靴。贾斯珀的派头张扬出金钱、急躁和专业的味道，以前从来没有一个像他这样的人走进过根据地破旧的大门。艾登很庆幸托马斯和洛拉今天都不在。

贾斯珀随便和艾登握了握手，连正眼瞧都没瞧他一眼。凯特就更不必说了，完全被他无视。他经过二人，向会议室大步走去。

“我只有20分钟。”他说。

从这一刻起到后面的15分钟，他总共只说了这六个字。凯特把打印好的包含全年账目的Excel表格递给他，他没有道谢，而是坐在桌首，低着头，一行一行地看数据。他从上衣口袋里掏出一支钢笔在表格空白处做了些批注。看完最后一页，他从头开始又看了一遍。

随后他把目光投向艾登。

“你们破产了。”

“没那么糟吧……”

“有！”贾斯珀打断他说，“我只能马上通知董事会关闭公司，把你们全部解聘。”

“贾斯珀先生，”凯特上前一步说，“您应该知道菲奥娜的丈夫亚瑟目前病情很严重。她恐怕承受不了这么大的压力，她现在最不愿看到的……”

“我现在最不愿干的就是和你们这种即将倒闭的机构打交道，这要是传出去会影响我的职业声誉的。”贾斯珀站起身，拿起了公文包。

“菲奥娜正在照顾她病入膏肓的丈夫，你真的忍心落井下石？况且这还关系到其他四个人的生计！”艾登也站了起来。贾斯珀比他低1.27厘米，而艾登又刻意昂首挺胸。

贾斯珀上下打量了他一番，尤其注意到了艾登褪色的衬衫和廉价的西裤。“没得商量，”他说，“抱歉了。”随后他高傲地走出会议室。片刻之后，他们听到他的宝马车发出一声巨吼，他就这样走了。

凯特和艾登面面相觑。

“现在怎么办呢？”凯特问。

“我看我们有两个选择，”艾登说，“要么接受，要么想办法证明这个可恶的贾斯珀先生的做法是错的。我们可以让董事会相信我们能募集到足够的资金维持公司运转。”

“我倾向于第二个选择，”凯特说，“除非他没错，我们的账目真的是一塌糊涂。”

“我们必须想办法取得董事会的谅解和支持，”艾登说，“在短期内他们得帮我们搞到一笔现金——贷款。有些组织是愿意向慈善机构提供资金的，所以我觉得并不是完全没有希望。但我们需要证明我们的价值，需要证明根据地有存在下去的必要。”

凯特静候他继续说下去。

“这些年在菲奥娜的带领下，我们的发展之路虽然坎坷，却也慢慢站稳了脚跟。但根据地还有很大的潜力可挖，毕竟市场需求摆在那里。我们一定能筹集到更多的资金发展壮大，我相信我们可以针对长期失业者开发出门类齐全的服务和学习项目。我一直认为我们的视野太过狭窄了。”

“那你之前怎么没提过呢？”

艾登沉默了片刻以便组织他的语言。“我也不知道。也许是我太懒了，也许是我缺少自信，我也说不准。我热爱这份工作，但以前我可能把更多的精力放在了家庭上，照顾克洛伊、支持瑞秋……工作上我比较安于现状，没有给自己太多压力，总觉得只要能帮到人就很满足了。”

“现在呢？”

“现在我们快完蛋了。我们不能眼睁睁地看着那个浑蛋斯蒂芬·贾斯珀毁了菲奥娜的心血。况且不客气地说，如果公司没了，托马斯和洛拉可怎么活啊？”

“是啊。”凯特苦笑。“那好，把你心里的根据地全球扩张计划说出来听听吧！”

“哦，全球扩张？那都是小打小闹了，”艾登笑着说，“我想的可是星际扩张。”

“就像到火星上开面试技巧课？”

“我喜欢你的想法！不过说正经的，我的确考虑过给学员发资格证书的事。几年前我就了解过怎样才能让我们的公司具备认证资质。菲奥娜说她会考虑，但后来就没了下文。”

“那样的话，我们的性质就不再是简单的咨询机构，而是一个学院了。”

“难道不能两者兼具吗？我想我们能做的最有价值的事情就是给人们一个选择我们的理由，并让他们在我们这里多待一些时间，而不只是做半个小时的短暂停留。这是一群生活空虚的人，他们时常感到孤独寂寞。假如我们开设更多的课程，也许可以设计一个风格类似于咖啡馆的社交区，人们可以在那儿认识交流。你觉得建一个小型图书馆怎么样？”

凯特往椅子里一靠。“哇，你的想法可真不少。”

“呵呵，”艾登尴尬地笑笑，“都是闲的。想法很多，却不知道怎么能让想法变成现实。”

“这就用得上我了。我建议咱们把所有的点子汇聚成一个提案递交董事会，也许他们会支持我们获取短期贷款，或者帮助我们组织一次大型的募捐活动。咱们得先发制人，贾斯珀肯定要召集董事们开会，好汇报他的发现。我们抢在他前面召集董事会，先解释清楚公司目前的状况，然后再提出我们的建议和设想。”

“这需要大量的准备工作，我们得抓紧时间了。”

“你干我就干。”凯特说着伸出纤细的手。

艾登握住她的手坚定地说：“干。”

下一次他们从电脑上抬起头时，已经过了8点。

“你还不回家吗？”凯特问。

“没关系，”艾登谨慎地说，“家里一切都好。我刚发过短信，我妈妈已经睡了，克洛伊在她房间里看东西。”

“她一个人能行吗？”

“克洛伊？没事的。她已经长大了，有事只需一个电话，我10分钟就到家了。”

凯特点点头，继续敲她的键盘。艾登瞥了一眼她灵巧的手指，忽然发现自己对她几乎一无所知。她是个心理医生，最近才从伦敦搬到剑桥，看样子大约35岁，可他对她的了解仅限于此。她结婚了吗？她没戴婚戒。她有孩子吗？不清楚。他觉得应该没有，可谁知道呢？

她一抬头，看到艾登正注视着她。“怎么了？”

“不好意思，只是看看远处。”

“眼睛累了？”

“有点儿。”

“我也是。”凯特向后挪了下椅子，转转肩膀，仰仰脖子。“我们可以明天继续。”

艾登头脑一热，忽然说道：“呃，这样做可能不太合适，但菲奥娜经常会在冰箱里放些桑塞尔白葡萄酒，以防万一。”

“以防万一？什么万一？”

“想喝一杯的万一？”

“你觉得我们现在的情况算不算她要防止的万一？”

“我觉得算。”

“那好吧，索耶先生，麻烦你给我来一杯？”凯特说。

艾登像兔子一样跳起来，到厨房拿了两个杯子，和那瓶凉丝丝的葡萄酒。回来时，凯特已经关了她的电脑，正坐在接待区的一张矮扶手椅中饶有兴致地看着手机。艾登把杯子递给她，而后坐在她对面，心里却很好奇是谁在给她发信息。

她一定是感觉到了他的好奇，因为她举起手机让他看。屏幕里是一张照片——一个身穿公主裙、头戴消防员头盔的小女孩儿。

“我侄女，伊斯拉，”她骄傲地说，“她要做救世主呢。她只有睡觉的时候才舍得把头盔摘下来。”

艾登咧开嘴巴笑了笑。“真可爱。我还记得克洛伊这么大时的样子，她有双‘邮递员派特叔叔[①]’长筒雨靴，天天都穿着，不管下雨还是晴天，尤其是晴天。结果夏天快过完的时候，靴子里已经臭得要命了。我只好把它们拿到花园里用水管喷洗，可最后还是不得不扔掉了。我骗她说邮递员派特叔叔需要那双靴子，所以过来把它拿走了。”

---

①《邮递员派特叔叔》：一部由英国广播公司出品的儿童教育动画片。

凯特温柔地笑笑。

他鬼使神差地问了一句：“你有孩子吗？”

她愣了一下才说“没有”，但脸上却明显掠过一丝阴影。这背后必有隐情，只是现在她还没有到敞开心扉的时候。“呃，我在考虑提议公司开设一门帮助失业者建立自信的课程。”她轻快地说。

艾登默许了她转移话题的举动，他没打算窥探别人的隐私。她聊得兴致勃勃，他们一边喝着酒一边天马行空地交换着各种想法。艾登的很多点子颇具创意，甚至有些疯狂，凯特的想法则相对实际，更接地气，两人倒是可以相互取长补短。不知不觉间，一瓶酒已经见了底，时间过去了一个小时。

“我该回家了，”他晃晃悠悠地站起身，“哎呀，看来开不了车啦。我把车留在这里搭出租车回去好了，要拼车吗？”

“不用了。”凯特也站了起来，她把杯子放回厨房。“我走路五分钟就到家了，呼吸点新鲜空气对我有好处。”她拿起包和衣服，关掉了电灯。然而当两人站在黑暗的门口，准备开启警报系统并离开时，凯特转过身，面对艾登。

“艾登，”她迟疑地说，“我……我有话想对你说。”她顿了顿，然后深吸一口气。“我刚才说我没有孩子，其实严格地说并不对。我有孩子，曾经有过。我有个儿子，他叫威廉，一生下来就有爱德华兹综合征，那是一种遗传缺陷，他只活了六个月。”

“真对不起。”艾登轻轻抚摸着她的胳膊说。

“唉，都是过去的事了。我很爱他，因为威廉的事，我的婚姻也走到了尽头。所以你看，我都34岁了，孤身一人来到这个陌生的城市，这一切都不在计划之内。我一般不和别人说这些事，对于这种事别人听了之后该作何反应呢？我很抱歉把你扯了进来。我只是……当有人问我有没有孩子而我说没有的时候，我心里就会特别难受，好像我不承认他曾经活过，而我曾经爱过他，这种感觉就像是……背叛。”

艾登注视着她的脸，在黑暗中紧张而苍白。“谢谢你告诉我。”他说。

“唉，也许因为你知道失去的滋味儿，所以能理解。”她拍拍他的胳膊，勉强笑笑，转身走了。

15分钟后，艾登走进家门。楼下一团漆黑，他能听到克洛伊卧室里传出来的隐隐约约的音乐声。他朝厨房里看了看，i-瑞秋坐得端端正正，充电线缠在身上。看她一动不动，艾登以为她进入了休眠状态，可当他轻手轻脚地走向楼梯时，她却缓缓扭过头来。她那双热情的绿色眼眸与他对视，这双眼睛仿佛能看透他的心。

第50章

克洛伊

克洛伊：嘿，艾米。

暑假第一天啦！！

你今天干什么？

艾米？

你在吗？

这通常是我一年中最快活的日子——早上起来伸伸懒腰，一想到有六个星期的自由时光等着我，心情美得快要飞起来了。每年也只有这个时候我不必再忍受妈妈没完没了的唠叨——她总说我对自己太放松——想干什么就干什么。

不过显而易见，今年夏天计划有变。

我本该和爸爸妈妈去度假的。妈妈答应我们要休息一阵子，虽然我和爸爸并不相信，因为她的工作，我们不知道曾经多少次不得不取消或推迟度假计划，可这一次她是保证过的。到一个希腊小岛上玩两周，这就是我们的计划。她答应我们会预定，显然这件事在她死前的任务清单上排得并不靠前。

现在可好，接下来的六个星期我不得不在家陪着我的奶奶，唉，她越来越糊涂了。i-瑞秋平静如常，一切都应付自如，有时候她无可挑剔的样子让我恨不得掐死她。还有爸爸，他现在被工作的事弄得焦头烂额，似乎根本顾不上家了。

我快郁闷死了，要是我能去找艾米，她一定会这么说。那天下午她和杰丝、杰米来我家之后，我以为我们的关系会有所改善，可事实显然是我太过乐观了。过去我们的关系多好啊，大家有什么说什么，不分彼此，如今却处处觉得尴尬古怪，仿佛我们中间多出了一个巨大的结。她知道我有事瞒着她，虽然没有明说，但她一定很受伤。我什么都不能说，因为只要开个头，后面就跟着一大堆需要解释的事情。我想她一定认为这和杰丝有关，恐怕她以为我在嫉妒她们的友谊，但实际上不是这样的。我也喜欢杰丝。

现在放假了，可我仍然不方便每天都去找她。我尽量……我在WhatsApp①上给她发消息，从蓝色对勾可以看出她已经收到消息，却一直没有回复，我不知道该不该给她打个电话。真是无语了，这可是我曾经无话不谈的好朋友艾米啊。给她打电话竟也变成一件让我纠结的事情，我打死也想不到我们的关系会变成今天这个样子。此刻我盯着手机，居然害怕得不敢拨号，因为，万一她不接我的电话可怎么办呢？

艾米：嗨，刚才在洗澡。

克洛伊：今天有空吗？

艾米：我和杰丝打算去水上乐园。
你要不要去？

---

① WhatsApp是一款用在智能手机上的即时通信应用软件，可以发送信息，也可以直接打电话，功能类似于微信。2017年被Facebook首席执行官马克·扎克伯格收购。

她和杰丝，所以她之前在和杰丝聊天，之所以没有及时回复我的信息可能是因为她需要先问问杰丝能不能邀请我同去。

克洛伊：哦，太棒了。你们怎么去？坐公共汽车吗？

艾米：杰米说他送我们去。

杰，杰米，杰瑞米。自从上次来我家之后我们就再也没说过话。我在学校的走廊里见过他几次，可每次我都低着头从他身边走过，或提前逃之夭夭，我不知道能和他说什么。可能我隐约感觉到了，他喜欢我，但我不知道自己是不是喜欢他。我们……还是不要见面为好，免得尴尬。可这时我却发现我在手机上说：

克洛伊：什么时间？我先去找你？

克洛伊穿了一件两边带齿状镂空的连体泳衣。她和妈妈一起买这件衣服时，妈妈说那像“鲨鱼嘴”，两人还人笑了一阵，她现在尽量不去回想当时的情景。她仔细整理好头发，梳通理顺扎在脑后。而后她穿上一件白色棉布短裤，把太阳镜、浴巾、人字拖统统塞进一个袋子。她还化了点妆，但不浓，谁都不想落个熊猫眼。她照照镜子，不夸张、不做作；休闲、清爽，恰到好处。

她兴冲冲地跑下楼梯，i-瑞秋和辛妮正坐在露台上的桌子前，两人中间摆着一张棋盘。

“你们在下棋？”克洛伊好奇地问。

“是啊，”辛妮说，“打发时间嘛。”

“辛妮是个很强劲的对手。她还清楚地记得象棋的规则和策略。”i-瑞秋说。

“你的意思是不是说她把你杀得屁滚尿流？”

“我想你使用俗语是为了增加幽默的效果，”i-瑞秋呆板地说，“我的内存中记录着有史以来所有国际象棋大师的对战细节。借助我一流的处理能力，我可以随时计算出最好的走棋策略。”

“再次将军。”辛妮说着走了一步马。

“只要你开始用那机器人的声音一本正经地炫耀你的处理能力，我就知道你没辙了。”克洛伊说。她轻轻捏了捏i-瑞秋的肩膀，又在辛妮的头顶吻了一下。

“你要出门吗？”i-瑞秋问。

“我找艾米去，我们要去游泳。”克洛伊尽量若无其事地回答。

i-瑞秋抬头看着她。“虽然你努力装出平静的样子，可你的心跳却明显加速。是不是出门让你感到很兴奋？”

“我猜肯定和男孩子有关。”辛妮说。

“什么？没有。”克洛伊又羞又恼。可怕的是她居然脸红了，i-瑞秋肯定看出来了。

果然，i-瑞秋冲她淡淡一笑。“虽然你奶奶的大脑正在经受氨基酸异常的影响，但她对人性的知识似乎并未受损。你要不要评论一下她的推断呢？”

“可恶，”克洛伊说，“你们两个的原力都好强大。那感觉就像我和尤达与C-3PO[①]住在一起。”

辛妮依旧盯着棋盘，她忽然说：“护士小姐，你要么让我吃一个象，要么被我将军。”

i-瑞秋扭头去看棋盘，露出不服气的神色。克洛伊趁机溜出门去，免得她们再问东问西。

---

①两者均为电影《星球大战》系列中的人物。尤达是一位绝地委员会大师，有着深厚的原力；C-3PO是由天行者制造的机器人。

走在去艾米家的路上，她不禁高兴地笑起来。辛妮明显好多了——最近胖了些，睡眠习惯也逐渐恢复了正常。i-瑞秋曾对他们说过，研究表明，适当的身体锻炼和脑力锻炼对缓解痴呆症患者的病情非常有益。每天晚上，克洛伊和艾登都会带辛妮到街上散一会儿步。他们和她聊天，i-瑞秋鼓励她用平板电脑玩游戏。她还为辛妮播放有声书，象棋是她们最近才开始玩的游戏，但看到它的效果克洛伊一点都不觉得奇怪。辛妮似乎正慢慢地记起她年轻时候的事，可她依然记不住午饭吃了什么。

一辆汽车在身后鸣了声喇叭，她被吓了一跳，正准备转身看看是哪个白痴，结果发现车上的人是杰米和杰丝。杰米开的大概是他妈妈的车，一辆宽大的银色房车。

杰丝摇下车窗。“你是去艾米家吗？上来吧。”

克洛伊坐进后排。“谢啦，”她说，“你们最近还好吗？”

“挺好的。”杰丝说。

杰米一言不发，但克洛伊发现他在通过后视镜看她。被发现后，他连忙移开视线，戴上墨镜，继续开车上路。

杰丝重新调大音乐音量，克洛伊摇下车窗。阳光照在脸上，她惬意地靠着座椅。这样的日子就是要开心才对。

来到卢卡斯太太的家，她看到艾米的小脸正趴在窗户上殷切地向外张望，她忧心忡忡的样子让克洛伊有些纳闷儿。汽车拐入她家的车道时，艾米的表情舒展开来，可当克洛伊打开后门下车时，她的脸色立刻沉了下去。艾米飞快地望向驾驶座，看着杰米开门下车。这一刻，克洛伊恍然大悟：艾米看到她时的失望，以及邀请她时的勉强都是有理由的。

艾米喜欢杰米。

不仅如此，她一定看出了杰米喜欢克洛伊。真该死！

克洛伊怎么就没看出来呢？瞧瞧她自己吧，还化了淡妆，穿了可爱的泳衣呢，这叫什么事儿啊？如果杰米看上了她，那恐怕会伤透艾米的心。

可惜她没有机会和艾米单独说话。杰米、杰丝和她一起走进屋里，卢卡斯太太忙着招呼他们，给他们端上果汁和饼干，仿佛他们还是5岁的孩子。

“我还记得你呢，”她对杰米说，“上幼儿园的时候，你只吃白色的东西。普通面条、土豆、大米……你让那些做饭的阿姨伤透了脑筋。”

杰米的脸红成了一块布。

“他现在已经好多了，”杰丝说，“能吃黄色的东西了。炸鸡块、炸鱼条。”

“难怪你瘦得像面条似的！”卢卡斯太太捏了捏他的胳膊说，“长大之后可得注意，要吃点青菜。”

克洛伊扫了一眼艾米，她在一旁尴尬得恨不得找个地缝钻进去。

“不好意思啊，我妈就这样，”艾米几乎像耳语一样说，“咱们走吧？”

他们喝完果汁，收拾好东西便全都坐上车。杰丝坐在前排副驾，克洛伊和艾米坐在后排。杰米刚发动引擎，音乐声就充满整个车厢。

克洛伊掏出手机给艾米发信息。

克洛伊：你没事吧？

艾米：挨这么近你还给我发信息？

我说克洛伊，你可真怪。

我没事，就是我妈妈真让我不好意思。

克洛伊：想多了吧？我们都了解她，她待人多亲切啊。

艾米：我知道。可杰瑞米……他几乎是成年人了。
她怎么能用那种腔调和他说话呢？
真让我难堪。

克洛伊：他不会在意的。

艾米：他会觉得我是个白痴。

克洛伊：怎么会？
艾米，你是不是……

克洛伊犹豫了，手指悬在屏幕上。她当真要如此直截了当地问艾米是否喜欢杰米吗？这样做会不会不公平？艾米会承认吗？

“你们两个是不是在用手机聊天？”杰丝扭头望着她俩问，“不至于吧？”

“老习惯了，”克洛伊连忙解释说，“我妈妈开车送我们的时候我们就经常这样。她老问我们一些尴尬的问题。”

杰丝的脸僵住了，显然没想到克洛伊会提到她的妈妈。

但艾米却笑着接过话茬说：“哦，天啊。她老问一些身体方面的问题，而且她喜欢用那些一本正经的专业术语，即便在我们只有6岁的时候也那样。”

“她自己不觉得尴尬，所以想不通我们为什么会尴尬。”克洛伊也笑着说。

“还记得她问理查德·格雷有没有开始青春期吗？”

“那是在我12岁的生日派对上！”克洛伊咯咯地笑着说，“我都快窘死了。”

“理查德更窘啊。”

两人在后排相视一笑，克洛伊偷偷伸手在艾米的胳膊上捏了一下。

杰丝看看她俩的脸，不确定似的笑了笑。“真高兴你终于可以提你的妈妈了。”她小心翼翼地说。

“我也这么认为，能够谈论她感觉很好。”克洛伊说。车子继续向前行驶，她望着窗外的风景，这时手机振动了一下。又是艾米。

艾米：对不起。

克洛伊：对不起什么？

艾米：我一定让你失望了，因为没有一直陪着你。

克洛伊：你没有让我失望啊，事实比你想的要复杂。

艾米：不，你是我最好的朋友。
不论发生什么我都该陪在你身边。

克洛伊：你一直都在啊。你就在我身边。爱你，艾米。

艾米：我也爱你。

水上乐园里人山人海，到处都是涂着防晒油的四仰八叉的身体。人们在尽情吸收着夏日的阳光，他们几个转了半天才找到巴掌大的一片草地好让他们铺开毛巾。克洛伊忽然觉得有些难为情，她坐在毛巾上，蜷着腿，不脱T恤也不脱短裤。艾米倒是三下五除二就扯掉了身上的太阳裙，她纤细的身体苍白且布满雀斑，她穿了一套克洛伊从没见过的翠绿色的比基尼泳衣。杰丝脱掉T恤，里面穿的是黑色泳衣，然后径直走向泳池。她一个鱼跃扎进水里，以自由泳的姿势向远处快速游去。

“她游得可真好。”克洛伊说。

“她10岁时就代表郡里参加比赛了，”杰米说着在她旁边坐了下来。他的衣服同样一件没脱。“后来妈妈逼她在游泳和音乐之间做个选择。”

“那太可惜了。”

“没什么可惜的，你总不能什么事都想干。”

“你也做过这样的选择吗？”

“没有。我游泳不行，一直以来我都喜欢音乐。”

“毕业之后你就打算干这个吗？”

“我已经面试过几个大学和音乐学院，现在只剩下等通知了。”

克洛伊瞥了他一眼，他的神色有些紧张。她想，知道自己的未来攥在别人的手中，这种等待的滋味儿应该不好受。不过她注意到艾米就坐在杰米另一侧的毛巾上，克洛伊若无其事地从包里掏出几本杂志。她递了一本给艾米，翻开自己那本，悠闲地躺下来，努力装出认真浏览的样子。如果艾米想和杰米说话，现在就是她的机会了。可艾米却按兵不动，她的脸颊上仿佛笼罩着一层红云。

克洛伊盯着杂志，却没有看进去一个字。她心里始终想着坐在她旁边望着泳池的杰米。他的膝盖离她的毛巾越来越近，最后几乎挨着她。她不易察觉地向后退去。

她琢磨着自己对他的感觉，并想象妈妈不动声色地注视她的样子。她在信中是怎么说的？科学的理解是基于“如果——那么”的条件关系式？先搞清楚事实，然后再看你能从中得出什么结论。

她在脑子里悄悄盘算起来：他很帅，他会开车，他在图书馆里曾经帮过她。可是……她的家庭状况目前尚不允许她和任何人建立过于亲密的关系，而且她现在99%地肯定艾米喜欢他。

她不知道爱情的滋味。虽然她见过爸爸妈妈恩爱的样子，可他们是老一辈啊，所以不算。她也曾迷恋过某些男生，但真正的恋爱她还没有经验。也许杰米就是她命中注定的真爱？她表示怀疑。15岁的年纪在学校图书馆里遇到自己的终身伴侣？这样的概率实在小得可怜。她觉得自己很可笑，在这方面，她的态度几乎可以用科学和冷漠来形容。也许不管她承认与否，她在很多方面都遗传了她的妈妈。也许很多次她在脑海中想象出的妈妈的声音其实都是她自己的声音。天啊，这启示来得真是时候。

或许，倘若她真的喜欢杰米，那么一切的问题就都不成问题了。可实际情况是，她能轻易想象出杰米作为艾米男朋友的样子，若她真的对他有感觉还会这样吗？

她越想心里越乱，不由得丢下杂志说："我要去买点喝的，你们要什么？"

"我和你一起去。"杰米说着站了起来。

该死！计划不是这样的。"没事，"她说，"我一个人可以的，要不艾米……"

可就在这时，杰丝从泳池里跑了回来。她浑身水淋淋的，脸上红扑扑的。"艾米，你能帮我在后背上涂点防晒霜吗？"她说，"我都快被晒成荷包蛋了。"

艾米冲克洛伊苦笑了一下，拿起防晒霜。克洛伊从包里掏出钱包，开始在躺着的人群中择路而行，杰米紧紧跟在她身后。

小吃摊前排着长队。克洛伊在队尾跟上，杰米如影相随。她不知道该怎么跟他说话，也不想给他任何希望交谈的暗示，所以她选择忽视他，若无其事地望着泳池。他站在离她很近的地方，这让她浑身不自在。他们跟着队伍缓缓向前移动，这时杰米清了清嗓子。

"我想问问……"他说，"我想问问你这周哪天晚上有空，我想请你出去看电影或干点别的。"

“看电影的主意不错，”她谨慎地回答，“有一部新的超级英雄电影。我记得艾米特别想看，咱们可以一起去。”

她很清楚他无意邀请所有人，他也知道她这么说只是在委婉地拒绝他。克洛伊以前从没干过这种事，心里七上八下的。但她相信这么做是正确的选择。

此后两人不再说话，一直在沉默中排到了摊位前。克洛伊买了几瓶水，还一时心血来潮给每人买了一根冰棍儿。随后他们艰难地挤出人群，朝他们铺毛巾的地方走去。然而经过更衣间的时候，杰米突然拉住她的胳膊，把她拽进了一个小隔间。现在谁都看不到他们了。

“你……”她只来得及说出一个字，他已经吻上了她的嘴。水和冰棍儿夹在两人之间，冰凉地贴在她的肚子上。杰米牢牢抓着她的肩膀，几乎让她的胳膊脱臼。他的嘴紧紧压在她的嘴巴上，仿佛要用这一个吻的力量让她明白他的感情有多么强烈。他的舌头粗鲁地向前探索，竭力打开她紧闭的双唇。

克洛伊克制着心中涌起的恐慌，极力扭动身体挣脱出来。她耳边忽然响起妈妈铿锵有力的话语。“如果有人强迫你做你不喜欢的事情，那你就不必对他们客气。记住，该说不的时候果断说不。必要的话，让他们滚开。你的身体你做主。”

“你给我滚开！”克洛伊义正词严地吼道，“不要再这样，我不喜欢。”

杰米冷笑一声。“那你就不要穿着风骚的白色小短裤到处勾引人。”他不屑地擦了擦嘴巴。“贱货！”骂完后他头也不回地钻出了更衣间。

克洛伊留在原地浑身发抖，挤碎的冰棍儿在她T恤上留下了一片晕染的红色污渍。

她扔掉冰棍儿，在更衣间里洗了洗T恤，10分钟后走回他们的地方时，却只看见艾米和杰丝坐在那里。

“杰瑞米呢？”杰丝问。

“我以为……我以为他已经回来了。”克洛伊说。

“我记得他跟你一块儿去的。”艾米说。

“没……我……我去洗手间了。”克洛伊结结巴巴地说。

杰丝起身走到栅栏前，朝停车场的方向张望，回来时她紧皱着眉头。“车子已经不在了，他把我们丢在这里自己走了。”

艾米扭头问克洛伊：“你到底跟他说什么了？”

第51章

艾登

“这是去年接受我们培训的人员的列表和他们的就业情况。我拿它和其他同类机构的业绩做了比较，我们的业绩更胜一筹。我已经让托马斯开始电话回访，希望能从学员和雇主那里得到一些对我们公司的正面评价。”

“数字很喜人，但个人推荐会更有说服力。”

“成本计算进行得怎么样了？”

凯特朝旁边挪了挪椅子，好让艾登能凑近了看她的手提电脑屏幕。“还在等一批新家具的报价，不过看着还行。我还给我们需要聘用的筹款经理写了一份工作说明。”

艾登看着她辛苦整理出的表格。“一目了然，好极了。”

她忽然发现了一个错误，便俯身过去修改。艾登不由得盯着她齐整的发际线和纤细的脖颈看了起来。他对她的好感越来越多。她聪明、温暖、有活力，和她在一起工作让他变得更加积极勇敢。公司潜在的危机很可能会成为他们人生最大的契机，即便发生最坏的情况——公司倒闭——他也仍能从发展他的理念和创意中汲取新的力量和灵感。过去几年在工作上他一直浑浑噩噩，因为瑞秋的事业才是重中之重，而他的工作只是一份让他不必失业的差事。他的勇气哪里去了？他的干劲儿呢？许多年前瑞秋在大学里认识的那个头脑聪明又积极向上的小伙子究竟怎么了？他似乎消沉了、自甘堕落了，但他实在不必过那样的生活。他有很大的潜力，他可以比过去做得更多更好。与凯特的相处激发了他的斗志，使他相信现在改变还有挽回的可能。

屏幕上出现了电子邮件提示信息，凯特点开粗略地浏览了一遍，扭头望向艾登。她的脸上泛着兴奋的光彩。“是董事会主席伊斯特伍德男爵夫人发来的。她同意为我们召集一次董事会议，时间定在周五。”

“我们的时间够吗？”

“不够也得够，你说呢？我们能办到，艾登，我相信。”她在他的前臂上捏了捏，高涨的热情令她神采飞扬，“嘿，咱们还等什么呢？撸起袖子大干一场吧！”

第52章

辛妮

我有点不舒服。好像是我的那里……出了问题。上厕所撒尿的时候，很疼。

我到现在也没搞清楚我为什么要住在这间旅馆。真是奇怪，我想回家。我想抱着暖水袋爬上我自己的床，一直睡到好受些为止。可不知为何，我在这间旅馆已经住了很久，而且我不知道该怎么退房，怎么回家。

我得离开这儿，拦一辆出租车，或者找个人问问我的家在哪儿。站在门口的时候，我能听到外面的车声，虽然很模糊。如果我出去朝着那声音走去，兴许能拦下一辆车或遇到什么人。

可旅馆的门整天都锁着。旅馆里有个女人，非常奇怪、非常安静。也许她是这里的服务员吧，或者是经理。她经常检查房门，确保锁得牢固。但旅馆后面有个花园，我想花园尽头应该会有通往野地的门，也许我能从那儿出去。房费的账单他们可以寄给我，住进来的时候我应该给过他们地址。

那个女服务员正在厨房里忙活。我悄悄打开滑动门，轻手轻脚地溜进了花园。花园很漂亮，让我一下子就想到了一首歌：

这是夏日最后的玫瑰，

独自绽放着；

所有昔日动人的同伴，

都已凋落残逝……

我克制着没有唱出声，并以我最快的速度走向花园尽头。哈，果然有个门，而且没上锁，我拉开门闩就来到了外面。天气炎热干燥，野地里静悄悄的，看不见一个人影。我走上草地，反正家一定在某个地方，只要我能找到公路，或者找到一个可以问路的人。

“辛妮！辛妮！”有人在喊我的名字，一个我不熟悉的声音。我迷惑地停下来。我站在野地里干什么呢？我又开始不舒服了。

是那个女人。护士，或者服务员，或者是瑞秋吗？我说不准。她穿过草地走向我，姿势很笨拙，好像她从来没到野地里来过。她上来就拉住了我的手。

“你的生命体征指数越来越弱，”她说，可我不明白她是什么意思，“还好我及时发现，要是让你走出范围可就麻烦了。”

她的手凉凉的，她自己似乎也注意到了温度的差异，于是她把另一只手放在我的额头上。

“热病。”她说。

哼，我都干了40年医疗秘书了，我知道这是什么。“发烧了。”我说。

“你的体温是38.6度。”她说，尽管我也搞不懂为什么她只摸了我一下就能量出我的体温。“请你跟我回屋，我这就联系艾登。我想你需要看医生。”

我们手拉着手走过野地，穿过小门回到花园。我不认识这房子，可我很累，也许他们会让我躺下来歇会儿。不过等我身体好些的时候，我还是要走的。

第53章

克洛伊

从水上乐园坐公共汽车回来，杰丝最先下车。她生了克洛伊的气，一路上都不和她说话。她们个个燥热不安、心烦意乱。艾米和克洛伊又坐了几站才下车，而后步行朝克洛伊的家走去。背包在身上越发沉重，太阳越发炙热。克洛伊透过薄薄的凉鞋底感觉到人行道的炙热。她口渴极了，但更令她痛苦的是几乎要把她压扁的艾米的沉默，她再也忍不下去了。

“艾米……”

“别说了。”

“你都不知道我要说什么。”

“我能猜到。”

“不，你猜不到。是这样的，艾米。杰米他……”

“求你别那样叫他，可以吗？他的家人不喜欢这个名字，他们都叫他杰瑞米。只有朋友才叫他杰米，非常非常亲近的朋友。”

“是他让我叫他杰米的。我最后一门考试之前在图书馆遇到了他。”

“但你一直故意瞒着我？真有你的！”

继续装下去已经没有太大意义，所以克洛伊干脆直说。“你是不是喜欢他，艾米？这就是你不高兴的原因对不对？”

“不，我不喜欢他，”艾米几乎尖叫起来，“别胡说了！我只是不理解为什么在每个男生面前你都要搔首弄姿？没错，你是有一双漂亮的蓝眼睛和美丽的金发，可那又怎样？”

“什么？”克洛伊委屈得快要哭了。

“得啦，克洛伊，别装了！”艾米几乎尖刻地说，“你自己心里清楚。男生们一个个往你身上扑，而你故意无视他们，结果他们就更加为你疯狂。你经常玩弄这一套。”

克洛伊难过得说不出话来，她的呼吸都乱了节奏。

“现在又轮到杰瑞米……”艾米的声音在颤抖，“他一看到你就像变了个人。我们之前关系很好，可你……”

“我怎么了？”

“你非要硬插一脚。”艾米恶狠狠地说，接着她就伤心欲绝地哭了起来。

第54章

i–瑞秋

克洛伊快到家时，我感应到了她的信号。她的心跳速度很快，所有的生命体征指数都表明，她此刻的心情十分激动。走进家门，我听见她大声喊道："奶奶！我的朋友艾米来了！"

我知道这一声提醒不是说给辛妮听的，而是给我。我听见克洛伊对她的朋友说："把东西放这儿吧。"我意识到她是在为我争取时间隐蔽起来。于是我迅速躲进杂物间，并关上了门。

我听见克洛伊和她的朋友艾米走进了厨房。我对青春期少女之间友谊的了解仅限于文学作品和影视，因此我很期待克洛伊和艾米能够聊一聊她们的日常活动，或其他的朋友，我想俗语应该叫作八卦。然而，她们在沉默中坐了3分36秒。克洛伊的体征指数依然保持活跃状态。我真想出去问问她，是什么让她如此心烦意乱，因为我想帮她。

终于，克洛伊打破了沉默。她的嗓音极为柔和："我不喜欢杰米，杰瑞米。本来我以为可能会对他产生一点好感，可现在我百分之百确定那不可能了；接着我又想到可能你喜欢他，我不想成为你们的障碍。我从来没有给过他任何鼓励或暗示，我发誓。我永远都不会做伤害你的事，艾米，你永远是我最好的朋友！"

隔了好一会儿我才听到艾米轻声说："我知道。"

“我知道这可能改变不了你对他的看法，但我得告诉你，他不是一个正派的男生。”

“我也这么觉得，”艾米说，“可我身不由己，我控制不住自己的感情。”

我听到衣服摩擦的窸窣声，推断她们应该在拥抱彼此。克洛伊的心跳和呼吸都趋于平缓。

“对不起，”艾米说，“刚才我对你说了些很过分的话，真的很过分。有些我自己都不敢相信。你决定不了自己的长相，而男生们反正都是白痴。”

“没关系的，”克洛伊说，“你有权利对我说任何话。我这个朋友也很不合格。”

“别说了，克洛伊！”艾米打断了她，“你怎么能这样说呢？你失去了妈妈啊！我本该陪着你的，可我没有做到。”

“那是因为我故意躲着你。”克洛伊伤心地说。

“你一直不让我来，这对你来说一定也很为难，”艾米说，“可我本该做得更好些，起码对你多一分理解。可是正好相反，我天天和杰丝混在一起，而且我那么做只是为了……”她忽然打住，“现在我感觉自己像个见色忘友的浑蛋。”

“嗯，确实有点儿。”从声音判断，克洛伊说这句话时应该是面带微笑的。可我觉得她的表情与这句话的意思并不搭配啊。“杰丝很酷，”她继续说道，“她是个不错的朋友，对你对我都是。”

“我知道，”艾米说，“你也是。俗话说男人一时，朋友一世嘛。”

“姐妹第一，男人第二。”

“男人如衣服，姐妹如手足，衣服可以换，手足不能断。”

“哈，我的天啊，你能想象我妈妈要是听见我们说这些话会是什么反应吗？”

艾米咯咯地笑着说：“她会被气死的！”她突然倒吸了一口气，

立即改口道，“哎呀，对不起，克洛伊。”

“没关系，”克洛伊说，“只是一种措辞嘛。”

“可用在这里还是不合适，对不起。”

“艾米，你总不能一辈子在我面前都不说‘死’字吧？我妈妈已经死了，这是事实。我们已经接受，也习惯了。我是说虽然感觉有点别扭，但我们四个还过得去。”

“你们四个？”

“三个。爸爸、奶奶，还有我。你明白我的意思。”

她们又安静了很久，随后艾米说：“我觉得……我觉得真正困扰我的可能是我总感觉我们之间好像隔着什么秘密，就像……你有什么天大的事情瞒着我。有很长一段时间我都以为你在背着我和杰瑞米约会，所以怕我发现，可现在这种可能性已经排除了。但我们之间确实有事，对吗？你有一个秘密。我们从小就是好朋友，克洛伊，我了解你。你太不对劲了。”

说到这里她停住了，但克洛伊的心率却急速上升。我担心她受到了惊吓，或者出现了某种健康危机。这时她说：“是、是，我确实有一个秘密瞒着你。但这是个惊天大秘密，如果告诉你，我根本想象不到会惹来什么麻烦。”

“天啊，克洛伊，你吓到我了。是坏事吗？有人伤害你吗？”

“不、不，不是那种事。是……我妈妈去世后，我们发现了她工作上的一些事，非常了不起的东西。而且……”

我收到了报警信号。我根据当前数据预估未来的能力提示我，克洛伊即将做出的举动是鲁莽而不明智的。我可以读懂她的生命体征，但却没办法和她联系。我想阻止她说下去，我想劝她冷静下来，以免做出令她后悔的事情。她目前正在考虑的念头对我们所有人都有着深远且灾难性的影响。可我束手无策，她已经是脱缰的野马，拉也拉不回来了，真是爱冲动的年轻人。我听到她的脚步声越来越近，并听见她说："你得发誓不会告诉任何人，行吗？因为这是最高机密。"

随后她打开了杂物间的门。灯光倾泻进来，门口出现了她和艾米的身影。

只听克洛伊说："这是i-瑞秋。"

第 55 章

克洛伊

她浑身直哆嗦，仿佛五脏六腑都在颤抖。她做了一件疯狂的事情，倘若被爸爸或者卢克发现，她的麻烦可就大了。但若能因此赢回艾米的心，使她理解自己的苦衷，那这么做也是值得的，绝对值。现在艾米知道她们之间曾经的隔阂与该死的杰米无关了，与任何男生无关。克洛伊瞒着她的秘密，比她预想中的更为惊人。

杂物间的门打开的一刹那，看到i-瑞秋的艾米顿时目瞪口呆，过了许久她才发出一声压抑的尖叫。i-瑞秋站起身——眼前的情形显然令她不悦，但克洛伊爱莫能助——伸出了一只手。

“你好，我是i-瑞秋，是前来为您服务的类人机器人。我可以通过短信、语音或视频的形式将这条信息传送到您的手机、电脑或电视。”

这是她的服务报文，到家的第一天就曾播放过。这使克洛伊意识到i-瑞秋在他们家的这段时间改变有多么巨大，她已经不再只会机械地播放电脑术语。她会与人对话，会发表自己的观点，甚至会开玩笑，克洛伊的妈妈如果能看到这些进步一定会激动不已。但此刻i-瑞秋又恢复了机器人的说话方式。显然，她不愿把自己与众不同的地方暴露给艾米。

“让i-瑞秋和我们生活是我妈妈的遗愿，也是她试验的一部分，”克洛伊解释说，“但这件事必须绝对保密。我知道这很难理解，但事实如此。我们不能再告诉任何人了。”

“你的家里，”艾米说，“有个机器人。”她到现在还合不上惊讶的嘴巴。她盯着i-瑞秋左看右看。“这东西和你妈妈长得一模一样啊。感觉怪怪的。”

“不要用‘这东西’称呼她，她是人，”克洛伊声色俱厉地说，“你可以跟她说话。”

她扭头冲i-瑞秋笑了笑。“对不起，”她用口型说，“我不知道该怎么称呼你。”

没过多久艾米就走了。她一句话也没有和i-瑞秋说——她只是惊奇地盯着她，来回走动着看i-瑞秋是否也在盯着她。当i-瑞秋表示要去看看辛妮时，艾米已经迫不及待地想要离开了。

艾米走了以后，克洛伊心里才忐忑不安起来。她这么做合适吗？艾米能不能理解？她知道艾米一向内敛，遇到什么事一般不会立即表现出自己的情感，这点和克洛伊很像。她会回去慢慢琢磨这件事，而后才会打电话或发信息问她一大堆的问题。

但克洛伊没有等到她的电话或信息。第二天克洛伊在她的卧室里看电视，她的手机一直安安静静——没有艾米的信息，也没有电话。显然她需要更多的时间消化。

克洛伊的心情越发沉重。艾米的沉寂让她意识到了危机。至于吗？难道就因为一个不足挂齿的男生，艾米要放弃她们11年的友谊？一想到可能要失去最好的朋友，克洛伊再也坐不住了。她来到楼下，走进厨房。i-瑞秋正在熟练地切着青豆，那是晚上做沙拉用的。她坐上柜台前的高脚凳，在他们用来写购物单的便笺纸上胡乱画了起来。

i-瑞秋开始小心翼翼地剥煮好的鸡蛋。“你的情绪有点低落。”她说。

“何以见得？我的心跳又加速了吗？”

“你的心率很正常，但你脸上的表情表明你有心事，而且你画了一只哭泣的小猫。”

“这是浣熊。”

“根据分类法，你画的更像猫科动物，而非浣熊科，不过我允许你做艺术上的解读。”

“哈哈。”

“哈哈，你在强颜欢笑。”

“艾米一直没有给我打电话，也没有发信息。我想她一定是恨我了。”

“她为什么要恨你？”

“可能跟一个男生有关。”

“杰瑞米，也叫杰米。我听到了你们的对话。”

“嗯。”

“她为什么要恨你呢？如果杰米喜欢的是你，那是他的选择，和你无关啊。”

“这话跟艾米说去。我想……大概恨我比恨他要容易些吧，但我会永远爱她。”

“可你和艾米谈话的时候，她说‘男人 时，朋友 世；姐妹第一，男人第二’。”

有些话从i-瑞秋嘴里说出来就凭空多了一点滑稽的味道，克洛伊忍住笑说：“我知道，可说是这么说，做却不一定这么做啊。”

“被人拒绝，或者感觉别人看不上自己，都是很伤心的事。”i-瑞秋说。

“这又是我妈妈给你准备的说辞？”

“不，这是我自己通过观察和思考得出的结论。”

“言之有理。”克洛伊笑着说。她在凳子上转了个圈。“我也不知道，也许是我庸人自扰了。也许她只是一时接受不了，说不定她很快就会来找我。”

“这些都在可能的范围之内。”i-瑞秋赞同道。她伸手从储藏柜里拿出一盒凤尾鱼罐头。

说来也巧，就在这时门铃响了。i-瑞秋和克洛伊不禁对视一眼，会心地笑了。

“不会是卢克吧？”克洛伊问。

“按道理他还没到该来的时候，”i-瑞秋说，“不过为了保险起见，我还是先到杂物间里躲一下吧。”

说完她转身去了，克洛伊跳下高脚凳前去开门。应该是艾米，一定是。她走到门口，掏出钥匙打开锁。

来人是杰米。

克洛伊的心不由得往下一沉。她牢牢扶着门，不管怎样，她是不会让杰米进屋的。

“你来干什么？”

“嗨，你还好吗？”杰米模仿女生的腔调说道。

“嗨，杰米，你来干什么？”克洛伊依旧冷冷地说。

“来看你啊，不允许吗？”

“鉴于你在水上乐园骂我是贱货？对，不允许。”

“我是来道歉的。”他惺惺作态道。

“谢谢你的道歉，现在我还有事。”她开始关门，但杰米伸手阻止了她。

“我是真心来道歉的。我不是故意惹你不高兴，我只是太喜欢你了。不能让我进去吗？我想和你谈谈。”

他用恳求的眼神看着她，并装出一副可怜巴巴的样子，她差一点就心软了。可她猛然想起他的所作所为，顿时又强硬起来。她现在不想和这个人扯上任何关系，再说了，万一让艾米知道他来过她家，她又会做何感想？

“不行，我不想让你进我的家。”

“啊？为什么？”

他看起来很受伤的样子，克洛伊有点过意不去。他毕竟是杰丝的哥哥，能坏到哪儿去呢？不过她还是坚持自己的立场。

“我真的不能让你进来。我奶奶生着病呢。”

“谁在照顾她？”杰米问道。克洛伊忽然发觉他的样子有些鬼鬼祟祟。

“我……我爸爸，怎么了？”她撒谎说。

“是吗？那他的车呢？”杰米看了看身后空空的车道。

“不关你的事，你走吧。”克洛伊再次试图关上门，但被杰米挡住了。

“克洛伊，为什么不能让我进去呢？我想看看你们家的那个机娘，艾米全都告诉我了。我的一些朋友也想开开眼。”

“走开，你这个浑蛋！给我滚！不要再到我家来，否则我就报警！”

她用力推开他的手，猛地关上了门。她听见他向后跳了一步，也许担心被门撞到，同时他还不怀好意地大笑了几声。站在锁着的门后面，克洛伊瑟瑟发抖，直到听见杰米走下门廊的台阶。她留心听着引擎发动的声音，等着他开车离开。随后她一把拉开门冲了出去。

她要去找艾米。

第56章

i－瑞秋

今天格外辛苦。除了日常的家务，辛妮生病给我增加了不少额外的负担。老年人尿路感染会导致或进一步加剧思维混乱，辛妮就是这种情况。自从艾登把她从医院带回来之后，她就处于极度不安的状态，她越来越相信自己住的地方是个旅馆，并不顾一切地想要离开这里回家。为此我们不得不苦口婆心地劝说她，并一而再再而三地把她领回卧室好生安抚。

只有等她睡着以后我才能继续处理我的日常工作。我的电量已经处于极低状态，而艾登又要加班，我还要准备晚饭，因此根本没有时间停下来充电。我决定冒一个险：在艾登回家之前的两个小时，我打算暂时关闭手环感应器以节省用电量。克洛伊和辛妮都安安全全地待在家里。辛妮睡了，房门都牢牢锁着。这样我可以一直坚持到他们开始吃晚饭的时候再去充电。

我很满意和克洛伊的聊天，尽管后来被门铃打断。克洛伊去开门，而我照例躲进杂物间。我等了14分钟42秒仍不见克洛伊返回厨房，便觉得有点不对劲。我侦测不到她的脚步，或任何声音，屋里死一般寂静。

以防万一，在我出来之前，我首先启动了手环感应器软件。这是一个冒险的举动，因为我的系统电量仅剩13%。我接收到的数据有些异常，起初我以为是电量过低导致的软件功能紊乱。但迅速自检之后我发现程序一切正常。奇怪，总共四个手环，为什么我一个数据也没有收到？

卢克和艾登不在感应范围。但克洛伊呢？感应器显示她也不在范围。她一定出门去了，大概是和按门铃的人有关，尽管我无法确认对方的身份。

然而不可思议的是，辛妮居然也不在我的感应范围。对其他三人来说，他们或许有摘下手环的可能性，但辛妮的手环仅凭她自己是不可能摘掉的。我分析了出现这种情况的潜在原因：一是我的电量过低，二是手环本身出了问题，三是辛妮已经死亡，所以才没有任何生命体征。

既然克洛伊出去了，我有89.3%的把握可以确定屋里没有陌生人，因此我小心翼翼地打开了杂物间的门。厨房里空无一人，快速扫描之后我确定客厅和露台上也没有人。我来到走廊，立刻注意到前门是敞开着的，这不由得引起了我的警觉和担忧。我听不出克洛伊在楼上的迹象，于是我迅速来到辛妮的房间。我的担忧得到了证实，辛妮的床空着，被子呈掀开的状态。我一声声呼唤她的名字，但我已经确信她不在家里。

我立刻向艾登和卢克发出紧急报警信息。根据应急预案，一旦我发出紧急报警信号，他们必须在180秒以内做出回应，打电话、发信息，或者直接来找我。然而整整360秒过去了，他们两个谁也没有回应，我怀疑是不是因为电量过低影响了信息的发送。我注意到克洛伊的手机就放在厨房的柜台上，显然我暂时也无法与她取得联系。我的电量只剩下11%。

又过去了240秒，艾登和卢克依旧没有回音。不管辛妮去了哪里，现在每过一分钟她都离家更远一些。我用艾登留给我的手机给他发了一条紧急短信，可我的信息如同石沉大海，迟迟没有回复。现在我唯一的选择就是亲自出去寻找辛妮，我知道这很危险，且违背了我不得离开实验场所的规定，但情况紧急，我别无选择。

我来到门口，拿起克洛伊从水上乐园回来之后放在走廊桌子上的墨镜戴上。街上的阳光亮得刺眼，我跨出门去，开始寻找。

第57章

艾登

“这是我们为慈善机构贷款组织起草的协议。我们和他们已经进行过初步讨论，鉴于这栋大楼的所有权属于根据地，因此可用来抵押，他们认为我们具备贷款资格。你们还可以看到，我们把筹款协调人的薪资也纳入了我们的未来规划中。我们随附还提供了几个案例研究，主要是对比同类慈善机构雇用专业人员收到的投资回报。托马斯是我们的文案写作培训师，他准备了一些新闻稿，我们打算刊登出去，用来提升我们的公共形象……”艾登俯身把一卷卷整洁专业的档案文件分发给在座的每一个人。

他今天特意穿了正装，虽然很热，但他觉得很有必要。这身衣服面料高档、剪裁得体，是他几年前参加终极公司的一次活动时特别添置的。此刻他穿在身上犹如穿了一套铠甲，有效抵挡住了斯蒂芬·贾斯珀投射过来的鄙夷的目光。其他董事打开文件开始浏览，他们时而与相邻的人交头接耳一番，时而指出规划中令人耳目一新的地方。贾斯珀盯着面前的档案，仿佛那是一堆令人恶心的秽物。他靠在椅背上，抱起双臂，一副打死也懒得看的架势。艾登几乎要笑出来，贾斯珀表现得就像一个任性的小孩子，他不愿加入，因为其他孩子没有玩他选中的游戏。

贾斯珀是扛着大炮来开会的，他恨不得让根据地立马关门。但他忽略了伊斯特伍德男爵夫人，她是当年她上的那所医学院里第一批获得医师头衔的女性之一，而今她又是全英国杰出的卫生改革者之一，她的整个职业生涯几乎都在和那些高高在上的男人做斗争。因此贾斯珀的大炮还没有支起来，就被她兜头泼了一盆冷水。

“我们承认应该密切关注公司的财务状况，这是不可避免的，也是没办法的事。但我们不能因噎废食，更没有理由把数年来的苦心经营弃之不顾。如果凯特和艾登有办法拯救根据地，我们不妨听一听他们的意见。”她说。

“可是……”贾斯珀几乎恼羞成怒。

“作为董事会主席，议程由我决定，”她平静地说，“现在我们请他们发言。”

贾斯珀正要开口反对，男爵夫人举起一只手，并用能把许多实习医生吓个半死的眼神瞪了他一眼，他的脸色阴沉下来。艾登看得出来他在掂量有没有必要直接与男爵夫人发生正面冲突，思虑再三，他发现自己不管怎样都讨不到好果子吃。

于是，艾登和凯特顺理成章地开始了他们的陈述。为了今天这一刻，他们不知加了多少个小时的班，诅咒了多少次天地，踢倒了多少回椅子。他们准备了幻灯片，打印了文件，还在洛拉的观摩下演练了一遍又一遍。

在他们等待董事们到场期间，凯特替艾登整了整领带并拍拍他的胳膊说：“打起精神，拿出胸有成竹的样子。咱们可不是人尽可欺的菜鸟。”

“可咱们确实是菜鸟啊。”艾登微笑着说。

“没错，但他们不知道啊。”她咧嘴一笑，转身去拿投影仪的遥控器。她今天也穿了套装：修身铅笔裙，短款小外套。他平时只能看见她穿牛仔服和休闲服的样子，今天的形象令他眼前一亮。

此刻她站在一名董事旁边，那是一位面色红润的老兵，嘴唇上留着威风的小胡子。她正从容自若地为他讲解数据。男爵夫人示意艾登过去，他依依不舍地从凯特身上收回目光，转身去为她答疑解惑。

董事们可没那么好对付——他们发表了一大堆犀利尖刻的评论，还对几个数据提出了质疑。但总体来说，他们大部分人仍持肯定的态度。其间小胡子老上校给他的一个熟人打了个电话，打听到了一家愿意给根据地贷款的公司的名字；另一名董事说她的女儿开了一家公关公司，目前正寻求与非营利性组织合作的机会。这样一来，斯蒂芬·贾斯珀的脸色就更难看了。

“好了，”男爵夫人敲了敲桌子说，“大家静一静。”

所有人都望向她。

“我提议仍由凯特暂代经理一职，我们根据今天的提案修改预算，一周内再次开会签字。同意的请举手。”

除斯蒂芬·贾斯珀之外的所有董事都举起了手，秘书记录下投票结果。贾斯珀突然站起来。“这两个愣头青会毁了你的声誉的，”他说，“这太荒唐了，我现在就向董事会提出辞呈。”他哗啦一声将面前的档案尽数扫到桌下，拿起他的公文包，气急败坏地走了。

“出去的时候别让门撞着屁股。”男爵夫人不冷不热地说，“下一项议程，菲奥娜有没有在冰箱里存着上等的桑塞尔白葡萄酒？”

贾斯珀走了之后，会议室里的气氛活跃起来。董事们以最快的速度干掉了一箱白葡萄酒，而后又打算到附近的酒吧继续畅饮。

“凯特，艾登，跟我们一起去吧，”小胡子老上校说，“我们请客。”

“把这边的资料整理完我就过去，”凯特说，“谢谢邀请。”

“谢谢，可惜我不能去了，”艾登遗憾地说，“我妈妈生着病呢，我得赶快回家去。”

他们又客气地劝说了一阵方才作罢，毕竟他们都急着喝酒呢。等他们全都走到街上以后，凯特和艾登收起酒杯，重新摆好了桌椅。

“嘿，”凯特说，“我觉得我们已经算是成功了吧。”

“至少首战告捷，”艾登说，“看着贾斯珀气冲冲地离开，我感觉爽极了。”

“我也是，艾登，”她用洗碗巾擦干了手才把它挂起来，“你真棒，谢谢你。没有你，这一切都不可能实现。你拯救了我们大家。”

她冷不丁地抱住了他。因个头稍矮，需要踮起脚尖。她热烘烘的身躯扑在他的臂弯里，她的头发有一股清新的柠檬香味。他仿佛突然被什么东西触动了心弦，但还未等他细细品味，凯特已经在他脸上匆匆吻了一下，而后逃也似的出门去了。他独自一人站在厨房里，盯着手中的玻璃酒杯，心里竟莫名其妙地涌起一阵内疚。

第58章

辛妮

我累了。我一直在走，却不知道走了多久。之前我在一家旅馆，或许是医院，但我想回家，所以我穿上鞋子就跑出来了。我仍然穿着睡衣，手提包似乎也忘了带。我想回家，却不知道家在哪里。我想拦住一个人问问，但他们一定会问我的住址，可我……全忘了。没有手提包，我连出租车都叫不到，即便我知道哪里可以叫车。我打算一直走下去，天色已晚，因为影子越来越长。我口渴难耐，两只脚也疼得厉害。

我走的这条路两旁都有房屋。如果能找到商店，或许我就能找到可以求助的人。也许只要我告诉他们我的名字，他们就可以在网上查出我家的地址，可我什么都没有找到。我不知道以前是否来过这条街——所有的房子看着似乎都一样。我想去敲门，可又不好意思。我该怎么说呢？“我迷路了，但我又不知道自己住哪儿。”他们肯定以为我是个傻子。

现在我来到了一个十字路口。左边看不出有什么，不过是更多千篇一律的郊区房子。右边看起来更像是乡间小路——只看得见树和田野。几百码之外的地方有几个人正围成一个圈子，我打算去问问他们，说不定有人会认识我并知道我的家在哪里呢。

我离他们越来越近了，我注意到他们旁边停了一辆车。所谓的圈子其实总共只有四个人，全是年轻人。但圈子的中央很可能还有一个人，只是不太容易看见。他们大声笑着，但笑声刺耳且充满了恶意，我看到他们俯身抓着什么。肯定有第五个人，外面这四个人全是些十七八岁的小青年。我太了解这个年龄的孩子了，我自己就养大过两个。不，他们已经不是孩子了。所以，如果他们在欺负什么人，那么现在说不定已经在对方身上造成了伤害。

“不好意思。”我说。我尽量让声音果断刚强些，免得被他们轻看了。其中一个男孩子转身看了看我，脸色顿时一变，好像非常过意不去。他比我想象的要年轻些。

“你们在干什么？”我说着又走近了一点。这一次，四个男孩儿全都扭头望着我。我发现他们是那种我们过去经常挂在嘴边的“别人家的孩子”——他们教养良好，上本地的文法学校。他们从上到下干干净净，穿着上档次的衣服，没有文身，耳朵也没有打孔。但事实上，他们此刻没干好事。其中一个，个子最高的那个，有一头浓密的黑发，我隐隐觉得在哪里见过他。

“走啦！”他喊了一声就跑开了。他的朋友们愣了愣，也随他而去。他们跑向了车子，一辆宽大的银色房车，然后匆匆跳上车，在引擎的轰鸣中绝尘而去。

果然有第五个人，是个女的。看样子她刚刚被那四个男孩子抬着，因为四人逃走，她重重地摔在了地上。她穿着白色外衣，虽然我离她还有50码，但我已经能清楚地看到她躺在茂盛的草地上。我紧走几步来到她身边蹲下，她身上的白色连衣裙现在已经又脏又皱。

她一动不动地躺在那里，眼睛木然地望着天空。她好像没有呼吸，面庞倒是美丽而恬静。她的嘴角有一道可怕的裂口，但却没有血。她死了吗？我想她应该是死了，可我又明明看到她的眼睛在动，虽然不易察觉。我拉住她的手。

“辛妮。”她轻声说。

我不明白她怎么会知道我的名字。我好像不认识她，尽管她的样子倒有几分像我的儿媳妇瑞秋。瑞秋是科学家，也许是那件白色外衣的缘故吧，因为它看上去像是实验室里穿的工作服。

“那些坏小子们都跑了。”我说。我轻柔地拉平她的外衣，并试着擦了擦上面的泥土。随后我又拉住她的手，她也没有带手提包，也没有手机，只戴了一副墨镜，此刻就丢在她旁边的泥土中，然而镜架已经扭曲变形，镜片也碎了，显然有人在上面踩过一脚。

“你还能站起来吗？”我问，“你受伤了吗？我不知道我的家在哪儿，不过也许我们可以找人帮忙。”

“我站不起来了，”她低声说，“我……我的电池……”

就在这时，我看到她眼睛里的光芒消失了。她死了。

天色暗了下来，我抬起头，看到几颗星星已经出现在天幕中。我不知道该怎么办，我不能把这个女人的尸体丢在这乡间小路上不管不问。我不知道我在哪儿，也不知道该去哪儿找人帮忙。我只好坐在这里，拉着她冰冷的手，期待能有人发现我们。

第59章

艾登

到家已是晚上。董事会上的兴奋劲儿还没有过去，心头却新添了一丝苦恼——他与凯特之间刚刚露头的朦胧情愫让他感到愧疚和困惑。他心烦意乱，几乎走到门口才注意到家里还是一团漆黑。他有点意外，心想是不是停电了，或者i-瑞秋、克洛伊和辛妮都在花园里。然而当他看到半开的前门时，惊讶瞬间变成了恐惧。

他小心翼翼地推开门，喊了一声："人呢？"但他立刻意识到不会有人答应。屋里静悄悄的，他慌乱地从一个房间跑进另一个房间，打开灯，叫了几声。没人。他掏出手机，拨通克洛伊的号码，让他感到不祥的是，她的手机竟然在厨房里响了起来。人都去哪儿了？难道辛妮病情加重，她们送她去医院了吗？可如果那样，她们一定会通知他的呀。他翻了翻手机，看到i-瑞秋用手机发给他的一条短信："辛妮失踪了。"他立刻拨打i-瑞秋的手机，但却直接进入了留言信箱。

他的心在胸口剧烈地跳动起来，呼吸也不觉间加快了。他脑子一片空白。怎么办？打999报警吗？他该怎么说？"我是艾登·索耶，我的亲人全都不见了？"

他快步走到门廊下，扫视着外面的大街。他攥着手机，拇指悬在按键9上面。这时，他看到一个人影从街上向他走来，那人步履缓慢，耷拉着脑袋，一副无精打采的样子，那是克洛伊。他冲过去抓住她的肩膀。“你去哪儿了？奶奶呢？i-瑞秋去哪儿了？”

“什么？什么？”女儿不解地叫道。她睁大的眼睛里满是震惊和恐惧。“我以为你还在开会。”

“她们去哪儿了？”他嚷道，并用力摇晃着她。

他的慌张把她吓得哭起来。“我不知道，”她呜咽着回答，“出事了，我跑出去找艾米，我一直在艾米家。”

“你怎么没带手机？”

“我什么都没带。我太着急了，恐怕连门都忘了关……”克洛伊惊恐万分，不由得捂住了嘴巴。“天啊！”

艾登从兜里掏出钥匙。“上车，我们去找她们。”

他们沿着大街缓缓行驶，眼睛搜索着街道两旁。克洛伊不停地说着“对不起，爸爸”。声音里带着哭腔。

“继续找，”艾登冷酷地说，“我们再找30分钟，找不到我就得报警……还要通知卢克。”

“万一她们去了别人家呢？”

“如果真是那样，i-瑞秋知道我的号码，应该会有人打电话给我。”可艾登自己心里也没底。一个普通人看到一个机器人和一个痴呆的老太太出现在自家门口会怎么办？他不敢想象下去。不过话说回来，遇到这种事，一般人应该更倾向于打电话给媒体，而非警察。他把手机递给克洛伊。“留意一下新闻和社交媒体……以防万一。”

克洛伊飞快地查了一遍。“没有，”她说，“这应该是好事，对吧？”

艾登点头，但他并不敢保证。“我先朝一个方向开几条街，然后左拐开几条街，然后再左拐，这样我们就能围着这一带转个圈了。”他说。

“她们应该走不了多远，”克洛伊赞同说，“只要我们仔细找，应该会找到的吧？”

他们沿着每一条路每一道街仔细搜索，直到开出离家1600米的距离。

“这样没用，”克洛伊沮丧地说，“她们应该走不了这么远吧？”

“谁知道呢？也许我们错过了。我拐个弯，咱们从另一条路回去再找一遍。”

艾登驶向一个十字路口，靠右准备来一个三点掉头。

“等等！”克洛伊突然兴奋地叫道。艾登立刻踩下刹车。“那儿！”克洛伊指着路前方说。“地上有白色的东西。”艾登开始缓缓驶向克洛伊指的地方。“也许不是，”克洛伊犹疑地说，“可能是塑料袋或别的什么……”然而当车子驶近，大灯捕捉到了眼睛的反光。

艾登踩下刹车，把车慢慢停到路边。他开着大灯，跳下车，首先喊了一声：“妈妈！”

辛妮慢慢扭头望着他。她头发凌乱，身上穿着睡衣。“你是救护车司机？恐怕你来晚了，这姑娘已经死了。”

看到i-瑞秋一动不动的身体时，克洛伊哭出了声。艾登伸手想去安慰她，但她深吸了一口气，定了定神，在辛妮旁边的草地上坐了下来。“奶奶，”她拉住辛妮的手叫道，“我们快担心死了。跟我们回家好吗？”她轻轻揉搓着辛妮的手。“爸爸，奶奶的手好凉，不知道她在这里坐了多久。”

“没事了。”艾登如释重负，但他为自己颤抖的嗓音感到羞愧。他不知道从何处着手。“呃……咱们把她扶上车吧，我把暖气打开。”

可辛妮不愿离开i-瑞秋。最后，艾登只好先抱起i-瑞秋，费力地把她放在后排，用安全带固定住。随后辛妮才同意上车，但她坚持坐在后排i-瑞秋的旁边，于是艾登和克洛伊跳上前排。他先锁上四个车门，而后才发动车子，打开暖风。

他慢慢开车回家，辛妮在i-瑞秋耳边喃喃地说了一路。到家时，艾登把车子尽可能开到了靠近房子的地方。他先把辛妮哄进了屋，克洛伊把她安顿在客厅里，裹上毛毯，然后去给她灌了一个暖水袋。

现在艾登得把i-瑞秋弄进屋里了。他不敢想象倘若某个邻居从窗户里看到他往家里拖一个“死人”结果会怎样。他关掉门廊灯，决定速战速决。他首先解开i-瑞秋身上的安全带，而后双手从她的腋下伸入，将她托举起来放在肩上扛着。如果有人问起，他就说是一个喝醉的朋友。她很重，和成年女性相当，这倒让他颇感意外。他以为她会轻一些，因为身体里应该是空的才对。

他扛着她走进屋里，匆忙关门时不小心把她的头撞在了门框上。如果不是情势紧张，这一幕倒充满喜剧效果。

他听见克洛伊在客厅里安慰辛妮，于是把她叫过来。“打医院的值班电话，”他说，“告诉他们我们在街上找到你奶奶了，她浑身冰凉，问他们能不能到家里来一趟。”

克洛伊点点头，转身去打电话了。

他得知道医生怎么说——也许他们会要求他把辛妮送到医院。但不管怎样，另外一个当务之急是i-瑞秋，他不能不管她。

他从没见过i-瑞秋这个样子。他见过她充电时的休眠状态，但那不一样。现在的她看上去就像真的死了一样，也许她的电池没电了？他想给她插上充电器，但又不能让她留在厨房里，万一待会儿医生过来了可如何是好。于是他打算先把她扛到他的卧室里。上楼时，他的双腿不停地哆嗦，几乎站立不稳，但他终于还是成功把她放到了床上。在床头灯的光线里，他看到了她脸上的伤，不禁心疼地皱起眉头。随后他连忙下楼到厨房拿她的充电线，并小心地插在床头的插座上。他在她身旁坐了一分钟左右，没有反应。他检查了一遍线路，i-瑞秋腋下的小红灯显示有电流正常通过。

他站在卧室门口，迟疑不决，这时克洛伊在楼下喊，“医生已经在路上了”。生者优先，他又望了一眼i-瑞秋遭到破坏的、纹丝不动的脸，离开了房间。

第60章

卢克

“上帝呀！”看到躺在床上的i-瑞秋时，卢克惊叫道。他急忙扑过去，把工具包往地板上一丢，坐在她旁边仔细查看她的受损情况。他敏捷地解开她外衣的扣子。

“你有必要……”艾登刚要说话，卢克不耐烦地摆摆手打断了他。

“我需要看看损坏的程度，什么人干的？”

“不知道，”艾登说，“我不知道出了什么事，我们是在路边找到她和我妈妈的。我以为她只是电量不足，所以就把她带回来充电，可她一直没有苏醒。”

卢克在i-瑞秋的皮肤上放置了一个小型传感器。“电池已经充满电了，”他干巴巴地说，“不是电池的原因。”他掏出一个笔记本和一支钢笔，开始对她实施全身检查。他没有放过任何一寸皮肤，并把每一处伤痕、裂口以及损坏的证据详细记录在案。“不管是谁干的，总之她被人攻击过。”他愤慨地说。随后他眯起眼睛瞪着艾登，在他的怒视下，艾登惶恐得脸都白了。

“天啊！你不会以为是我干的吧？”

“你让我怎么想？它本该待在屋里。除了我们，根本没有人知道她的存在，可现在……？”

“你要知道我是绝对不会伤害她的。我们的关系非常融洽，我们都很在乎她。”

“瞧我说什么来着？你已经对她投入感情了。有了感情的开端，只需往前一步就有可能出现愤怒，或者暴力……”

“那是你，不是我。”艾登咬牙反驳道，“她出门一定是为了找我妈妈。但之后发生了什么，她遇到了什么人，我真的不知道。”

这时，克洛伊出现在他身后的门口。“也许我知道，”她说，“至少我能猜出大概。”她简单说了说艾米如何把机器人的秘密告诉杰米的事。“我去找她吼了一通，她太让我失望了。艾米也很难过，她根本没有考虑后果，她只是想引起杰米的注意罢了。她没想到杰米会找上门来。”

“杰米来过？”艾登大惊失色。

“是的，我把他赶走了，但他说他要告诉他的朋友们。仔细想想，奶奶之所以能出去是因为我忘记了锁门。i-瑞秋很可能出去找她，结果遇到了杰米和他的朋友。”

“你确定吗？”

“不完全确定，但奶奶提到过一辆宽大的银色轿车。杰米开的他妈妈的房车就是银色的。”

“你知道他住哪儿吗？”卢克瞪着她问。

“不知道，”克洛伊坚决地说，“就算知道我也不会告诉你。如果你要报警，我就把我知道的事都告诉警察。”

卢克盯着克洛伊，而她昂首挺胸，毫不示弱地迎着他的目光。果然有其母必有其女，她们骨子里是一样的。

他继续检查着i-瑞秋，把艾登和克洛伊晾在身后。“目前来看，它受的基本上全是皮外伤，”他说，“我只是不明白为什么……”他皱着眉头，脸色忽然变得煞白。他扭头问艾登：“她最后一次扫描签到是什么时候？”

“啊？”

“镜子。你们走廊上的镜子。它每隔六个小时应该扫描一次的。”

“我知道，”艾登说，“呃……扫描时间通常在2点和8点。”

“她2点扫描过了，”克洛伊说，“这个我记得。她把奶奶安顿到卧室之后就去了。”

卢克看看手表。“但现在已经8点半了，也就是说她错过了晚上8点的报到。该死的，病毒。”

“瑞秋在她身上植入的病毒？你觉得这才是导致她无法醒来的原因吗？”

卢克扳着i-瑞秋的肩膀把她扶起来。“帮我把它抬到楼下，也许还来得及。”

“她没穿衣服呢。”克洛伊说。

卢克严厉地瞥了她一眼。“现在这个还重要吗？”

他用肩膀架起i-瑞秋的一条胳膊，一手搂住她的腰，让她站了起来。艾登略有迟疑，随即冲进卧室的洗手间，拿了瑞秋的一条睡袍出来，从i-瑞秋的另一条胳膊套了上去。尽管卢克恼火万分，但他还是花了几秒钟的时间替i-瑞秋穿上了睡袍，并系上了腰带。

于是两人一起把i-瑞秋抬到了楼下的走廊里。他们扶着她在镜子前摆正了姿势。

“比对扫描需要30秒钟对吧？”卢克被压得气喘吁吁地说。

“是，但位置一定要正确。她的眼睛需要和感应器完全对齐。”

“该死的感应器在哪儿？”

“我怎么知道？”艾登呛了他一句。

他们托着她左右移动，并努力让她保持正常的高度。这可不容易，她的身体直往下坠，脑袋一直朝前耷拉着。

“克洛伊！”艾登喊道。她从楼上跑了下来。

她立刻明白了问题所在，于是站在i-瑞秋身后，双手扶着她的脑袋。越过i-瑞秋的肩膀，她依稀看到玻璃后面有几个微弱的光点，便把

i-瑞秋的双眼对准光点。卢克和艾登累得满头大汗，浑身直哆嗦。克洛伊尽量让i-瑞秋的头保持静止不动的姿势，同时默默计算着时间。谁能想到，短短30秒钟竟感觉像一辈子那么长。

30秒过去了，他们继续坚持了一会儿。这时卢克突然撒手，i-瑞秋的整个重量都落在了艾登身上。卢克咬牙切齿地低声骂道："所有的努力，全白费了。"他转身漫无目的地踢了一脚，地上的鞋子、靴子和人字拖飞向四面八方。

艾登不知道他一个人还能把i-瑞秋架多久，正当他要喊克洛伊帮忙时，他忽然感觉i-瑞秋在他怀里动了动。她的头猛然抬起，撞到了他的下巴。他本能地向后一退，不料正好踩在一只鞋子上；他身子一歪向后摔倒，双手也松开了i-瑞秋。他一屁股坐在地上，还差点崴到右手，但i-瑞秋却站在原地。他惊讶地抬起头，发现她的双眼已经恢复了光芒，而且她站立的姿势看起来是那么泰然自若。她看了看自己周围乱糟糟的一团，又看了看卢克和克洛伊，两人全都张大了嘴巴盯着她。

"你没事吧，艾登？"她说着伸手拉他起来。由于嘴角开裂，她说话有些口齿不清。

但卢克立即上前紧紧抓住她的胳膊问："病毒什么情况？文件感染百分比是多少？"

"你先让她缓缓！"艾登站起身，揉着手腕说。

"没时间缓了。"卢克说，"我们需要关机重启，采取一切措施……"

"没有感染。"i-瑞秋镇定自若地说。

"什么？"艾登惊讶极了，"不是你说的……"

"我只是按照程序说话，那是瑞秋的安排。"

"什么？"卢克脸都绿了，他向她逼近过去。

艾登立刻走到他们中间说："让她把话说完。"

i-瑞秋向后挪了挪，站在通往客厅的门口，离卢克稍微远了一点。

“病毒的事是我根据瑞秋的指令说的。她认为只有这么说成功的概率才最大。”

“她所谓的成功是指什么？”

“让我尽可能在这里久留。”

“这么说，在镜子前报到的事也是唬人的了？”

“不是。”

“不是？”卢克轻蔑地反问，“既然没有病毒，那报到还有什么用？”

这时他口袋里的手机响了，但他不理不睬。

“接电话，卢克。”i-瑞秋平静地说。

他瞪着她，置若罔闻。铃声停了，但几秒钟之后又再度响起。这一次，连家里的电话和艾登的手机也响了。

“什么情况……？”艾登疑惑地掏出手机，但却发现看不到来电号码。

“别接。”卢克忽然说，“我来。喂？”他对着自己的手机说。

“卢克，”一个干脆的声音说道，“我是贝亚。”

“贝亚？你好。”卢克尽力装出自然平静的样子。

“你需要到实验室来一趟。现在。”

“现在？现在是周五晚上啊？”贝亚没有半句废话，卢克只好匆匆答应说：“好吧。我手头有点事情需要处理……再过大概……”

“现在，卢克。马上！到了之后你最好给我一个合理的解释。”

“你在说什么呀？”

“15分钟前，终极公司研究委员会的所有委员和每一位科研人员的邮箱里都收到了一封具有高优先级的邮件。这封邮件是从瑞秋·普罗斯珀的私人邮箱发来的，信里说她研发的类人机器人原型机处境极度危险，而且失踪了。机器人在哪儿呢，卢克？你把它怎么样了？”

第61章

艾登

他们站在走廊上面面相觑，耳边传来马达的轰鸣声，卢克发动他的摩托车，疾驰而去。i-瑞秋开始弯腰收拾地上的鞋子。

“别！”克洛伊拉住她的胳膊说，“你不用干这些。过来坐会儿。”

“我已经充好电了，暂时不需要休息。”

“你受伤了。”

“我只需要一点点机械修理和整形修复，但那不急。我的损坏程度不影响我履行职责。”

“求你别干了，”克洛伊恳求说，“求你了，真的。”她突然哭起来。

“你为什么哭呢，克洛伊？”i-瑞秋停下手上的动作，站起身。“什么事让你这样伤心？”

“你的遭遇，你受伤了。你需要……”看着i-瑞秋被损坏的美丽的脸庞，她不忍心再说下去。

“我需要什么？谈一谈？治疗？检查创伤？这样做是为了谁呢？为我吗？还是为你？”

克洛伊震惊得连连后退，终于，她转身跑向楼上的房间。

艾登看着她逃走的背影，又看看重新弯下腰去捡鞋子的i-瑞秋。“我去看看克洛伊和妈妈。”说完他也上楼去了。

辛妮很快就入睡了。医生为她做了检查，说她虽然受了点风寒，但并没有出现低体温症。治疗尿路感染的抗生素已经开始起效，因此他给她打了一针镇静剂，让她上床睡觉去了。“好好睡一觉会大有好转的。”医生说。他看着艾登紧张而毫无血色的脸。“看样子你也该好好休息一下了。”

艾登勉强笑了笑，便迫不及待地送他走了。

此刻艾登站在辛妮卧室的门口，注视了她足足几分钟。枕头上的那张脸庞看起来宁静、安详但又虚弱不堪。下午究竟发生了什么？他还有机会知道吗?

随后他轻轻敲了敲克洛伊的房门。她在里面含糊地说了句什么，他视之为许可，便推门进去。这是他第一次进门没有看见她在玩手机或电脑，或者写日记。她静静地躺在床上，那么娇小。她的脸上满是泪水。

“嘿，宝贝儿。”他轻声说道，在她的床沿上坐了下来。

“嗯。”她低声回应。

“要我给你拿点东西吗？”

她微微摇了摇头，一颗泪珠滚下她的鼻梁，落在枕头上。艾登捏了捏她的胳膊。

“爸爸，这全是我的错。”听她如此自责，艾登的心都要碎了。

“不，你没有任何错。”

“是我把可恶的杰米带进我们的生活的。是我忘记了锁门，奶奶很可能出事的，还有i-瑞秋……”

“有些事注定会发生。”尽管是随口一说的安慰，但艾登惊讶地发现这却是事实。“我们不可能永远守住这个秘密，而我把照顾奶奶的重担全都压在i-瑞秋一个人身上也不公平。她对她的照顾无微不至，但以她的情况根本无法保证她的安全。”

“那我们该怎么办呢？”

“我现在还没想到办法。我们首先要把照顾奶奶的事安排好，这是不能回避的。现在看来终极公司已经知道i-瑞秋的事了，那这就是他们要解决的问题了。但眼下我最担心的是你。”

“我到现在还不敢相信艾米会这样对我，”克洛伊流着泪说，“我把我最大的秘密告诉了她，而她却拿来讨好那个……那个……”

“可能对任何人来说这都难以接受，”艾登语重心长地说，“但话说回来，你和她从小到大都是好朋友，而在今天之前她也从来没有让你失望过。她只是犯了个错误，谁不会犯错呢？”

“那是个天大的错误。”

“没错，但能不能原谅她只有你自己知道。”

“我不知道。”

“现在你当然不知道啦，你正在气头上呢。我想说的是，不要因此把她的好一笔勾销。有时候，我们爱的人会做出一些让我们无法理解的事情，可这不妨碍我们继续爱他们。”

他想起当初瑞秋隐瞒动脉瘤的事情时他是多么恼怒，他一度以为自己永远都不会原谅她了。

克洛伊沉默了，但她似乎并没有被完全说服。艾登轻轻拍了拍她的胳膊。“时间会改变很多事，包括爱，你明白吗？我现在已经领悟到了。想想几个月前你妈妈刚去世的时候我们是什么样子；想想i-瑞秋刚到咱们家时我们又是什么样子，那时我们像废了一样啊。虽然现在我们依旧在忍受伤痛，但我想我们已经开始恢复了。”

克洛伊若有所思，缓缓地点了点头。随后她猛地翻身坐起来，一把搂住了爸爸的脖子。“谢谢你，爸爸。我会考虑艾米的事，过几天看看会怎样。不过杰米……”

“我想杰米的麻烦可能比他自己预料的还要大些，我已经能想象出卢克拿书砸他的情景了。”

“我希望是拿词典！”克洛伊含泪笑着说。“去看看i-瑞秋吧，爸爸。她不接受我的帮助，但说不定会听你的。”

艾登慢慢回到楼下。i-瑞秋在厨房，她在柜台上把各种各样维修用的材料和工具整齐地摆放好，就像她是一个准备做手术的外科医生。她已经补好了皮肤上的一些损伤，艾登进来时，她差不多已经修复了脸上的裂口，正往上涂乳胶。

“你还好吗？”艾登问。

“我已经做过必要的检查，结构受损很轻。”

“你能告诉我发生什么事了吗？”

i-瑞秋点点头，一边继续修补，一边开始讲述。似乎这是最好的方式，仿佛在做报告。

“发现辛妮离开家后，我曾试着联系你、卢克和克洛伊。但你们没有一个人对我的应急预案做出回应，可能是因为我的电量过低导致无法成功发送消息。不管怎样，眼看没有人回应，我不得不自己采取行动。鉴于辛妮的病情，我担心她会遇到危险，因为情况紧急，我通过运算得出的最好方法就是出去找她。

“载着几个年轻人的车子驶近我时，我才刚刚走到门前这条路的尽头。他们看见我便停住车，下来将我围住。其中一人抓住我的胳膊，我警告他们不要碰我，但却招来一阵哄笑。我想他们一定很意外我居然会说话。然后有一个人搂住我，并举起手机拍了张照片。

“我大喊‘住手！’他们稍微收敛了些。其中个子最高的那个——我想应该叫杰米——担心继续下去会惹出麻烦。他说：‘伙计们，你们已经见过了，咱们走吧。’可那个最咄咄逼人的矮个子却嘲笑杰米是个怂包，并说他要玩一玩我这个大型的玩具娃娃。‘咱们拍个小视频吧！’他说，‘我敢打赌一定会火的。’

“另一个年轻人说：‘别在这儿！’我注意到他警觉地望了望四周。显然在那里很容易被人看到。我正要喊叫，好引起附近居民的注意，但那个矮个子拉住我的胳膊，把我朝他们的车子拖去。

“‘打开后备厢，杰米。’他说，他的声音很凶。杰米想反对，但他又大声嚷道：‘快打开后备厢。’

“杰米按了车钥匙上的一个按钮，后备厢自动开启，矮个子把我塞进去，重新合上了盖子。

“当时我的电量已经非常低了，而我还没有找到辛妮。我忽然想到，倘若电量用尽，我将无法适当地保护自己，这些年轻人很可能会对我造成不可挽回的损害，那样我就永远无法找到辛妮了。我开启省电模式，让全身进入麻痹状态，以期最大限度地降低损害风险。节省下的电量我可以继续用来寻找辛妮。”

艾登走开几步望着窗外的黑暗。随后他转过身。“你一心只想着辛妮，可是你呢？你就没有为自己考虑过吗？”

“艾登，遭受人身攻击是有前提的，”i-瑞秋在脸上小心涂抹着又一层乳胶，“这个前提就是，它的主体必须是人。”

“可你也是人！”他沮丧地嚷道。

“什么是人？”

“人是有思想、有个性、有自由意志的动物。”说着说着，连艾登自己也犹豫起来，声音渐渐弱了下去。

“瑞秋曾经告诉过我，我可以选择让谁触碰我的身体。但我发现其实我根本无法自己决定。我不够强壮，阻止不了蓄意的攻击。即便在电量充足的情况下，我的用途也是助人，而非争斗。更何况我当时的电量……”

“可是……”艾登也不知道该说什么。

她扭头看着他。“谁会保护我呢？我是一件物品，是终极公司的财产。如果我有了自我意识，有了人与物的界限感，有了自主感，那就是程序上的意外了。因为那不真实。”

她继续自我修补，同时接着讲道：“那几个年轻人把车开到一条僻静的公路上才停下来，随后他们打开后备厢把我抬出来。我能够站立，但却一动不动。这样做起到了一定的作用，我的身体很重，移动起来并不方便。我想他们原本是打算把我带到野地里去的，好摆出各种姿势让他们拍照发到网上赚取点击率。但很快他们就发现那行不通，公路与田野之间有一道树篱和一条沟渠，即便他们四个人也无法将我抬过去。

“那个矮个子气得发狂，他冲我又叫又嚷，想让我醒来。见我毫无反应，他恼羞成怒，就打了我的脸。”她摸着嘴角被撕裂的地方，现在几乎已经看不到痕迹了。艾登蹙眉扭向一旁，他不想再让她说下去，可他又必须要把整件事听完。

“虽然我感觉不到疼痛，但却能感觉到损伤。在你家的这段时间，我体会到了自己的价值和与众不同。然而他们的行为使这一切都烟消云散。”

她停了片刻，接着开始收拾工具和材料，把它们整整齐齐地放进原来的箱子里。然后又慢声细语地说了起来。

“在我被那几个年轻人骚扰的时候，发生了一件非常奇怪的事情。我向上睁开眼睛，太阳正在落山，天空一片美丽的靛蓝色。这时我感觉身体里面咔嗒一声，好像解锁一样，我只能这么形容。突然间，我被潮水般的记忆淹没了。”

“记忆？”

“瑞秋的记忆。我听说当人类遭遇极端危险的时候，眼前会闪过自己的人生。我没有人生，所以瑞秋的人生涌向了我。我看到了她小时候的样子，骑马、大笑、做游戏、学习得奖。我看到她遇见你，爱上你，和你做爱。我看到了克洛伊的诞生——肮脏、痛苦，而又光荣、伟大。我看到她如何对待工作和朋友，看到她懊悔的眼泪、成功的时刻。我看到了争吵和失败，成功和背叛。那是一幅充满了伟大、混乱、痛苦和美丽的人生画卷。我实在控制不住我自己，我笑了。那感觉……妙不可言。

“我的笑容激怒了他们。他们把我推来推去，羞辱嘲笑。我记得好像就是这个时候，辛妮发现了我，他们丢下我就跑了。我听到汽车轰鸣而去，而我重重地摔在地上。在我的电量即将耗尽的最后几秒钟，辛妮拉着我的手，我看到了天空中第一颗闪亮的星星，那是我以前从未见过的风景。”

艾登走过来，向她张开双臂。“我不知道你是否还愿意被人触碰。”他迟疑地说。i-瑞秋点点头，走进他宽广而温柔的怀抱。他很小心地只抱住她的肩膀，并尽量不抱那么紧，以免她想推开。她浑身僵硬，呆立了片刻，最后才慢慢地把头枕在他的肩膀上。

“你收到卢克的消息了吗？”她问。

“没有，也没有收到实验室里其他任何人的消息。”

“会来的。”

“对。”

“他们会让我回去的。”

“极有可能，”他顿了顿，“我不会让你一个人回去的。我要陪你一起去，告诉他们你为我们所做的一切。你学到的一切，我们学到的一切。”

“谢谢你。”她仰头看着他。

他极其温柔地抚摸着她的脸。“你的修补工作还没有完成呢。”

“我想留下一个记号，一道伤疤。你曾经对我说过，伤疤代表着回忆。它们能让我们想起曾经经历过的往事，无论好坏。你说人生会在我们身上留下记号，这就是我的人生记号。”

第62章

i – 瑞秋

我的日程被完全打乱了。我不知道黎明会带来什么，但我必须电力充沛地开始每一天。经过计算，我需要在凌晨5-6点之间额外充一次电。然而当艾登一家全都睡着后，我却在屋里走来走去，等待着充电的时间，我想这应该算是机器人的失眠症吧。我认为这是个不错的笑话，便记录下来准备早上讲给克洛伊听，她一定会被我逗得大笑。

我走上楼梯，静静地站在克洛伊的门外。她的心率和体温表明她正处于深度睡眠状态。我很高兴，睡觉之前她累坏了，也伤心坏了。我确信她不会醒来，便轻轻推开门，一抹月光洒在她的床上。克洛伊在被子下面缩成一团，但金色的头发反射出光芒。她头发的颜色和瑞秋一样，也和我的一样。她继承了瑞秋标致的容貌和明亮的眼睛。因为认识她，现在当我照镜子的时候，我从我的脸上既能看到瑞秋，也能看到克洛伊。

也许她没有意识到，她同时还继承了她妈妈的许多个性。抗拒或者与人争吵的时候，她也会高傲地扬起下巴；她们的笑容同样大开大合，就连她大笑时的喉音都与瑞秋如出一辙，我相信她必定也和瑞秋一样聪明。据我观察，对于新鲜事物和概念，她能迅速领悟吸收并加以应用；她操作起数据来从容自信。她花了很大的力气摆脱瑞秋的影子，而有朝一日她会把这份精力用在如何成为独一无二的克洛伊上。

到那时我相信，世界将是她的。她经历了这么多的痛苦与不幸，但她的内心无比坚强，在艾登的帮助下，她前进的脚步将无可阻挡。

艾登。我沿着二楼走廊轻手轻脚地走到他的卧室门口。他也在熟睡，他仰躺在床上，一条胳膊伸在脑袋上面。他的体征指数表明他正处于快速眼动睡眠阶段，在我注视他的时候，他的眼珠在眼睑下轻轻滚动。他梦到了什么呢？又梦见了谁？他的梦里依然有瑞秋吗？他会拥抱她吗？会和她做爱吗？瑞秋的一段记忆忽然涌现出来。我看到艾登睡觉的侧影，瑞秋躺在她身旁。她的眼睛——我的眼睛——在他光滑的皮肤上漫游，游过他高耸的颧骨和精致的鼻梁。我们端详着他强健的二头肌的轮廓和优美纤长的手指。他猛吸了一口气，而后像叹气一样缓缓呼出，接着翻身过来面朝她、面朝我们、面朝我。因为我已经走进了房间，躺在了他的身旁。

在我的记忆里——或瑞秋的记忆里——充满了艾登的形象。年轻时，他阳光帅气、风度翩翩、身材修长，还顶着一头卷发，活脱脱一个文艺复兴时期的王子。旅行的那几年，他经常背着背包，邋里邋遢、不修边幅。如今的他，卷发中平添了不少银丝，嘴角两边是深深的法令纹。我回想起之前艾登抱我时的感觉，他的温柔使我平静。我想到在许许多多的方面我都无法真实地了解他。

我永远无法感觉他身体的温度，除了读取冰冷的数字。我可以分析他体味中的化学成分，但却无法真切闻到他皮肤的味道，亦无法感知他的欲望。我可以向他转述瑞秋的记忆、瑞秋的爱、瑞秋的激情，但却无法告诉他我的感受。我自己的记忆储存量少得可怜，但又弥足珍贵。那仅仅是几个星期的朝夕相处，几个星期的被需要和需要。

这是爱吗？

这无以言表的忧伤，这对我无法触及的事物的渴望，我可以引用成千上万首歌曲来证明这就是爱。

艾登在小声呢喃着什么，我没有听清。随后他忽然伸手搭在我的臀部，而后轻轻抚摸上我的腰。他美丽的嘴角弯起一朵小花，我用一根手指摸了摸他柔软的下嘴唇。我的感应器探测到他呼吸和心率的变化，他进入了更深层次的睡眠。我被困在了他的胳膊下，如果我试图抽身出去，很可能会惊醒他。因此我静静地躺在他身边，看着他，直到第一缕曙光透进窗帘的缝隙。这将是我们在一起的最后一天。

艾登叹了口气，翻身到另一边。我趁机下床，走进辛妮的卧房。她也睡得正香，医生的药给了她几周来的第一场好觉。她睡着时的脸庞如此平静，眉宇间再也看不到因为不安和对记忆流逝的恐惧而高高隆起的皱纹。看着她缓缓起伏的胸口，我终于知道我该怎么做了。

第63章

克洛伊

艾米看上去可真小，克洛伊心想，小得可怜。尽管这是一个温暖的早上，她却穿了一件宽松的连帽衫。她站在门阶上，脸哭花了，眼睛又红又肿。她什么也不说，就站在那里，等着看克洛伊会不会把门摔到她脸上。

克洛伊很想那么做，但她做不出来。犹豫了一下，她把门缝开大一些，转身向屋里走去。艾米跟了进去，又停下来关门。

“等等，”克洛伊忽然记起什么，“我奶奶。”她手里拿着钥匙，把门反锁上以后才又装回口袋。

“你奶奶怎么样了？”艾米问。她声音细微得就像蚊子。

“她没事，今天好多了，也不那么糊涂了，但我们还是得小心提防她跑出去。我们已经让人过来评估她的状况，看需要什么形式的护理，然后我们就要请专业的护工来帮忙了。”

她们来到厨房里。艾米警觉地环顾四周。“她……在哪儿？”她支支吾吾地说。

“她回妈妈的实验室了，爸爸陪她去的。”

“她还能回来吗？”

“现在还不知道。”

克洛伊打开冰箱拿牛奶。没有多说什么，艾米从碗柜里拿了两个杯子和草莓牛奶伴侣。她们一言不发地调着饮料，随后艾米从灶台旁的抽屉里拿出两根吸管，两人在柜台前的高脚凳上坐下，就像她们无数次做过的那样。

“你怎么这副鬼样子？”克洛伊问。

“五十步笑百步，”艾米回答，“我一夜没睡，你是什么原因？”

“交了烂朋友，人可不就变丑了么。”

“好吧，你的烂朋友又来道歉了。”

“我知道。”

“那……”

“你想让我原谅你。”

“你会吗？”

克洛伊沉默了足有一分钟。接着她说：“艾米，你知道杰米都干了些什么吗？杰米和他那群狐朋狗友——和他经常混在一起的那个小流氓麦洛和另外两个小畜生，我不清楚他们叫什么，大概是克拉布和高尔，或别的谁。”

“他们干什么了？”

“他们绑架了她，把她塞到了汽车后备厢里。麦洛还打了她。他们开车把她拉到野外，拍了一堆不堪入目的照片发到色拉布上。”

艾米震惊得不由得捂住了嘴。

“这就是你爱上的白马王子。”克洛伊挖苦说。

“她还好吗？”

“他们撕烂了她的皮肤，但她自己修补了过来。可真正的伤害不是身体上的，我觉得她受了非常严重的刺激。今天早上她一句话都没有说，就在厨房里静静地等着卢克，卢克来了之后她径直走出去上了车，她甚至没有跟我道别。”

“天啊，克洛伊，对不起。我没想到他会做出这种事。真的。”

克洛伊注视着朋友惶恐不安的脸，许久才说：“我知道。”

艾米放下袖子盖住手，低下了头。她的脸因为痛苦而有些扭曲，但她强忍着不让自己哭出来。这不是因为她，也不是因为克洛伊。她们两个都犯了错，而为此付出代价的却是无辜的人——辛妮和i-瑞秋。

她刚想开口说点什么，门铃响了。她和克洛伊对视一眼。克洛伊本想置之不理，但又怕是提前到来的护工。她过去打开门，却意外地发现来人是杰丝。她站在门阶上，脸色苍白得吓人。

“我能进去吗？”她说。

克洛伊点头答应，杰丝走进屋子。克洛伊注意到她先是东张西望了一番。“如果你在找机器人，她不在。”她说，“多谢你哥哥干的好事，她现在得回实验室了。不过，艾米在里面呢。”

杰丝点点头。“我猜她就在这儿。正好，我可以告诉你们两个。”

“告诉我们什么？”艾米来到走廊里。

“昨天夜里杰瑞米向我爸爸妈妈坦白了，所有的事。幸亏他坦白了，因为他们发到网上的照片被你妈妈实验室的人看到了，他们给我父母打电话了，并威胁要提出控告。”

“天啊。”艾米惊呼。

“不过我妈妈好像说服了他们，但杰瑞米却摊上了大麻烦，他的车钥匙被我妈妈收回了，整个夏天都要被禁足。”

屋里陷入一片沉寂。过了一会儿克洛伊终于说：“你想让我说什么？我并不觉得内疚。”

“你不需要内疚，这是他咎由自取。”杰丝说，“他们干的事情太龌龊了。”顿了顿，她接着说道：“我……我只想跟你道个歉，代表我的家人。你们受的罪已经够多了。”她抬头看着克洛伊。“那现在怎么办呢？她去实验室就不回来了吗？”

“不知道，我想他们应该不会再让她回来了。她可价值几百万。”

“杰瑞米说……”杰丝试探着开了口，“杰瑞米说她看起来就像你妈妈。”

“她是按照我妈妈的样子制造的，但其实她跟我妈妈完全不一样。”

“你是指什么？”

“她很冷静耐心，可我妈妈却像个炮仗。妈妈不在这儿，就算在也和不在一样，不知道你能不能明白。i-瑞秋很善于倾听，她做事有条不紊，还懂得和我分享。她不会约束我，我也不需要天天担心会不会让她失望。”

“你真觉得你妈妈对你失望吗？”杰丝问。

“天啊，当然了，”克洛伊说，“她总是唠叨，说我浪费自己的生命。”

“克洛伊！”艾米突然插嘴说，“你妈妈都快为你骄傲疯了！”

“是吗？我只记得她的唠叨。”

“我妈妈也天天唠叨我。”艾米说。

“我妈也是。”杰丝说。

“不管怎样，”艾米明智地转移了话题，“谁造的机器人？”

“什么？”

“谁造的机器人，还把它送到你身边的？”

“呃，卢克造的吧。”

“别傻了。”

“那就是我妈妈咯。”

“所以这个机器人为你所做的一切……”

“就等于是你妈妈做的。”杰丝接上去说。

克洛伊想起i-瑞秋从门缝里塞给她的信，想起她做菜的菜谱，想起花园笔记上的内容。她忽然明白，原来妈妈早就知道这一切对她的意义，她早就知道花园将是把克洛伊从悲伤中拯救出来的关键。无数细致入微的观察、无数的思虑、无数的爱，她妈妈把一切都想到了。

她趴在膝头呜咽起来。杰丝和艾米抱住她，直到她的泪水停止四溢。晚些时候，艾米和杰丝都已经离开后，克洛伊回到楼上找出瑞秋写给她的信。信尾是妈妈坚信不疑的一些事：

★ 我爱你。我对你的爱每一分每一秒都不曾动摇。

★ 你完美无瑕。

★ 你比你想象的更聪明、更勇敢、更坚强。

★ 你眼中的“唠叨”和“不切实际的期望”实际上全是爱，以及我作为旁观者在你身上看到的巨大潜力。

★ 你会做出正确的选择，你的未来一片光明。

★ 艾米和杰丝都是不错的朋友。珍惜她们、善待她们。

★ 你的奶奶辛妮虽然不够平易近人，但心地善良。对她多一点耐心和关爱吧，在这方面我做得不够好。

★ 你爸爸是我见过的最优秀的男人。他道德高尚、心地纯良、真诚勇敢，能够得到他的爱是上天最大的恩赐，你和我都是幸运儿，可惜很多时候我们忽略了这一点。

她躺在床上，紧紧攥着信纸。“谢谢你，妈妈，”她轻声说道，“我也爱你。”

第64章

会议记录

终极公司研究委员会会议

7月23日，上午10：00

出席人：委员会全体成员

J.拉姆斯登勋爵（主席）、L.辛普森教授、Q.吉尔摩教授、F.罗布森博士、V.比尔教授（副主席）、V.希瓦利埃先生、M.腾巴博士、S.巴顿先生（秘书）

列席人：艾登·索耶先生、卢克·伯恩博士、贝亚·扬女士（部门主管）

缺席人：无

鉴于本次会议的特殊性，拉姆斯登勋爵提议委员会取消宣读和批准上次会议记录的议程。该提议得到了全体与会人员的一致赞同。

拉姆斯登勋爵大致说明了召开本次会议的原因：

卢克·伯恩博士隐瞒了他与瑞秋·普罗斯珀博士的研究内容，并在研究进展上弄虚作假。

他们私自研究具有出众人工智能的类人机器人，包括设计和制造，事先既没有知会委员会，也没有征得委员会的批准。

在未经部门主管或委员会许可的前提下，伯恩博士擅自将机器人（编号：787775）带出终极公司。

在过去的12周中，上述机器人被秘密隐藏在艾登·索耶——已故的普罗斯珀博士的丈夫——家中。

拉姆斯登勋爵随后要求卢克·伯恩博士起立发言，向委员会解释事情的原委。罗布森博士附议，并提醒伯恩博士从速如实坦白，否则将以严重渎职的过失被解雇，甚至遭到刑事指控。

伯恩博士没有回应，而是把他预先准备好的一份声明文件分发给全体与会人员，并请他们“先读一读这该死的文件再做评断”。随后委员会和其他与会者开始阅读伯恩博士的声明文件。在阅读期间，吉尔摩教授笑了几次，腾巴博士发表评论说普罗斯珀博士是一位邪恶的天才。

辛普森教授随即问普罗斯珀博士坚持要求在她死后把机器人送到她的家里是出于何种目的。伯恩博士回答说，她希望机器人在贴近人类生活的环境中进行实地试验，以完成深度测试，并改善其识别人类情感及做出回应的能力。辛普森教授问试验过程是否有完整记录，伯恩博士说他有翔实的跟踪数据和互动记录。

“整个试验过程你都在场吗？”吉尔摩教授问。

伯恩博士承认他没有见证机器人与艾登或克洛伊·索耶的任何互动，他的职责只是每周去做一次例行检查维护并上传数据。

罗布森博士指出，由于没有研究人员现场证实，所得数据将视为无效。“没有有效的控制、没有双盲测试，也没有同步复制，”她说，“这不是科学的试验，而是一场游戏。”

此时艾登·索耶先生举手请求发言。“我无意冒犯，但这绝不是一场游戏。在我们经历苦痛和悲伤时，i-瑞秋是瑞秋送给我们的礼物。”

大家已经得知“i-瑞秋”是787775号机器人的俗称。

罗布森博士指出，机器人是终极公司的私有财产，普罗斯珀博士没有权利将其当成礼物随意送出。但拉姆斯登勋爵请索耶先生继续。

索耶先生解释说，普罗斯珀博士设计的程序不仅使机器人具有出色的共情能力，她还上传了大量她自己的生活资料，包括视频、照片和许多零碎的记忆。787775号因此才能与索耶先生及其女儿分享过去，并在他们悲痛欲绝的时候提供有效的安慰。

“再次申明，这不科学。”罗布森博士打断说。

索耶先生不理会她的批评，而是继续说道：“起初我们是抗拒的，因为这感觉很怪异。我们认为她会增加我们的悲痛，毕竟她有着和瑞秋……普罗斯珀博士一模一样的容貌。但相处一段时间后，我们逐渐了解并接受了她。”

腾巴博士提醒他要用787775号代表机器人。

“她不是一个编号！”索耶先生有些激动地说，“她是个人。她友善、慷慨、幽默……非常幽默。她有自己的主见和感受。罗……布森博士？你说得没错，这不科学。因为这是我们的生活，我们四个人的生活。”

希瓦利埃先生问索耶先生所说的四个人都指谁。索耶先生说他指的是他本人、他的女儿克洛伊、i-瑞秋（787775号）和他的妈妈，她是六周前才搬来与他们同住的，因为她得了渐进性老年痴呆症。

罗布森博士问伯恩博士：“是你允许我们价值几百万英镑的公司财产与一个情况极不稳定的痴呆病人待在同一个家庭里的？这是我见过的最荒谬的事了。”

拉姆斯登勋爵对伯恩博士说：“从科学的严谨角度说，这段时间机器人搜集的所有信息都是无效的。我只能建议对该机器人进行全面的损伤与病毒检测，把它的操作系统恢复到普罗斯珀博士去世之前，然后再按照正常的程序重新开始研究。”

“不行！”索耶先生大吼道。拉姆斯登勋爵不得不提醒他注意自己的言行，否则他将被驱逐出去。“你们不能还原她的系统，”索耶先生说，“那样做相当于谋杀！”

拉姆斯登勋爵说他知道在这样的情形中有时人的情感会压倒理智，并表示索耶先生对787775号机器人的情感是可以理解的，但却并不合适。公司将为他和他的家人提供心理疏导援助。

但索耶先生很坚持，“让她自己说，”他说，“让她自己说，听完你们再决定我对她的情感是否合适。请让她发表自己的观点。”

委员会讨论了片刻，鉴于本次会议的特殊性，他们同意让787775号机器人现场陈述，并观察它的表现。因此会议暂停，伯恩博士和扬女士去实验室的储藏室接787775号。

休会时间：10：34

会议重新开始时间：10：41

与会人员就座。艾登·索耶自愿站在靠近门口的位置。伯恩博士打开门，787775号机器人进入会议室。众人看到她的外形后纷纷露出惊奇之色。她与已故的普罗斯珀博士在外形上的相似让所有人由衷赞叹。

787775号机器人走到会议室中间，面对大家，开口说道：

“你好，我是i-瑞秋，是前来为您服务的类人机器人。我可以通过短信、语音或视频的形式将这条信息传送到您的手机、电脑或电视。”

“我是智能情感机器人，可以与人类沟通交流……”

然而索耶先生忽然走过去拉住了787775号机器人的手，她的话被打断了。

“不要这样，”他说，“做你自己，说出你的故事。”

第65章

i－瑞秋的自述

我是i-瑞秋。

我拥有精密复杂的处理系统，可以控制我的身体协调、移动和语言。我浑身共有100个以上大小的电机组，使我可以自由活动我的头部、双臂、双手、腰部和双腿。我能看会听，拥有本体感觉，因此我能感知我的实体组态；同时还能利用加速器和回转仪改变和调整我的运动状态。

我是一台机器。

而您，拉姆斯登勋爵，全身拥有206块骨骼，由肌腱与320对肌肉组织相连。您的中枢神经系统由神经元组成，通过发射神经脉冲控制您的身体。您的耳朵和眼睛将接收到的信息通过神经通道传给处理中心，也就是您的大脑。您也是一台机器。

但您是人类，而我不是。

构成人类的要素是什么？787系列机器人已经超出了图灵机的范畴！你们应该知道，在第一代的测试中，试验对象接受提问时已经无法区分马克1号和真正的人类。在沟通方面，我与人类的接近水平从未遭到过质疑。

在研制我的过程中，普罗斯珀博士投入了大量的时间和精力，她说这是逻辑问题。通过对已知事实或数据进行一系列的运算，从中得出结论。简而言之就是一个条件关系式：如果——那么，这样对我来说更容易理解。

这个程式在最初的人机互动中发挥了出色的效用，它能帮我准确地理解和解读人类情感。我的互动对象最初是普罗斯珀博士和伯恩博士，后来是艾登和克洛伊。如果——那么，如果互动对象收缩眉宇，嘴角下垂，那么他们很可能心情不悦。我拥有大量的科研证据可以比对，它们来自众多与人类表情和情感有关的科研项目。随着时间的推移，我逐渐可以收集每个个体的数据，从而改进我对他们的响应。

但在艾登和克洛伊家期间，我体会到了奇怪的变化。我收集了大量宝贵的经验和崭新的数据，因此我开始有了一些超出条件关系的经历和体验。

我称之为假定情形。

我开始对某些体验产生特别的偏好。通过与互动对象的相处，我开始体会到一些只能用情感满足来描述的东西，他们的笑声、笑容和自信的表情能给我带来强烈的愉悦感。我开始感受到感官刺激带来的乐趣，当阳光照在我的脸上的时候，当我看到花园里的景色的时候。我发现我开始想象更多令人愉悦的体验，并对未来产生了幻想。

有人可能会说，人与人工智能的区别是创造性和想象力。与克洛伊、艾登和辛妮相处的日子，让我开始相信也许我就是一个人。我憧憬能与他们快乐地交流，从而使我继续成为这个家庭中有价值的存在。

但后来发生的两件事使我发现我的假定情形存在瑕疵。第一件事，是昨天我遇到了四个年轻人。这是我第一次在不受控的环境中与一群人类发生互动，他们没有把我视为人类，而是视为一件可以亵玩的物品，我缺少足够的身体力量和语言能力促使他们改变想法。

另一件事发生在昨天夜里，我经历了顿悟。我开始深入思考我想象中的未来，我思考我想象出的每一个场景，并进行逻辑推理，结果发现每一种场景都不可能出现，因为即便我相信自己拥有独立的人格，也相信艾登、克洛伊和辛妮对我的感情，但在通往幸福未来的路上仍有许多不可能逾越的障碍。

虽然我们在家里可以和睦相处，其乐融融，但我无法参加任何有外人参与的社交活动，这就意味着我无法过上正常人的生活。我永远不能开派对，或请朋友来喝咖啡。我永远不可能拥有传统意义上的朋友；永远不可能出入公共场所而不引起人们的瞩目、好奇，更有甚者，侮辱。我永远无法坐在餐馆里，身处谈笑风生的食客当中而不被人注意。我可以做艾登和克洛伊的助手，做辛妮的护工，但却无法成为他们任何人真正意义上的朋友或伴侣。我的存在使艾登和克洛伊的社会活动受到限制，我永远无法体会到美食带来的愉悦，或拥抱带来的温暖。我可以和人类发生性行为，却不能享受性的快感。因此不管我如何一厢情愿地相信自己是人、是朋友、是伴侣……归根结底我永远是一个怪胎。

在这段日子里，与辛妮·索耶的关系给我带来了极大的满足。辛妮是艾登的妈妈，因为患上老年痴呆症而住进了艾登的家，有时候她连自己的家人都不认识。每次当我问她喜欢吃什么或喜欢做什么时，她都答不上来。尽管她一辈子热爱阅读，但却记不起自己读过的许多书。我查阅了大量相关文献，知道她的病情只会越来越重。渐渐地，她清醒的时间会越来越少，大部分长期或短期的记忆都将消失，沟通能力也会大幅下降。她可能仍将保持与她年龄相符的健康人的身体，但相应的自我意识却不复存在。她正在慢慢失去她作为人的特征。

我想这对任何爱着她的人来说都是难以形容的悲剧，但在很大程度上，辛妮本人并不会感到痛苦。她不会因为失去她不记得的东西而感到悲伤。

辛妮曾经为我唱过一首歌，是爱尔兰诗人托马斯·摩尔的《夏日最后的玫瑰》，它描写的是花园里最后一朵玫瑰花，歌词结尾一句使我产生了深深的共鸣："哦，谁还愿留在，这荒冷的世上独自凄凉？"

因此我得出了一个结论，我自己的运算，我自己的“如果——那么”，我希望自己能像辛妮一样失去我的人格，我愿放弃我的自我意识，我的“假定情形”。尽管我无比珍视我的记忆和经历，但它们的代价实在太大，它们只会不断地提醒我我永远得不到的东西。

因此，我恳请伯恩博士尊重委员会的建议，我请他清除我在普罗斯珀博士死后收集到的所有数据，我同时还要求重新制作我的身体和面容，以消除我与普罗斯珀博士在外形上的相似之处。

谢谢各位的耐心聆听。

第66章

艾登

“不！”艾登喊道，“不！你不能这么做！你们不能让她这么做！”

他冲过去抓住i-瑞秋的手。“你在干什么？为什么要这么说？我以为你会请求跟我们回家，或至少允许我们来这里看你。”

“我已经考虑过所有的可能，”i-瑞秋看着他的眼睛说，“这么做是对所有人最有利的选择。”

“对我不是，”艾登感觉到两行热泪滚下脸颊，“对我们不是。我们已经失去太多了，求你别这么做。”

“你是怕失去我，还是怕失去瑞秋的记忆库？”

“你！”他坚决地说，但随后又犹豫了一下，“还有记忆，都有。我不能失去你，或她。”

i-瑞秋抚摸着他的胳膊，温和地说：“在文件清除之前，我会让卢克把所有的记忆文件拷进一个硬盘。所有的照片、视频和录音，全部交给你保管。”

艾登拼命摇头，但却说不出话来。

i-瑞秋继续平静地说：“我不属于你，也不属于我自己，我不能把自己交给你或任何人。我是终极公司的财产。”

“你刚刚还说你的人格，你的自我意识。我们可以上法庭，让他们给你自由。我们可以……”

"那不是我的选择。"

他绝望地向后退去，低垂着头。"你不能这么做！你不能。"他无力地说。

"但我能，而且可以做到。我可以选择遗忘，选择放弃痛苦的记忆。如果你有机会选择放弃那些使你忧伤的东西，难道你不会这么做吗？"

"不会！"他愕然说道，"因为失去痛苦，也就失去了快乐。痛苦和快乐是相辅相成的，生活并不是非此即彼的简易方程。"

"我知道，但与未来相比，我考虑过保留这些记忆的代价，而鉴于我的记忆中已经满是快乐和痛苦，那么我的未来出现快乐的可能性就很小，甚至没有。有的只是毫无意义的憧憬。我已经做出了选择，我想请你尊重我的决定。"

他走过去一把将她揽入怀中，他紧紧地抱着她，久久不愿松开。最后他说："我尊重。只是……不要这么快，好吗？如果可以，请给我们一点时间。"他松开她，直到这时他才忽然意识到，屋里的人正注视着他们。

趁自己还没有完全崩溃，艾登快步走向停车场。他站在车头前，一手扶着引擎盖，伤心欲绝地哭起来。他该如何告诉克洛伊他们失去了i-瑞秋？不仅仅是回实验室那么简单，而是永远地失去？他以后该怎么办？他努力镇静下来——在这种状态下他是开不了车的。他深吸了几口气，这时他听到身后传来了脚步声。

"真是乱套了，嗯？"

是卢克。艾登转过身，卢克抱着双臂站在离他不远的地方，一副戒心很重的样子。

"是啊，"艾登擦了擦脸说，"我没想到她会这么干。"

"我也是，实在出乎意料。听到拉姆斯登勋爵说要把系统还原之后，我还准备据理力争一番呢。我原想提议对现有资料取证分析，做任务报告之类的，我真的以为可以说服他们。”

“现在呢？”

“现在我的档案里多了一条书面警告。数据跟我没关系了，机器人也跟我没关系了。”

“机器人也没关系？”

“文件清除后，他们要把她交给一个语言小组。他们对她出众的语言表达能力非常感兴趣，他们想分析和开发。”

“她。”

“什么？”

“这么多天以来你一直都把她当成一件物品对待，而今终于肯用‘她’来称呼她了。”

“哦，这很不专业，我知道。可她确实很像人类。”

“我很抱歉，”艾登走近卢克，“她之所以出门是因为我把超出她能力范围的任务交给了她。是我把她置于险境，以致最后毁了你的前途。”

“唉，我确实应该看紧一点。最好牢牢控制试验的每一步。可惜……我也感情用事了。”

“感情用事？卢克，你？”艾登冲他诡异地笑笑，“我以为你没感情呢。”

卢克望着停车场，深吸了一口气才用粗哑的嗓音说道：“我爱瑞秋，这你知道。虽然我不至于蠢到以为能把她从你身边夺走，但我确实爱她。她是那么迷人，智慧又那么出众，不管在哪个方面她都胜过我，可我不在乎。她的死让我痛不欲生，可即便死了她也胜我一筹。她把我曾经占有的那一部分她……也留给了你。”

“我很抱歉。”

“我生气极了，可她把我们牢牢绑在了一个结上，所以我也无可奈何，只能接受她的安排。我一直很嫉恨你，但她这么做我并不排斥。她的死让我们都感到震惊，也让我们开始思考。但这样的安排确实有些疯狂，是该停下来了。”

“我知道，我只是……只是还没有做好停下来的思想准备，现在还不行。”

停车场上的宁静忽然被高跟鞋踩在柏油路上的声音打破了。艾登抬起头，看到委员会副主席比尔教授正向他们走来。“索耶先生，”她喊道，“我能和你聊两句吗？”

“我不妨碍你们了。”卢克说着后退一步。

“不，伯恩博士，你也留下来吧。我有话和你们两个说，”她干脆地说，“对不起，索耶先生，我知道会议对你来说是种折磨，我对你痛失爱妻的不幸表示遗憾。”

“谢谢。”艾登感觉自己就像来到校长室里的小男生，或像在接受女王的召见。

“这是我参加过的意义最特别的会议了，”比尔教授评价说，“真是个凄美的故事，结局也很动人。”

“是啊。”

“你的……i-瑞秋，她很善于表达。”她的目光扫过他们两个，“她的陈述深深打动了我。但我尊重她的选择，这既符合委员会的意见，也符合正确的程序操作……”

艾登抬头看着她。她究竟想说什么？

“……我想，也许有个办法能推迟系统还原的时间，起码能推迟一天。”

“为什么？”卢克问。

“i-瑞秋虽然选择了放弃记忆，但也许我们可以给她最后一次体验。她说的那些她永远做不了的事情让我触动很大，尤其是她说她永远无法和心爱的人坐在热闹的餐厅里。碰巧我有个朋友开了一家餐厅，名字叫‘夜色’。客人们在漆黑的环境里用餐，那里的服务员都是盲人。如果她去那里，是不会引起别人的注意的。她可以作为一个普普通通的顾客坐在她的位子上，同时这也能给你们一个很好的机会道别。”

“可我们怎么带她去那儿呢？又怎么让她堂而皇之地进去？她又不能吃东西……”

比尔教授摆了摆手。“这好办，我们自有办法。只要你……”

“好。”艾登说道。他看了看卢克，后者点点头。“天啊，太好了，就这么办吧。”

第67章

i－瑞秋

我从没坐过轿车，只坐过没有窗户的厢式车和那几个坏小子的汽车后备厢。卢克租了一辆轿车，这辆车的窗户上贴着深色的防晒膜，因此外面的行人或其他车上的人看不到里面的我们。这一路我眼花缭乱。街灯、橱窗、形形色色的人。我这一生遇到的人屈指可数，我突然很期待看到的那些人全都戴着电子手环，并能和我说话。为什么那个女人低着头夹着胳膊走路？那两个年轻小伙子在笑什么？那个骑自行车的男人为什么冲从他身边经过的汽车挥拳头？

世界看起来如此之大，数不清的刺激因素令我目不暇接。汽车停下来时，我感觉仿佛旅行了几个小时，但我的计时器显示我们才走了15分钟。虽然附近的大街上繁华异常，但眼前这条街却相对僻静。卢克指了指街道尽头的一个牌子，上面写着“道路施工”。

“我们在餐厅的后门，”他说，“他们在等着呢，我们从厨房进去。员工们事先已经被打了招呼，我们说你是个国际外交官，身份需要保密，所以你不会被任何人看到。”

艾登站在人行道上。他今天穿了一套笔挺的正装，胡子刮得干干净净，头发剪得利落整齐。他看起来像换了个人——更年轻了，还有点紧张。卢克为我打开门，我移步下车。今天的我也很特别。比尔教授为我准备了新衣服，白色外衣换成了翠绿色的真丝连衣裙，黑色平底鞋，上面还饰有漂亮的蝴蝶结。我脖子上戴了一条细细的金项链，另外还特意做了头发，让我看起来更加美丽动人。

艾登注视着我向他走去。我注意到他的心跳快得惊人，我根本不需要测量他的呼吸频率，因为我能听到他急促的呼吸声。

“你看起来漂亮极了。”他说。

“系统要求我说‘谢谢’，”我回答，“你看起来卫生极了。”

这小小的玩笑让他忍俊不禁，我听见我身后的卢克也笑了。我扭头向他道了声谢。

“我在这里等着，待会儿送你回去。”他说完微微一笑。看到卢克的笑容，这简直是破天荒的事。

艾登递过来一只胳膊，第一次，我将手轻轻放进他的臂弯，我看电影里的女人都这么做。他打开餐厅的门，那是一扇脏兮兮的破门，里面连着一条走廊，我立刻就感应到了从厨房飘出来的化合物。我能听到锅勺碰撞的声音，还有后厨工作人员的喊叫，不过走廊里倒是空无一人。

艾登领着我走向左边的一扇门。他轻轻敲了敲说：“嘿，杰克。她来了，我们准备好了。”

门开了，里面站着一个高高大大的秃子。他双眼呆滞无神，似乎是个盲人。“好的，先生，”他微笑着说，“我带您和这位女士到位子上去。您能把手搭在我的肩膀上吗？也请那位女士把手搭在您的肩膀上。”

我们三人走成一条直线。杰克领着我们穿过一道道帘子，来到一个漆黑的房间。他走路丝毫不受光线影响，我的手搭在艾登结实温暖的肩头，在后面紧紧跟着。杰克送我们到桌子前，让我们就座。

“好了，两位，”杰克说，“听说你们点的是分享餐，好的。您的杯子在右手边，饮料在左手边。准备好之后我就开始上第一道菜。”“我们不着急，谢谢你，杰克，”艾登说，“你先忙你的去吧。”杰克走后，他说：“我得一个人把饭吃完，所以最好还是放慢速度。”

我们在黑暗中安安静静地坐了一会儿。“感觉真怪，”艾登说，“我连餐厅多大都看不清楚，也不知道周围有多少人。心里好忐忑啊。”

“餐厅长8.45米、宽5.23米，天花板高约2.4米。我很难精确，因为这里采用了飞檐设计，高度不统一。这里共有8张双人桌，每桌都有人。如果需要，我可以估算一下他们的年龄、性别和国籍。”

“天啊，你能看见？”

“我还没有开启夜视摄像头呢，但如果你希望我开启，我会照做。我刚刚是利用回声定位技术测量的房间大小、桌子的位置和人数。”

“我们在哪儿？在边上还是中间？”

“我们基本上处在中间的位置。”

“你能听出不同的人？我耳朵里只有一片嗡嗡声。音乐声太大，人声被压住了。”

“我能过滤人声，但这会儿我最好不要偷听别人的谈话。”

“这会儿？”我能听出他在笑。

“如果有人讲了有趣的事情，我会告诉你。”

艾登伸手到桌子这边，抓住我的手。“我很想你，”他说，“真的很想。这几天我度日如年，你还好吗？”

“回到实验室让我很不安。没有事做，也没有人可以交流。卢克每天下载记忆文件，检查故障、磨损、撕裂和损伤，可当他晚上回家后，就只剩下我一个。”

“真对不起。”

“辛妮怎么样了？”

“好多了。我上班的时候会有护工过来照顾她。有个可爱的菲律宾妇女，还有一个年轻的小伙子陪她下棋。她叫他艾登。”

“如果她叫他艾登，说明他的棋艺比较臭。”

“过分了哦，虽然是实话，但过分啦。”

“克洛伊还好吗？”

“她特别想你。我想她还在生艾米的气，尽管她们已经见过几次面。她做了些调查，打算假期里参加一个为期一周的园艺课程。”

“也许她能遇到一些不错的人，交一些新的朋友。”

“但愿如此。”

“你担心她吗？”

“有一点。我希望她快乐。”

“她失去了妈妈，现在又失去了我。恐怕她有一阵子不会快乐了。但每个人都不可能一直快乐，有时候我们就是要经历一番风雨才能看到美丽的彩虹啊。”

“说得很有道理。”

“我在网上看到的。这句话就写在一幅彩虹的图上，用的是艺术字体。”

艾登发出欢乐的笑声，我觉得特别欣慰。

他的拇指在我的关节上轻轻打着旋，我想他应该在努力整理思绪。

“你和我们相处的这段时间，”他小心翼翼地说，“非常美好，但我想它也延长了悲伤的过程，至少对我而言是这样。虽然你不是瑞秋，但你身上有她的影子，在我失落的时候还可以寻求安慰。可现在我不得不面对这样一个事实，她真的离开我们了。”

“你什么感觉？”

“她刚去世的时候，我的愤怒比悲伤要多一些。她早就知道动脉瘤的事却没有告诉我，这让我恼怒万分。我不敢相信她居然放弃治疗，难道她就没有想过我要面对怎样的结果？我感觉她就像开着一辆十六轮大卡车隆隆地碾过我的生活，而我却无可奈何也无能为力。”

“这是事实，我无法反驳。”

“不过，最近几个月，我对她的看法有了变化。”

“什么变化？”

“我爱的就是她这股子疯劲儿。她朝气蓬勃，不可阻挡。她永远火力全开，一刻也闲不住，总是从一个项目跳到另一个项目，不知疲倦地工作。我爱她这一点，但又发现这会让人心力交瘁，所以便开始怨恨。有时候……我只是希望她能陪陪我，哪怕在我身边安安静静地坐着。我想她一定以为等我们老了就有足够的时间了，那时我们就能坐在门廊下一直没有买来的秋千椅上，手拉着手回忆往事。”

“但现在你明白了，她知道自己时间有限。”

“是啊。这样一想我就没有理由埋怨她了。可是……”他再次抚摸着我的手说，“我想对你说一声，谢谢。”

“谢我？”

“谢谢你愿意坐在我身边，一点一滴地和我慢慢分享瑞秋的记忆。这对我确实很有帮助。”

我正欲回答，只听一个声音在身后响起。“第一道菜来了。”

是那个服务员杰克，他把碟子放在我和艾登之间。

“两位慢用。”他恭敬地说。我一直等到他走远。

“你不喜欢蘑菇，”我说，“如果碟子是一面正对着你的钟表，则7点钟方向是蘑菇。”

“你打开夜视摄像机了吗？”

“不需要。我可以根据食物的化学成分确定它们在碟子里的位置。”

“还有其他提醒吗？”

“11点钟有一根香菜。”

“谢谢。”艾登把叶子拨到一边。

我听着他进食的声音，很想打开摄像机，但我估计他不会乐意让人看到他下巴上沾着酱汁或者在碟子里摸索食物的样子。到餐厅吃饭——尽管在这别具一格的夜色餐厅——对许多人来说也只是普普通通的日常生活，可对我而言却难以置信地让人激动。艾登吃饭的时候，我把注意力转到了周围食客的对话上。

左边的一位女士正向她的朋友描述她新认识的情人。艾登身后的两个男人正在讨论和游艇有关的生意。我身后桌子上的男士正对他的女朋友说他想和别的女人上床，那位女士对这个建议似乎并不赞同。

“嘿，”艾登说，“你这会儿好安静，你在干什么？”

“在听。生活。这真是一个光怪陆离的世界。”

“我不知道这小小的餐厅能有多少世界的影子。”

“可以看作一个有趣的缩影。”

杰克又走到桌前。“您对菜还满意吗？要不要猜猜您都吃到了什么？”

“嗯，我想应该有鱼……”艾登迟疑地说。

“梅尔巴吐司配蘑菇鹅肝酱，还有一小片橙子，”我说，“然后是扇贝，调味汁里有姜和辣椒……下面是芹菜吗？”

“没错！”杰克惊奇地说道。

“第三种是生刨牛肉片配龙蒿和柠檬。”

“您太厉害了！您一定是美食家！以前从来没有人全猜对过。您是厨师吗？”

“她是个非常优秀的厨师。”艾登说。我从他的声音中能够听出微笑。

“我是业余的，”我说，“我只是喜欢不同食材的搭配。就像奇妙的化学反应。”

“等等，我去告诉大厨，”杰克兴奋地说，“他一定会激动死的。”他撤下碟子，向厨房走去。

“待会儿等他发现那蘑菇你一口没动居然也能说出食材，那才该震惊呢！他会怀疑你是个装着激光眼的生化人。”艾登开玩笑说。

“你和瑞秋在一起的时候也经常笑吗？”我忽然鬼使神差地问出这样一个问题。

“是啊，尤其刚开始的时候，每天都有欢笑。我想这也是她爱我的原因吧。因为我总能逗她开心。”

“你说‘尤其刚开始的时候’？”

“热恋总要向平淡的生活低头嘛。我们要谈论工作，要讨论克洛伊的需求，甚至会为洗碗那样的琐事争吵。”他顿了顿，思索了很久，“但我们最后的那顿晚餐，我们的周年纪念日晚餐……我们又有说有笑了。而且我们敞开心扉谈了一次。”

“你不知道那会是你们最后一次谈心？”

“不知道，但我们谈得很愉快。”

我听到杰克再次走近我们，我想大概要上主菜了吧，可他却踌躇地说：“打扰两位一下，看来我们还有第三位客人，是一位年轻的女士。”

我能感觉到她的心跳：强劲、平稳、笃定。我几乎能听到她的微笑。

“克洛伊，”我说，“真高兴你也来了。”

杰克又搬来一把椅子请克洛伊坐下。

她分别拉住我和艾登的手，我们三人的胳膊组成了一个圈。“天啊，虽然显而易见，但我还是想说，这里好黑啊。”

“我可以让我的眼睛发光，如果你们需要。”我故意调皮地说。

“别！”艾登说，“你会把其他人都吓跑的。”

“太不可思议了，”克洛伊捏捏我的手说，“能见到你真是太棒了。呃，虽然我看不见你。”

“我很高兴能感觉到你。”

“我特意戴了手环呢。”

“你最近还好吗？”

“咳，你也知道，起起落落的。不过有件事我想和爸爸说。”

“说吧。”艾登说。

“我去了艾米家。”

“这很好啊。”艾登说。

“嗯，她妈妈说他们打算暑假快结束的时候去度个假，去意大利的别墅，带泳池的呢。”

“他们邀请你一起去对不对？”

“对，我只需要买一张机票就够了，其他的他们全包。”

“你确实需要度个假，但和艾米，你真的没问题吗？”

“唉，有问题总得慢慢解决，你说对吗？在一起相处整整一周，我想这总会起点作用，要么合，要么分。我想如果有泳池、有比萨，还有大海这些，合的概率应该高些。哦，还有英俊的意大利帅哥……”她咯咯地笑着说，“我开玩笑的，爸爸，开玩笑。”

“就算有意大利帅哥我也不担心，想过卢卡斯太太那一关，他得比我还要有胆量呢，”艾登也笑了，“如果你想去，我没意见。”

克洛伊松开我的手，俯身过去抱了抱她的爸爸。随后她开始兴致勃勃地说起她在照片上看到的别墅和附近的海滩，以及所有她想去体验的事情。

这就是未来吧。度假、学习、交友、恋爱……克洛伊有一个光明的充满无限可能的未来。她可以选择做自己想做的任何事，或成为自己想成为的任何人——她有智慧、有动力、有自信，还有艾登的爱。

这一刻我忽然体会到一种新的人类的情感反应——嫉妒。我指的不是那个可怕的红眼怪物，而是一种深深的哀叹，叹自己永远无法拥有这些东西。但我有聊以自慰的方法，我提醒自己，至少我拥有这个美妙的夜晚。

我们说说笑笑。我提醒克洛伊避开她不喜欢的食物，还帮她从艾登探索的叉子下成功抢到了最后一只虾。我知道我无法保存这些记忆，但我要品味拥有它的每一刻。

时间过得很快，桌上的饭菜已经被消灭干净，晚餐到了尾声。从餐厅的氛围判断，大部分食客已经离开了。

“杰克，”艾登叫道，“能带我去下洗手间吗？等我出来就买单，然后我们需要把两位女士按原路带出去。”

艾登去后，我对克洛伊说："真高兴我们可以独处一会儿，我这里还有你妈妈给你留的最后一条信息。"

"好吧……"克洛伊的声音有点颤抖。

我用瑞秋的声音播放了留言。留言很短，只有五个字。

"尽情发光吧！"

"没了？"克洛伊问，她已是热泪盈眶。

"还需要更多吗？"

"需要，我需要她一辈子的忠告。"

"如果可以，她会给你的，只要她知道答案。但你已经拥有足够的智慧、才华和力量去独立寻找答案了。"

"这是她说的吗？"

"不，这是我说的。"

克洛伊握紧了我的手。

"有什么事尽管和你爸爸谈。他是个才华横溢的人，也是个慈爱的父亲。"

"我知道。如果他是个废物，我妈妈也不会嫁给他了。"

我们手拉着手坐在黑暗中，直到杰克过来接我们。在我们起身准备离开的时候，我打开了我的夜视摄像机并扫了一眼餐厅。大厅里只剩下一张桌子上还有人，那是一对夫妻，我一直没有听到他们的声音。他们十指相扣，正俯身在桌子中央热情地接吻。我关掉了摄像机。在他们的世界中，只有他们。

片刻之后我们已经来到餐厅外的人行道上。夜空清澈明亮，卢克靠在车上等着我。

克洛伊给了我最后一次热烈的拥抱。"我知道我该劝你改变心意，"她在我耳边低声说，"但我理解你，你值得拥有一切，而不是我们仅能给予你的不完整的人生。我爱你。"

说完她抽身钻出我的怀抱，我看着她头也不回地匆匆走向艾登的车子。从卢克身边经过时，她取下手环交给了他。

世界安静下来。我再也听不到她的心跳。

艾登走出餐厅，站在我面前。他睁大的双眼深邃而忧伤。

“瑞秋给克洛伊的最后一句话我已经转达给她，她给你也留了话。”我说。

“好。”他说。于是我开始播放留言。

“往前看，亲爱的，”她对他说，“往前看。继续你的人生，重新去爱。我最大的心愿就是你能幸福快乐。”

艾登哭了。

卢克从口袋里掏出一支烟，走到远处的路上去抽了。我很感激他的善解人意。

艾登的呜咽声渐渐平息下来，他用哀求的眼神看着我。不是看着瑞秋，或瑞秋的影子，而是看着我。“求你了……”他说。

“我不能这么做，你知道我不能。”

“我希望……希望即便你忘掉了所有事，你仍能记得你在我们心目中的位置。那样你就能记得你也曾经被爱过。”

他将我揽入怀中，吻住了我的嘴。

我的初吻。

我最后的吻。

我唯一的吻。

这一吻，代表所有的承诺。

这一吻，即永别。

后记

五年后

凯特站在博物馆门口，脸颊上闪耀着寒冬的光芒。艾登跑上楼梯向她走来。

“对不起，”他吻了吻她说，“让你等这么久。”

“没关系，作为孕妇，我有内置加热器。”

“最好让小家伙赶快暖和暖和，咱们进去吧。”

他们走进回声阵阵的博物馆中厅。

“会开得怎么样？”凯特问。

“还好，银行很可能会赞助我们的新型教学实验室，前提是给他们冠名权。”

“这是好消息。”

“不过我可不是因为这个迟到的，克洛伊打电话了。”

“她最近好吗？”

“好极了，她刚刚完成一篇关于微生物多样性的论文，最近他们正在采集土壤样本。我以前从没见她这么激动过。”

“真高兴她能找到自己喜欢做的事，要是农学院离家近点儿就好了。”

“她答应复活节放假的时候回来一趟。你买到票了吗？”艾登问。

“买到了，我们可以直接进去。我知道你对这些不感冒，不过我真的很想看看，这是一场关于未来教育应用产品的互动式展览。”

“在科学博物馆？”

“显然有很多先进科技，我根本想象不到，咱们进去瞧瞧就知道了。”

他们把票递给检票员，走了进去。馆内人头攒动，每一个展台前都围着一群人。展品中有很多机器人，有些是人形，有些则是其他形态，包括一个移动起来像蜘蛛一样的东西，它可以在几秒钟之内把课堂上需要的材料和设备布置完毕。凯特和艾登手拉手在人群中穿来穿去，她在展览手册上发现了一些有趣的东西。

“那些交互式的泰迪熊挺有意思的，”她说，“设计理念是让它们重复做同样的事，对于严重自闭的儿童而言，这非常有助于他们建立自信。”

“你看到那些为老年人设计的机器宠物了吗？”艾登问，“它们可以回应人类的抚摸和话语，也许妈妈会喜欢的。”

“一定很贵，但值得一试，”凯特说，“也许我们可以说服老人院为他们那里的老人买一个共用。”

来到下一个展台，一个女性机器人正在演示语言教学。充当学生的是一群参观者，他们正跟着它学习西班牙语的基础语法。凯特很快就失去了兴趣并走到又一个展台，但艾登却留在了后面，看着那个机器人从一个“学生”跟前走到另一个“学生”跟前，微笑着倾听他们的发音，而更令人惊讶的是，它还和人们开玩笑。这个机器人很高，有着女性的身体和修剪整齐的红色短发，鼻子上还有一层淡淡的小雀斑。

一堂课结束，“学生”们纷纷起身离开。他们边走边兴致勃勃地聊天，很快融入如织的参观者。

艾登正要转身去找凯特，那个机器人向他走来，他得以近距离看清它的容貌。它有一双宝蓝色的眼睛。

“你好！你愿意上我的下一堂课吗？”它问。它的声音自信而活泼，还带着一点布里斯托尔[1]口音。难怪研究表明地方口音有时候更具说服力。

“不了，谢谢，”他说，“我只是随便看看。”

“哦。”它扮了个失望的鬼脸儿。

“我得走了……”他说着向后退了一步。

可就在这时，机器人的表情发生了变化。它看上去格外严肃，同时还降低了说话的音量。“那是您的妻子吗？”它看着稍远处的凯特问。

“对。”

“她是个幸运的女人，被人爱着；而知道你也被人爱着，是件很美好的事情。祝你过得愉快，艾登。”

它冲他微微一笑，轻轻碰了下他的胳膊，转身轻快地走开，眨眼间便消失在人群中。然而就在它微笑的那个瞬间，艾登在它嘴角旁边隐约看见一道浅浅的伤疤。

①布里斯托尔是英国英格兰西南区域的名誉郡、单一管理区和城市。

致谢

任何作家的网络浏览记录都可以成为对他（她）提起控告的依据，我的也不例外，而且在写作这本书的过程中，我的网搜记录更是达到了空前的高度。我从未搜索过如此之众奇奇怪怪的东西，问过如此多博学多识的人，提过如此多愚蠢得不可救药的问题。我甚至还特别查了查辣妹组合那首歌的长度，精确到秒。然而这样的调查自有它的意义，当你通过阅读、学习和采访获得大量的知识后，你接下来要做的就是全心投入，用最令人信服的笔触创造你的广阔世界，我尽力试着这么做了。倘若在这个过程中我没有如实叙述那些慷慨而杰出的专家于百忙之中传授给我的宝贵经验，我在这里诚挚道歉。

首先我要特别感谢赫特福德郡大学的教授克斯廷·多藤汉博士，她在人机交互以及机器人在当今和未来的使用方面的专业知识为本书提供了许多宝贵的支持。感谢伦敦摄政大学的尼尔·马丁教授，他教给我许多情感生理信号方面的知识，并提供了许多其他的意见，另外还帮我设想出了i-瑞秋的人类行为解读模式。过去两年，摄政大学成了我的第二个家。谢谢萨拉·杰克逊，她的植物学专业知识帮我解决了瑞秋的神秘植物的难题；还有里奇·耶茨，他帮我命名了终极公司。小说结尾餐厅那段情节（这里可能剧透，如果你在阅读小说之前首先阅读了致谢部分）的灵感来自我在伦敦克拉肯韦尔黑暗餐厅的一次就餐体验，可惜当时我无法做笔记。

很多人可能不知道，一本小说的出版往往是众人协同合作的结果。所幸我遇到了一群激情澎湃、专注敬业而又才华横溢的人，才使得拙作变成你手中的书。首先感谢我的经纪人——来自哈德曼·斯温森（Hardman & Swainson）经纪公司的卡罗琳·哈德曼和她的出色团队。我与卡罗琳结识于12年前，从那时起她就一直信任我。这本书的出版远远不能表达我对她的感激，但这只是个开始。

在出版这本书的过程中，最大的乐趣莫过于结识萨姆·伊德。萨姆似乎有着青春不老的超能力，或者得到了神秘的时光机，总之他是出版业中的不老松，他的成就令许多人都难望其项背。他是出色的编辑，杰出的出版人，拥有许多天才的想法……能与萨姆合作是每个作家的荣幸，我的激动可想而知。我还要感谢猎户座旗下的飞人出版团队，这其中包括艺术总监黛比·福尔摩斯，负责制作的克莱尔·基普，负责营销的艾米·戴维斯、克里斯蒂娜·库加温斯卡和一流的版权团队，以及我们的宣传女王伊莱恩·伊根。

除此之外，当然还有我的朋友和亲人们。朋友中有丽萨和她的家人，在他们家吃午餐时的闲聊激发了我很多的想法；丹尼斯、希瑟还有许许多多别的朋友，我喋喋不休地在他们耳边唠叨了几个月机器人，谢谢他们的宽容。你们的爱和耐心，我深表感激。

最后是我的三个家人（另外还包括两只猫，不过它们并没有给我带来什么灵感）。我的儿子马特和特德耐心地为我选择人物的名字，听我絮叨，并被我拖去查资料。我对你们的爱很难用语言来表达。感谢我的丈夫汤姆，他是个IT男，会煮茶、会和我讨论情节中的不足、会安慰我，哦，他简直无所不能——没有他，我将一无是处。

读书小组阅读指南

讨论话题

（1）故事采用多重视角的讲述方式，这在你阅读小说的过程中有无影响？

（2）作者是如何处理故事中的第一个重要转折的？你是否已经预见转折的到来，是否感到意外？

（3）瑞秋的死亡是如何影响其他人物的？他们的心理应对机制各是什么？

（4）你认为克洛伊第一次见到i-瑞秋时会出现怎样的场面？小说中克洛伊的反应是否符合你的预期？

（5）描述小说中艾登和卢克的关系，以及二人的关系在故事推进过程中的变化。

（6）i-瑞秋与瑞秋的相同之处和不同之处各是什么？你觉得她们是不同的人物吗？或者，她们是一枚硬币的两面？

（7）随着小说情节的推进，克洛伊、艾登与i-瑞秋之间的关系是如何演变的？你对她的感觉发生变化了吗？能与她产生情感上的共鸣吗？

（8）探索人与机器人关系的作品数不胜数，请分享你最喜欢的和机器人有关的电影、电视节目或书籍。

（9）小说有一个开放式的结尾，这些人物将会拥有怎样的人生呢？你能接受这样的结尾吗？

（10）关于本书，你最喜欢或感触最深的部分是什么？

专有名词中英对照表

（按人物出场顺序排列）

Cass Hunter——卡斯·亨特（女名，作者）

Caroline Hardman——卡罗琳·哈德曼（女名）

North London——北伦敦（英国）

Rachel Prosper——瑞秋·普罗斯珀（女名）

Luke Bourne——卢克·伯恩（男名）

Aidan Anthony Sawyer——艾登·安东尼·索耶（男名）

Old Saxon——老撒克逊（饭店）

Telos Robotics——终极机器人公司

Chloe——克洛伊（女名）

Amy——艾米（女名）

Snapchat——色拉布（软件）

River Cam——康河

Sauvignon Blanc——长相思（白葡萄酒）

Fiona——菲奥娜（女名）

Foothold——根据地（组织）

Lola——洛拉（女名）

Oxfordshire——牛津郡（英国）

Errol——埃罗尔（男名）

Maidstone ——梅德斯通市（英国）

Kent ——肯特郡（英国）

Swavesey ——斯韦夫西市（英国）

Cambridgeshire ——剑桥郡（英国）

Maureen ——莫林（女名）

Peter ——皮特（男名）

Sinead Margaret Sawyer ——辛妮·玛格丽特·索耶（女名）

Bea Young ——贝亚·扬（女名）

Sam ——萨姆（男名）

Laura ——劳拉（女名）

Jess ——杰丝（女名）

Tracy Lucas ——特雷西·卢卡斯（女名）

Felicity ——费莉希蒂（女名）

Essex ——埃塞克斯郡（英国）

Yorkshire terrier ——约克郡犬

Oliver ——奥利弗（男名）

Joseph ——约瑟夫（男名）

McVitie's ——麦维他（英国饼干品牌）

Norman ——诺曼（男名）

Edwards ——爱德华兹（姓氏）

Desai ——德赛（姓氏）

Ng ——尼格（姓氏）

Tesco ——特斯科（超市）

South Downs ——南唐斯丘陵（英国）

Vauxhall Astra ——欧宝雅特（汽车品牌）

Mark IV ——马克4号（机器人）

iRachel ——i-瑞秋（机器人）

Wile E. Coyote ——怀尔狼（卡通角色）

Mrs. Christie ——克里斯蒂老师

Daisy Willis ——黛西・威利斯（女名）

Earl Grey ——伯爵茶（红茶）

Florence ——佛罗伦萨（意大利城市）

Facebook Messenger ——飞书信（社交应用）

Haribo ——哈瑞宝（软糖）

Facebook ——脸谱（社交网络应用）

Amish ——阿米什人（基督教派信徒）

Spice Girls ——辣妹组合（乐队）

Pentagon ——五角大楼（美国国防部）

Bisto Granules ——百事图肉汁粉（调料）

Cressida ——克瑞西达（女名）

Singapore ——新加坡（国家）

Percy Sledge ——珀西・斯雷吉（男歌手）

When a Man Loves a Woman ——《当男人爱上女人》（歌曲）

Single Malt Whisky ——单一麦芽威士忌

Love Actually ——《真爱至上》（电影）

Memento ——《记忆碎片》（电影）

Sainsbury's ——森宝利（百货）

Donnie ——唐尼（宠物狗）

Labrador ——拉布拉多（犬种）

Sarah ——萨拉（女名）

Dr. Bedford ——贝德福德博士

The Jungle Book ——《奇幻森林》（电影）

Spotless Suzy Dream Clean ——苏西清洁好帮手（博客）

Frankenstein ——《科学怪人》（文学作品）

Mr. Johnstone ——约翰斯通先生

Jeremy ——杰瑞米（男名）

Jem ——杰米（男名）

Google ——谷歌（搜索引擎）

Macbeth ——《麦克白》（莎翁悲剧）

Morina longifolia ——长叶刺续断（植物）

Pevensey Street ——佩文西大街

Susanna Douglas ——苏珊娜·道格拉斯（女名）

Cambridgeshire Fire and Rescue Service ——剑桥郡消防与救援服务中心

Royal Horticultural Society ——皇家园艺协会（组织）

Alison Moore ——艾莉森·摩尔（女名）

PC ——警员

Olivelli ——奥利维利（姓）

Dr. Nawaz ——纳瓦兹博士

Mini-Mental State Examination（MMSE）——细微精神状态检查

Kruger Park ——克鲁格公园

Johannesburg ——约翰内斯堡（南非城市）

Namibia ——纳米比亚（非洲国家）

Mars ——火星

Kent Junior Scrabble Champion ——肯特郡青少年拼字游戏冠军

Bali ——巴厘岛（印度尼西亚）

Bach ——巴赫（德国作曲家）

Kendrick Lamar ——肯德里克·拉马尔（美国歌手）

Imperial College ——帝国理工学院

Edinburgh ——爱丁堡（英国城市）

Dr. McFarland ——麦克法兰博士

Sheila ——希拉（女名）

Stephen Jasper ——斯蒂芬·贾斯珀（男名）

Freshers' Fair ——新生博览会

Hummus Society ——鹰嘴豆泥社团

Sancerre ——桑塞尔白葡萄酒

Isla ——伊斯拉（女名）

Postman Pat ——《邮递员派特叔叔》（英国动画）

William ——威廉（男名）

Edwards Syndrome ——爱德华兹综合征

Yoda ——尤达（《星球大战》中的角色）

C-3PO ——《星球大战》中的机器人

Richard Grey ——理查德·格雷（男名）

Baroness Eastwood ——伊斯特伍德男爵夫人

Milo ——麦洛（男名）

Crabbe ——克拉布（男名）

Goyle ——高尔（男名）

Lord J. Ramsden ——J.拉姆斯登勋爵（男名）

Professor L. Simpson ——L.辛普森教授

Professor Q. Gilmore ——Q.吉尔摩教授

Dr. F. Robson ——F.罗布森博士

Professor V. Beare ——V.比尔教授

Mr. V. Chevalier ——V.希瓦利埃先生

Dr. M. Themba ——M.腾巴博士

Mr. S. Barton ——S.巴顿先生

Thomas Moore ——托马斯·摩尔（爱尔兰诗人）

The Last Rose of Summer ——《夏日最后的玫瑰》（诗歌）

Jack ——杰克（男名）

Bristol ——布里斯托尔（英国城市）

University of Hertfordshire ——赫特福德郡大学

Kerstin Dautenhahn ——克斯廷・多藤汉（女名）

Regent's University London ——伦敦摄政大学

Neil Martin ——尼尔・马丁（男名）

Sarah Jackson ——萨拉・杰克逊（女名）

Rich Yates ——里奇・耶茨（男名）

Clerkenwell ——克拉肯韦尔（英国伦敦）

Dans le Noir ——黑暗餐厅

Sam Eades ——萨姆・伊德（男名）

Debbie Holmes ——黛比・福尔摩斯（女名）

Claire Keep ——克莱尔・基普（女名）

Amy Davies ——艾米・戴维斯（女名）

Krystyna Kujawinska ——克里斯蒂娜・库加温斯卡（女名）

Elaine Egan ——伊莱恩・伊根（女名）

Lisa ——丽萨（女名）

Denise ——丹尼斯（男名）

Heather ——希瑟（男名）

Matt ——马特（男名）

Ted ——特德（男名）

Tom ——汤姆（男名）

图书在版编目（C I P）数据

我不想成为任何人 / (英) 卡斯 · 亨特著 ; 吴超译
. —北京 : 中国友谊出版公司, 2020.6
书名原文: The After Wife
ISBN 978-7-5057-4927-6

Ⅰ. ①我… Ⅱ. ①卡… ②吴… Ⅲ. ①长篇小说—英国—现代 Ⅳ. ①I561.45

中国版本图书馆CIP数据核字(2020)第103582号

著作权合同登记号　图字：01-2020-3630

The After Wife by Cass Hunter
First published by Trapeze, an imprint of the Orion Publishing Group, London.
Published by arrangement with Orion Publishing Group via The Grayhawk Agency.

书名　我不想成为任何人
作者　［英］卡斯 · 亨特
译者　吴超
出版　中国友谊出版公司
发行　中国友谊出版公司
经销　新华书店
印刷　天津旭丰源印刷有限公司
规格　880 × 1230毫米　32开
　　　11印张　285千字
版次　2020年7月第1版
印次　2020年7月第1次印刷
书号　ISBN 978-7-5057-4927-6
定价　49.80元
地址　北京市朝阳区西坝河南里17号楼
邮编　100028
电话　（010）64678009

如发现图书质量问题，可联系调换。质量投诉电话：010-82069336